KB098910

BEETLE BOY **2**

비틀보이

마야 G. 레너드

: 비틀 퀸의 등장

BEETLE BOY #2

Original English language edition first published in 2017 under the title BEETLE QUEEN
by The Chicken House, 2 Palmer Street, Frome, Somerset, BA11 1DS
Translation Copyright © Chicken House Publishing Ltd
Text © M. G. LEONARD 2017
Cover illustration 2017 © Elisabet Portabella
Interior illustrations 2017 © Karl Mountford
All character and place names used in this book are © M. G. LEONARD
and cannot be used without permission
The Author/Illustrator has asserted her moral rights.
Korean translation copyright © 2017 by Book Blossom
Korean translation rights arranged with Chicken House Publishing Ltd.
through EYA(Eric Yang Agency)

이 책의 한국어판 저작권은 EYA(Eric Yang Agency)를 통한
Chicken House Publishing Ltd.사와의 독점계약으로 ㈜북핀이 소유합니다.
저작권법에 의하여 한국 내에서 보호를 받는 저작물이므로 무단전재 및 복제를 금합니다.

BEETLE BOY

비틀보이

마야 G. 레너드 장편소설
정해영 옮김

: 비틀 퀸의 등장

북핀

| 일러두기 |

1. 이 책의 맞춤법은 국립국어원에서 정한 한글 맞춤법 및 표준어 규정에 따랐습니다.
   단, 작가의 독특한 말투나 대화문 안에 나오는 비속어 등은 원작품의 문학적 표현을 우선하여 비표준어이더라도
   우리말의 느낌과 가장 비슷한 말로 번역하였음을 밝힙니다.
2. ( ) 안의 글은 원작품의 내용이며 [ ] 안의 글은 번역자의 보충 설명입니다.

"동물을 어떻게 대하는지를 보면
그 사람의 심성을 판단할 수 있다."

임마누엘 칸트 Immanuel Kant

차 례

제1장   백설 공주 9

제2장   할배 파이 21

제3장   딱정벌레 무도회 29

제4장   베이스캠프 블루스 38

제5장   반항의 시작 45

제6장   석방 53

제7장   스펜서 크립스에게 무슨 일이 생긴 것일까? 59

제8장   스커드 71

제9장   식충성 84

제10장   다이달로스 콤플렉스 102

제11장   조난 신호탄 117

제12장   구원병 124

제13장   레이디 맥베스 142

제14장   어둠에 싸인 하이츠 151

제15장   불타는 숲 160

제16장   구출과 파멸 171

제17장   일간 뉴스 181

제18장   자가용 제트기 184

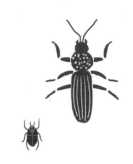

제**19**장 　가장 어두운 시간 　193

제**20**장 　딱정벌레 철야제 　210

제**21**장 　엄마들의 난입 　218

제**22**장 　나르사수아크 　235

제**23**장 　유키 이시카와 박사 　244

제**24**장 　천사 찬송하기를 　257

제**25**장 　호산나 인 엑스-다쿠스 　264

제**26**장 　수하물 　280

제**27**장 　아인슈타인의 공방 　287

제**28**장 　클레오파트라의 딸 　293

제**29**장 　쓰레기통 모텔 　301

제**30**장 　무대 출입구 　313

제**31**장 　딱정벌레들의 반란 　320

세**32**장 　야회복 전투 　330

제**33**장 　포식자와 먹잇감 　340

제**34**장 　밀항자 　353

제**35**장 　크리스마스 　360

제 *1* 장

백설 공주

가볍게 문을 두드리는 소리가 들렸다.

"마담?"

루크레시아 커터는 새까만 물혹처럼 눈꺼풀 없는 까만 눈을 번들거리며 고개를 돌렸다. 네 개의 키틴질 다리로 전혀 힘들지 않게 하얀 천장에 매달려 있었고, 거꾸로 뒤집힌 자주색 치맛자락이 바닥을 향해 늘어져 있었다. "무슨 일이지, 제라르?" 그녀가 대답했다.

"미국인 여배우 루비 히솔로 주니어께서 드레스 피팅 때문에 오셨습니다, 마담." 프랑스인 집사가 문을 사이에 두고 말했다. 들어오라는 명령이 없는 이상 하얀 방에 들어가는 것은 금지되었다.

"이리로 모셔."

"분부대로 하겠습니다."

집사의 조심스러운 발걸음이 복도로 물러나는 소리가 들렸다. 주변 공간에서 발생하는 아주 미세한 움직임도 감지할 수 있다는 것이 무척 짜릿하게 느껴졌다. 새로운 몸과 예민해진 감각이 그녀를 강하게 만들었다. 그녀는 자신의 진짜 모습을 만천하에 보여줄 수 있는 순간이 오기를 간절하게 기다렸다. 그리고 그 순간은 곧 올 것이다.

그녀는 아직 인간의 것인 두 팔을 뻗어 방문이 붙어있는 벽으로 기어가서는 놀라운 속도로 바닥까지 내려가서 휙 하고 뒷다리로 일어섰다. 가운데 두 개의 다리를 치마 안쪽에 감춰진 비밀 주머니에 접어 넣은 후 지퍼를 잠가 딱정벌레의 몸을 숨기며 반대편으로 걸어갔다. 유리 탁자 위에 놓여있는 축 늘어진 검은 가발을 뒤집어쓴 뒤 투명 아크릴 의자의 등받이에 걸려있는 실험실 가운을 집어 들었다. 팔을 가운 소매에 끼고 들썩여 어깨까지 올린 뒤 주머니에서 커다란 선글라스를 꺼내 코 위에 걸쳐 겹눈을 가렸다.

그녀는 거울 앞에서 매무새를 점검하고 탁자에 걸쳐놓은 까만 지팡이를 손에 쥐었다. 사실 지팡이 따위는 필요 없지만, 그것은 사람들이 그녀가 자동차 사고를 당했다고 믿게 해주었고, 자동차 사고는 용화실[애벌레가 번데기로 변화하는 것을 용화라고 하는데, 루크레시아 커터도 곤충의 몸을 갖기 위해 실험실을 만들었고 그 공간을 용화실이라 부른다.]에서 탈바꿈을 하는 동안 그럴싸한 변명 거리를 제공했다.

감각이 찌릿찌릿했다. 조용한 발걸음에서 진동이 느껴졌다. 개인 경호원의 발소리였다.

링링은 중국의 마지막 황제 푸이의 경호원이었던 토시츠구 다카마쓰에게 수련을 받은 쿠노이치(여자 닌자)였다. 그녀는 뉴욕 발레단의 최연소 수석무용수였지만, 《백조의 호수》 공연 도중 기록적인 속도로 전설적인 흑조의 32회전 푸에테를 시도하다가 발목이 부러지면서 무용수로서의 경력이 끝났다. 링링은 토슈즈를 벗어 던지고 대신 닌자 검을 손에 쥐었고 완벽한 경호원이 되었다.

루크레시아 커터는 문을 열었다. 밖에서 특유의 검은 슈트 차림의 링링이 기다리고 있었다.

"망할 놈의 딱정벌레 소식은?"

링링은 고개를 저었다. "아직 크레이븐과 댄키시가 찾고 있습니다."

"얼간이들." 루크레시아가 투덜댔다. "노란 무당벌레를 내보내. 시내 구석구석을 샅샅이 뒤져야 해. 그 망할 놈의 딱정벌레들이 모든 걸 망칠 수도 있어. 그것들을 찾아서 없애버려야 한다고."

링링이 무뚝뚝하게 고개를 한 번 끄덕였다.

'백화점'에서 벌어진 딱정벌레와의 전투는 예상치 못한 것이었고, 루크레시아 커터는 싸움에서 패하는 데 익숙하지 않았다. 그녀는 딱정벌레들을 없애버리고 싶었다. 그것들이 유전자 이식 곤충을 사육하는 그녀의 비밀 작업의 증거이기 때문만은 아니었다. 공개적으로 그녀에게 굴욕감을 줬기 때문이었다. 그녀는 감옥에 가지 않기 위해, 그리고 자신의 새로운 눈 모양이 신문 전면에 실리는 것을 막기 위해 많은 사람에게 뇌물을 줘야 했다. 이 딱정벌레들이 그녀에게 많은 시간과 돈을 낭비하게 했으니, 그것들이 가루가 되는 꼴을 봐야만 속이 후련할 것 같았다.

"그리고 링링, 독벌레를 스파이들에게 딸려 보내도록 해. 열한 개의 반점이 박힌 노란 무당벌레 말이야. 우리 일을 방해하는 자가 있거든 즉시 제거해버려." 갑자기 그녀가 집게손가락을 들고 말했다. "하지만 바솔로뮤 커틀은 건드려선 안 돼. 알겠어? 그는 내 거야."

링링은 고개를 숙여 인사하고 터벅터벅 걸어갔다.

루크레시아 커터는 문을 닫았다. 바솔로뮤의 탈출에 속이 쓰렸지만, 그는 꼭 돌아올 것이라고 확신했다. 그는 스스로를 주체하지 못할 것이다. 그녀는 집게손가락으로 입술을 톡톡 건드리며 이탈한 딱정벌레들에 대해 곰곰이 생각했다. 사실 그녀는 녀석들의 능력에 대해 자부심을 가질만 했다. 따지고 보면 녀석들은 그녀의 실험실에서 나왔으니까.

그녀는 미소를 지었다. 바솔로뮤 커틀의 DNA를 딱정벌레의 DNA와 접합하면 그렇게 인상적인 결과가 나올 거라고 누가 상상이나 했겠는가? 스스로 생각하고 자유 의지가 있는 딱정벌레라고? 그건 전혀 새로운 것이었다. 그녀는 여러 종의 딱정벌레들이 적과 싸우기 위해 협동하는 것을 본 적이 없었다. 짜릿한 흥분을 느꼈다. 다만 그들에게는 살인자 본능이 부족했다. 그녀는 코웃음을 쳤다. 바솔로뮤의 약한 마음을 물려받은 모양이지. 그녀의 새로운 딱정벌레들은 셰퍼드나 다름없었다. 훈련시킬 수 있고, 싸울 수 있고, 명령을 따를 수 있는. 그녀는 복종하는 노예 군단을 길러냈고, 지금 당장은 그것이 그녀에게 필요한 전부였다.

탁자 뒤에 있는 이중 거울로 걸어가며, 그녀는 가운 주머니에서 번쩍이는 황금빛 립스틱을 꺼내 바른 뒤 입술을 붙였다 뗐다. 커틀의 딱정벌레를 탈출시킨 '크립스'라는 녀석을 압박하면 될 것이다.

노크 소리와 잘 알려진 허스키한 웃음소리에 그녀는 고개를 돌렸다.

"들어오세요." 그녀는 예의 바른 미소를 띠었다.

제라르가 문을 열자 분홍 스웨터와 흰색 주름치마 차림의 관능적인 금발 미녀가 또각또각 걸어 들어왔다.

"루비, 정말이지 이렇게 보게 되어 반가워요." 루크레시아가 루비에게 걸어가며 말했다.

루비 히솔로 주니어는 금발 곱슬머리를 어깨 뒤로 넘기며 장식이 별로 없는 방을 품평하듯 둘러보았다.

"아이고! 어떤 디자이너가 인테리어를 했죠?" 그녀가 손을 올리며 말했다. "아니. 말하지 마세요. 그게 누구건, 그냥 해고해 버려요. 무슨 과학 실험실같이 보이잖아요." 그리고 완벽하게 매니큐어를 바른 손가락으로 루크레시아를 쿡 찌르며 말했다. "약사풍 분위기를

너무 낸 것 같네요. 이 방에 필요한 건 화사한 색이에요." 그녀가 손
가락으로 아무렇게나 방안 곳곳을 가리키며 말했다. "살구색이나 복
숭아색. 그리고 쿠션도 필요하겠네요. 누구나 쿠션을 좋아하죠. 필
요하다면 내가 좋은 남자도 소개해줄 수 있어요." 그녀가 킬킬거렸
다. "당연히 필요하다는 건 우리 둘 다 알고 있지만."

루크레시아는 대답하지 않았다. 어색한 침묵이 흐르는 와중에도
얼굴에는 여전히 예의 바른 미소를 유지했다.

"그냥 도움이 될까 해서요." 루비가 상관하지 않고 한숨을 쉬며
말했다. 그녀는 속눈썹을 깜빡이며 제라르에게 말했다. "목이 마르
군요. 혹시 샴페인 있나요?"

집사가 실험실 작업대 아래의 냉장고로 가서 무광택 유리로 된
샴페인 잔과 암녹색 병을 하나 꺼냈다. 그런 다음 병을 열어 샴페인
잔을 채운 뒤 기다리는 여배우에게 건넸다.

루크레시아 커터는 손뼉을 쳤다. "그럼 시상식 때 세계의 마음을
훔쳐볼까요?"

"물론이죠." 루비가 잔을 단숨에 비운 뒤 집사에게 도로 건네고
소매로 입을 닦았다. "안 그러면 내가 여기 왜 왔겠어요."

"좋아요." 루크레시아 커터가 이를 번쩍이며 미소 짓고는 이번 드
레스 피팅이 중요하다는 것을 스스로에게 상기시켰다. "제라르. '백
설 공주'를 부탁해."

"백설 공주라고요? 그게 누구죠?" 루비가 눈살을 찌푸렸다. "'내'

드레스 피팅이 아니었나요? 당신 직원들에게 전화로 말했는데요. 난 이제 대스타라고요. 여기서 이럴 군번이..."

제라르가 자기 덩치만한 바퀴 달린 검은 트렁크를 끌고 들어왔다.

"난 내 작품을 '백설 공주'라고 부른답니다. 자연계에서 찾을 수 있는 가장 순수한 흰색 물질로 만들었기 때문이죠." 루크레시아 커터가 말했다.

제라르가 걸쇠를 젖히니 트렁크 문이 열렸다. 금색 옷걸이에 걸린 우아한 드레스에서 발산되는 빛으로 내부가 환하게 빛났다.

"어머나!" 루비가 매니큐어 바른 손가락을 빨간 입술에 대고 경외심에 탄성을 질렀다. "마법의 가루로 만들었군요!" 그녀가 만져보려고 손을 뻗으며 트렁크를 향해 걸어갔다.

"사실은 딱정벌레로 만들었답니다."

"뭐라고요?" 루비가 흠칫하며 손을 뒤로 뺐다.

"정확히 말하면 풍뎅이죠." 루크레시아가 말을 계속 이어갔다. "아시아 딱정벌레요. 딱정벌레 비늘의 반사성 광자 입자의 얇은 막에서 극도로 하얀빛이 나온답니다. 이 비늘은 어떤 종이보다, 인간이 만든 어떤 물질보다 하얗죠. 이 비늘에는 아주 효율적으로 빛을 퍼뜨릴 수 있는 복잡한 분자 기하학이 있어요."

루비는 공포 어린 눈으로 드레스를 쳐다봤다. "이 드레스가 벌레로 만들어졌다는 말인가요? 물론 죽은 벌레겠죠?"

"그런 완벽하게 흰 비늘을 만들기 위해서는, 풍뎅이들이 모든 색을 동일한 강도로 굴절시켜야 해요." 루크레시아 커터가 말했다. "이건 자연에서 드물게 발견되는 기적이죠. 조명과 카메라 플래시, 스포트라이트로 가득한 행사를 위해 준비한 의상에서 이런 완벽한 흰색 비늘을 이용한 경우는 음, 지금껏 '한 번도' 없었어요." 그녀가 루비 히솔로 주니어의 눈을 쳐다봤다. "이 드레스를 입는 사람은 보는 사람들의 눈을 부시게 할 겁니다. 진정한 스타가 될 거예요."

루비의 눈길이 다시 트렁크 안의 드레스로 돌아갔다.

"한번 입어보시겠어요?" 루크레시아 커터가 속삭이며 여배우에게 다가왔다. "벌써 당신의 체형에 완벽하게 맞게 재단했답니다."

루비는 천천히 머리를 끄덕였다. "으–음. 좋아요."

루크레시아 커터가 제라르에게 트렁크에서 옷을 꺼내 방 한쪽에 서 있는 흰색 가림막에 걸도록 신호를 주었다. "저 뒤로 들어가서 입어보세요. 제라르가 거울을 가져다줄 겁니다."

루비는 드레스를 자세히 들여다보았다. "정말 벌레가 맞아요?"

"그럼요." 루크레시아 커터가 고개를 끄덕이고는 얼굴에 미소를 유지한 채 여배우가 머뭇거리며 가림막 뒤로 들어가는 모습을 지켜보았다. "벌레예요."

"어머, 맙소사!" 루비가 드레스를 머리 위로 뒤집어쓰며 탄식했다. "믿을 수 없는 촉감이에요."

이 미국인 여배우가 '백설 공주'를 입은 채 맨발로 걸어 나오자, 루크레시아의 얼굴이 펴지며 예의상 짓고 있던 미소가 진짜 미소로 바뀌었다. 드레스는 1920년대에 유행한 플래퍼[자유분방한 말괄량이 처녀를 가리키는 1920년대 유행어] 스타일 드레스처럼 눈부셨지만 스팽글이나 구슬 대신 여배우가 움직일 때마다 어른거리며 빛을 반사하는 작고 하얀 딱정벌레 겉날개로 덮여 있었다.

제라르가 트렁크의 뚜껑을 열고 측면을 펼치니 세 개의 거울이 나와서 루비가 모든 각도에서 자신의 모습을 볼 수 있게 해주었다. 그녀는 거울을 등지고 고개를 돌려 어깨너머로 거울 속 자신을 향해 입술을 쭉 내밀었다.

"어머, 이거야!" 그녀가 흥분해서 팔짝팔짝 뛰었다. "이 세상 사람 같지가 않아요!"

"여신처럼 광채가 나죠." 루크레시아가 고개를 끄덕였다.

"그래요. 나를 좀 봐요. 정말 여신이 따로 없네요." 그녀가 손을 골반에 걸치고 거울을 향해 몸을 앞으로 기울여 풍만한 가슴을 과시했다. "이 드레스를 입겠어요." 그녀가 춤을 추듯 어깨와 골반을 털자 딱정벌레 옷에서 찰랑찰랑 만족스러운 소리가 났다. "영화제 시상식에 이런 드레스를 입은 여자는 없을 거예요."

"이 드레스 옆에 있으면 다른 드레스는 걸레 조각처럼 보일 걸요." 루크레시아 커터가 말했다. "그리고 당신이 레드카펫을 걸어갈 때 플래시전구가 터지면 이 딱정벌레 비늘 하나하나가 빛을 완벽하게 반사해서 당신은 천사 같은 분위기를 내게 될 거예요."

"스텔라 매닝보다 더 멋져 보인다면 그렇겠죠." 루비가 거울을 향해 힘차게 걸어갔다가 다시 물러났다. "그 마귀할망구는 어제의 화 젯거리일 뿐이에요. 올해는 모든 눈이 내게 쏠리기를 원해요. 난 감 동 어린 연설을 하고 시상식을 접수할 거예요."

"장담해요. 누구도 당신에게서 눈을 떼지 못할 겁니다. 이 드레스 는 역사에 기록될 거예요. 절대 잊힐 일이 없죠."

"딱정벌레가 이렇게 예쁠 줄 누가 알겠어요?" 루비가 연극을 하 듯 두 손을 번쩍 들며 말했다. "다른 사람이 이걸 입으면 배 아파서 죽을 거예요."

"당신처럼 역량 있는 여배우가 내 작품을 시상식에 입게 되면 저 야 영광이죠."

"우리 스타일리스트가 당신이 천재라더군요, 레티샤—"

"루크레시아예요."

"음—흠, 어쨌거나." 루비가 광채를 뿜어내는 자신의 모습에 여전 히 넋을 잃은 채 말했다. "사실 그녀 말을 믿지 않았죠. 하지만 내가 크게 잘못 생각했네요."

"정말 친절하시군요." 루크레시아 커터의 인내심이 바닥나기 시 작했다. "하지만 이 드레스를 시상식에 입고 가려면, 몇 가지 동의해 야 할 규칙이 있답니다."

"규칙이요?" 루비가 눈살을 찌푸렸다. "무슨 규칙 말인가요?"

"시상식 당일 아침까지는 이 드레스를 보지 못할 거예요. 그날 우 리 직원이 옷을 가져가서 당신이 옷을 입기를 기다렸다가 우리 차로 시상식장까지 모실 겁니다. 제 작품을 입는다고 언론에 말해도 좋지만, 구체적으로 어떤 옷인지 누구에게도 말해서는 안 돼요. 비밀로 해야 하죠."

"비밀이요?" 루비가 한쪽 눈썹을 치켜세웠다. "그거 좋네요!" 그녀가 박수를 쳤다. "내가 리무진에서 레드카펫으로 발을 내디디면서 세상을 깜짝 놀라게 하는 거예요!" 그녀가 루크레시아에게 손을 내밀며 말했다. "루루, 당신 조건에 동의해요."

"그럼 드레스는 당신의 것입니다." 루크레시아 커터가 여배우의 내민 손을 무시하고 말했다.

"좋아요." 루비가 어깨를 으쓱하고 마지막으로 거울 속 자신을 흘끗 본 뒤 가림막 뒤로 들어가 잠시 후에 드레스를 제라르에게 건넸다. 그녀는 금발 곱슬머리 위로 분홍색 스웨터를 뒤집어쓰고 흰색 뾰족구두를 다시 신은 뒤 걸어 나왔다. "당신과 거래하게 되어서 기뻐요, 루루." 루비가 잠시 멈춰 거울을 들여다보며 화장 상태를 확인했다.

"오히려 제가 감사하죠." 루크레시아 커터가 대답하고는 문 쪽을 가리켰다. "제라르가 안내해드릴 겁니다."

그들이 나가고 문이 닫히자 루크레시아는 '백설 공주'로 고개를 돌리고 자신의 작품을 감탄 어린 눈으로 바라보았다. 그녀는 머리를 뒤로 젖히고 목구멍 깊은 곳에서 섬뜩한 딸깍 소리를 냈다.

열린 트렁크에 걸려있는 드레스가 어른거리며 진동하더니 특별하게 사육한 수천 마리의 풍뎅이들이 잠금장치를 뚫고 날아와 마치 반짝이는 토네이도처럼 루크레시아의 머리 주위에서 떼 지어 소용돌이쳤다.

루크레시아는 빙긋 웃었다. 일이 쉽게 풀리겠군.

제 2장

할배 파이

바솔로뮤 커틀은 맥스 삼촌의 집 주방에서 식탁에 접시 두 개를 조심스럽게 차리고, 각각의 접시에 김이 모락모락 나는 그레이비 소스에 졸인 양고기와 으깬 감자, 깍둑 썬 당근, 콩을 한 국자씩 담았다.

"고맙습니다, 커틀 박사님." 베르톨트 로버츠가 커다란 안경을 콧잔등 위로 밀어 올리며 높고 새된 목소리로 예의 바르게 말했다.

"오히려 내가 기쁘다, 베르톨트." 바솔로뮤 커틀은 손을 청바지에 쓱쓱 문지르고 조리대로 돌아갔다. "난 요리를 잘하지 못한다만 이건 내가 '할 수 있는' 요리란다." 그는 다른 접시 두 개를 더 꺼냈다. "대대손손 내려온 우리 가족 레시피거든."

"으음." 버지니아 월리스가 코로 냄새를 들이마시며 포크에 손을 뻗었다. 베르톨트가 날쌔게 버지니아의 손등을 찰싹 때렸다. 버지니아는 베르톨트에게 인상을 쓰면서도 손을 도로 무릎으로 가져갔다.

"기본적으로 재료는 양고기 파이와 비슷하지만, '그냥' 파이는 아니란다." 그가 다쿠스 앞에 접시를 놓으며 말했다. 그리고 아들 옆자리에 앉으며 싱긋 웃었다. 다쿠스는 아버지가 웃을 때 파란색 눈 주위에 주름이 잡히며 행복이 얼굴 전체에 퍼지는 모습이 좋았다.

"내가 어렸을 때 아버지가 내게 해주셨는데, 이제 내가 아들을 위해 만들고 있구나." 그는 애정이 듬뿍 담긴 눈으로 다쿠스를 바라보면서 다쿠스의 검은 머리칼을 헝클어트렸다. "네가 제일 좋아하는 요리지, 다쿠스? 할배 파이. 우리 아버지가 해주셔서 얘가 이렇게 부르곤 했지."

"아빠!" 다쿠스가 얼굴을 찌푸렸지만, 가슴에서는 따스함이 느껴지고 입가가 미소로 씰룩거렸다. 불과 몇 주 전만 해도 그는 아버지가 이렇게 농담하는 모습이 사무치게 그리웠는데, 이제 아버지가 이렇게 곁에 있다. 아버지가 퇴원할 때 맥스 삼촌은 아버지가 무리하지 않도록 다들 조심해야 한다고 말했지만, 아버지는 하루하루 기력을 조금씩 회복했다. 곧 모든 것이 정상으로 되돌아가서 집으로 돌아갈 수 있을 것이다.

다쿠스는 맞은편으로 눈을 돌렸다. 베르톨트와 버지니아가 매일

보고 싶을 것이다. 그들은 지금까지 다쿠스가 만난 친구 중 최고였다.

"다들 먹자." 다쿠스의 아버지가 말했다.

"할배 파이?" 버지니아가 코로 흡입하며 포크를 손에 쥐고 콩과 고기, 당근을 감자와 섞고는 일주일은 굶은 사람처럼 입으로 퍼 넣었다.

"맛있습니다, 커틀 박사님." 베르톨트가 음식을 씹기도 전에 말했다.

"베르톨트, 이제 박사님이라고 부르지 말아 줄래? 그냥 커틀 아저씨가 좋겠구나. 너만 좋다면 그냥 아저씨라고 해도 좋고."

"제가 어떻게..." 베르톨트가 안색이 홍당무처럼 벌겋게 달아오르며 말을 더듬었다. "제 말은 자연사박물관 과학 학예실장님이신데, 제가 어떻게..."

"우리끼리는 보통 다쿠스 아빠라고 불러요." 버지니아가 입에 가득한 음식 때문에 갈색 볼이 다람쥐처럼 불룩해진 상태로 불쑥 끼어들더니 곧이어 음식을 꿀꺽 삼킨 뒤 말을 계속했다. "아저씨가 계실 때만 베르톨트가 이상해지고 아저씨를 박사님이라고 부르는 거예요."

베르톨트는 접시만 내려다보며 마치 풀어야 할 복잡한 문제를 푸는 것처럼 음식을 먹었다. 얼굴이 너무 달아올라서 부스스한 하얀 곱슬머리를 통해 빨간 두피가 보일 정도였다.

다쿠스의 아버지가 퇴원한 날 베르톨트는 그를 처음 만났다. 그

날 베르톨트는 꾸벅하고 인사를 했다. 베르톨트는 아버지가 없었고, 다쿠스가 보기에 가끔은 이 부끄럼쟁이 친구가 자기도 아버지가 있으면 좋겠다고 생각하는 것 같았다.

"당연히 그렇게 불러도 돼. 난 다쿠스의 아버지인 것이 자랑스럽거든." 바솔로뮤가 갑자기 진지한 표정을 지으며 말했다. "따지고 보면 다쿠스는 내 생명의 은인이잖니."

"실례지만 우리도 도왔다는 걸 잊으시면 안 돼요." 버지니아가 고개를 삐딱하게 기울이고 말했다.

바솔로뮤 커틀이 웃으며 말했다. "물론이지, 버지니아. 내가 잊어버리도록 네가 내버려 둘 리가 없잖니? 안 그래?"

"그럴 리가 없죠." 버지니아가 고개를 좌우로 젓자 여러 갈래로 땋은 검은 머리가 공중에 떠서 흔들리며 서로 부딪쳤다. 알통다리잎벌레 마빈을 만난 다음부터 버지니아는 머리를 땋는 습관을 들였다.

먹는 동안 침묵이 흘렀다. 다쿠스는 버지니아와 베르톨트가 자신이 얘기를 꺼내기를 기다리고 있다는 것을 깨달았다.

이제 때가 되었다. 다쿠스는 친구들과 그 말을 할 계획을 세웠고 연습까지 했지만, 막상 때가 오니 차마 입이 떨어지지 않았다. 어서 말하라고 채근하는 버지니아의 얼굴을 보게 될까 두려워 차마 눈을 들지 못하고 입에 콩과 으깬 감자를 채웠다.

버지니아는 빈 접시를 들어서 마지막 국물까지 싹싹 핥아 먹었고, 그 모습에 베르톨트는 쯧쯧 혀를 찼다.

아래층에서 쾅 소리가 나더니 이어서 덜커덕 소리가 들렸다.

"교수님이야!" 버지니아가 의미심장한 눈으로 다쿠스를 보며 말했다.

2분 뒤 부엌문이 열리고 맥스 삼촌이 만면에 미소를 띠고 친근한 인사를 건네며 부엌으로 들어왔다.

"맥스 형, 배고프면 남은 음식 있어." 바솔로뮤가 말했다.

"잘됐네!" 맥스 삼촌이 손뼉을 치며 가스레인지로 갔다. "할배 파이잖아!" 그가 기쁨의 탄성을 지르며 머리 위 식기장에서 접시를 꺼낸 뒤 냄비의 음식을 모조리 쏟아부었다. "이게 얼마 만이냐."

버지니아는 이제 한 그릇 더 먹을 수 없다는 것을 깨닫고 얼굴을 떨구었다.

맥스 삼촌이 사파리 모자를 벗고 의자에 앉았다. 그런 다음 포크를 집어 들며 다쿠스를 보고 말했다. "그래, 말은 했니?" 그가 동생을 보며 말을 이었다. "정말 굉장하지? 내 눈으로 직접 보지 않았다면 아마 믿지 못했을 거야."

바솔로뮤가 얼굴을 찌푸렸다. "뭐가 말이야?"

맥스 삼촌이 사레들린 듯 기침을 했고, 다쿠스는 갑자기 모두가 자신을 쳐다보고 있는 것을 깨달았다.

"다쿠스, 뭐가 굉장하다는 거니?" 바솔로뮤가 혼란스러운 얼굴로 물었다.

바닥에 의자 다리가 긁히는 소리를 내며 다쿠스가 일어났다.

드디어 다쿠스가 기다렸던 순간이 왔다. 그런데 왜 이렇게 불안한 것일까? "보여드릴 게 있어요."

바솔로뮤는 맥스를 보았다. 맥스는 열심히 고개를 끄덕이며 말했다. "너도 좋아할 거야." 그가 이렇게 말하고는 사파리 모자를 다시 머리에 쓰고 할배 파이를 입에 넣었다.

"어, 그럼 그게 뭔지 어서 보여다오. 궁금하구나."

버지니아와 베르톨트는 서로에게 말하며 벌떡 일어나서 밖으로 나가는 다쿠스를 따라나섰다.

"밖으로 나가야 해요." 다쿠스가 어깨너머로 아버지를 돌아보며 말했다. "사다리도 타야 하고요. 그럴 힘이 있겠어요?"

"사다리 정도는 탈 수 있을 것 같다." 바솔로뮤가 고개를 끄덕였다.

"큰 사다리예요."

"괜찮다, 다쿠스. 정말이야."

다쿠스는 모두를 맥스 삼촌의 아파트에서 거리로 인도했다. 오후 여섯 시가 조금 넘었다. 12월의 밤이 벌써 내려앉아 있었고 가로등이 켜졌다. 빨래방은 열려 있었고 페이틀 씨의 신문가게에도 불이 켜져 있었지만, 이 거리의 다른 상점들인 유기농 식품 판매점 마더어스와 문신 시술소는 캄캄했다.

다쿠스는 루크레시아 커터를 물리친 날 아침, 자신이 몸을 날려 아버지를 구할 때 총알이 어깨를 관통하면서 울렸던 총성을 생각했다. 그것이 아버지가 그날의 구출에 대해 기억하는 전부였다. 맥스 삼촌은 바솔로뮤가 회복할 때까지 하수구에 있는 딱정벌레들의 산과 그를 구출할 때 딱정벌레들이 어떤 역할을 했는지는 비밀로 하는 것이 최선이라고 판단했다.

사실 지키기 어려운 비밀이었다. 바솔로뮤는 자신이 타워링 하이츠에서 어떻게 빠져나왔는지 자꾸만 물었고, 그럴 때면 맥스가 코를 톡톡 치고 다쿠스에게 눈을 찡긋하며 대답하곤 했다. "때가 되면 차차 알게 될 거야, 바솔로뮤. 우린 그게 얼마나 쉬웠는지 말해서 괜히 김빠지게 하고 싶진 않다."

가장 큰 문제는 장수풍뎅이 박스터를 숨겨야 하는 것이었다. 박스터는 지하의 딱정벌레 산으로 다시 돌아갔다. 다쿠스는 친구와 떨어져 있는 것이 싫었다. 어깨에 크고 검은 풍뎅이를 얹고 다니던 때가 그리웠다. 박스터가 들을 것이라고 생각하고 습관적으로 어깨에 대고 얘기를 하다가 문득 혼자라는 사실을 깨닫고 중간에 멈추는 일도 많았다. 다쿠스는 아버지에게 박스터를 소개할 수 있는 순간, 그리고 그와 베르톨트와 버지니아가 딱정벌레 산을 구하고 아버지를 루크레시아 커터로부터 구출한 놀라운 이야기를 들려줄 수 있는 순간을 간절히 기다렸다.

그리고 지금 그 순간이 왔다.

바솔로뮤는 다쿠스 뒤에 서서 '백화점'의 잔해를 바라보았다. 떨어졌던 상점 문은 다시 조립되어 있고, 그 위로 낙서투성이 골함석판이 덮여 있었다. '주의', '접근 금지 지역, 출입금지.' 따위가 적힌 테이프가 붙어있었다. 느낌표가 표시된 노란 삼각형이 '안전하지 않은 건물'이라고 경고했다.

다쿠스는 문으로 걸어가 목에 걸린 가죽 신발 끈을 빼서 열쇠를 꺼냈다.

"지금 뭐 하는 거니?" 바솔로뮤의 불안한 시선이 재빨리 맥스를 향했다.

"괜찮아요." 다쿠스가 문을 열며 말했다. "보통은 이렇게 들어가지 않지만, 절대 안전해요."

맥스 삼촌이 동생을 보며 쾌활하게 고개를 끄덕였다.

다쿠스는 아버지의 손을 잡고 상점 안으로 이끌었다. "어서요. 제 말을 믿으세요."

제**3**장

딱정벌레 무도회

다쿠스가 이끄는 대로 모두들 건물 잔해와 벽돌 조각 더미를 요리조리 피하고 떨어진 바닥재며 문틀을 넘고 아치형 입구를 통과하여 상점 뒤쪽의 간이 부엌으로 들어갔다. 간이 부엌은 천장이 멀쩡했다. 바닥에는 깨진 유리와 석고 부스러기가 뽀얗게 덮여있었다. 붙박이장 문에는 낡은 꽃무늬 앞치마가 그대로 걸려있었다.

다쿠스는 작은 화장실 쪽으로 아버지를 끌고 갔다. 바닥 가운데에 열린 맨홀이 있었다. 버지니아가 구멍 속으로 내려갔고 베르톨트도 그 뒤를 따랐다.

"다음은 내 차례지?" 맥스 삼촌이 다쿠스를 보며 묻자 다쿠스가 고개를 끄덕였다. "맞아요. 아래에서 봐요." 맥스 삼촌이 내려가기 시작하더니 이내 사파리 모자가 시야에서 사라졌다.

"벽에 철제 사다리가 있어요." 다쿠스가 설명했다.

"내게 보여주려는 게 저 아래에 있는 거냐?" 그의 아버지가 어안이 벙벙한 얼굴로 쳐다보며 물었다.

다쿠스가 고개를 끄덕였다. "어서 가세요. 저도 따라갈게요." 아버지가 사다리에 오르는 모습을 보며 다쿠스가 미소 지었다. "저를 믿으세요. 마음에 드실 거예요."

다쿠스가 재빨리 맨홀 앞으로 갔다. 흥분으로 목덜미가 짜릿했다. 그의 발은 어디서 사다리 발판을 찾아야 하는지 알고 있었다. 어둡고 음습한 하수도로 내려가고 있는데 맥스 삼촌의 목소리가 들렸다.

"바솔로뮤, 네 눈을 가려야겠어."

"뭐야, 하나도 안 보이잖아." 다쿠스의 아버지가 투덜댔다.

"거의 다 왔어."

다쿠스가 바닥으로 내려가서 아버지와 삼촌이 걷고 있는 하얀색 길을 따라 '인간 구역'으로 뛰어들어갔다. 인간 구역이란 바닥에 칠해진 탁구대 크기의 흰색 직사각형이었다. 그 안에는 세 개의 자동차 좌석과 커피 테이블이 있었다. 흰색 길과 직사각형은 아이들을 위한 공간이었고, 딱정벌레들은 사고로 밟히지 않기 위해 이 부분을 피해 다녀야 한다는 것을 이해했다.

커피 테이블 위의 어른거리는 등유 램프가 주변 공간을 움직이는 그림자들로 채웠다. 그 옆에서 버지니아와 베르톨트가 기다리고 있었다. 다쿠스는 짜릿한 전율에 두 팔이 찌릿찌릿하고 심장이 빠르게 뛰는 것을 느꼈다.

맥스는 바솔로뮤를 큰 좌석으로 인도했다. "좋아. 손을 앞으로 내밀어봐. 그거야. 뭔지 알겠어? 그건 의자 등판이야. 이제 거기 앉아. 아이고, 왼쪽으로, 그래! 훌륭해." 그가 여전히 바솔로뮤의 눈을 가린 채 다쿠스를 쳐다보았다.

다쿠스는 딱정벌레 산을 등지고 버지니아와 베르톨트 사이에 자리 잡았다. 그가 고개를 끄덕이자 맥스가 바솔로뮤의 눈에서 손을 뗐다.

바솔로뮤는 눈을 깜빡이며 캄캄한 굴속을 둘러보았다. "지금 이게 무슨 상황인지..."

"보여드릴 게 있어요." 다쿠스가 말했다. 귀에서 맥박이 뛰는 소리가 들렸다. "어떻게 타워링 하이츠를 탈출했는지 물어보셨죠? 이렇게 된 거예요." 다쿠스가 턱을 올리고 이 사이로 숨을 힘껏 들이쉬어 높고 날카롭게 삑 소리를 냈다. 그러자 어둠 속에서 탁탁 날개 부딪치는 소리가 나더니 크고 까만 장수풍뎅이가 다쿠스의 어깨에 내려앉는 것이 그림자 진 실내에서 간신히 보였다. 장수풍뎅이는 뒷다리로 서서 다쿠스의 아버지에게 앞다리를 흔들었다.

"제 친구 박스터예요." 다쿠스가 말했다. "얘가 아버지를 구출하는 걸 도왔어요."

그의 아버지가 몸을 앞으로 기울였다. "칼코소마 코카서스로구나." 그가 눈을 크게 뜨고 속삭였다.

"그리고 얘는 마빈이에요." 버지니아가 말했다. 그녀의 땋은 머리 한 가닥을 감고 있던 선홍색 방울이 길게 펼쳐지며 그것이 알통다리잎벌레임을 드러냈다. 그것은 한동안 거꾸로 매달려 있다가 버지니아의 어깨로 떨어졌다.

"그리고 얘는 뉴턴이에요." 베르톨트가 이렇게 말하자 먼지버섯처럼 부풀어 오른 은발 머리가 환하게 밝혀졌다. 골프공 크기의 반딧불이가 복부에서 환한 빛을 내며 베르톨트의 머리 위로 날아올랐다.

다쿠스는 팔을 넓게 벌리고 규칙적으로 손가락을 튕겨 딱딱 소리를 냈다. "얘들은 모두 아버지 생명을 구해준 딱정벌레들이에요."

그때 그의 뒤에 있던 조용한 봉우리에서 갑자기 폭발적으로 빛을 발산했다. 수백 마리의 반딧불이들의 생체 발광 반점이 눈에 들어왔다. 동굴처럼 생긴 천장에서 반딧불이들이 복부의 랜턴을 켜고 북극의 오로라처럼 천장 전체에 어른어른 빛의 물결을 일으켰다.

버지니아가 발을 구르며 일정한 박자로 옆구리를 탁탁 쳐서 점점 큰 소리를 내자, 마치 오케스트라의 현악부처럼 고음의 소리가 화답했다. 하나의 기이한 음이 처음에는 두 개, 이어서 세 개로 쪼개지며 화음을 이루었다. 마빈이 미니어처 지휘자처럼 통통한 뒷다리로 서서 보이지 않는 타악부를 가리키니 그쪽에서 거꾸로 뒤집힌 찻잔을 두드리며 선율을 만들어냈다. 시끌벅적한 쇠똥구리 무리가 미리 준비한 오물 공들을 딱정벌레 산의 뒤쪽에서 물웅덩이로 밀어 떨어뜨려 일정한 박자로 풍덩풍덩 소리를 냈다. 곤충들의 오케스트라에서 들릴 듯 말 듯 한 작은 소리가 나오고, 버지니아는 이상한 음악에 맞춰 어깨를 들썩였다.

"혹시 이건...?" 바솔로뮤 커틀은 놀라서 맥스를 쳐다보았다. "마빈 게이의 '풍문으로 들었소I Heard it Through the Grapevine?'"

맥스 삼촌이 싱긋 웃으며 고개를 끄덕이고는 딱정벌레의 음악에 맞춰 고개를 까딱거리며 박수를 쳤다. 그 순간 검은색과 흰색이 섞인 수많은 꽃벼룩들이 공중제비를 돌며 산 아래로 내려오고 산기슭에서는 줄지어 늘어선 빨갛고 까만 기린목바구미들이 콩가 춤을 추었다.

빽빽이 모인 반딧불이들이 빙글빙글 돌며 거대한 디스코 볼을 만들었다. 딱정벌레 산의 중심에서 뻗어 나온 난초나무의 가지에서 장수풍뎅이와 헤라클레스장수풍뎅이들이 두 마리씩 뛰어올라 서로 뿔을 연결한 채 빙글빙글 돌며 비행하자 사랑스러운 무당벌레들이 날아올라 장수풍뎅이의 다리를 붙잡고 함께 돌면서 물결처럼 일렁이는 붉은 리본을 이루었다.

바솔로뮤 커틀은 비단벌레 악단이 한껏 뽐을 내며 찻잔에서 기어 나와 예쁜 겉날개를 펄럭이며 과시하는 모습을 입을 쩍 벌리고 지켜보았다. 비단벌레들은 무당벌레 리본을 움켜잡고는 공중그네를 타는 곡예사들처럼 빙글빙글 도는 다리 사이를 옮겨 다니며 각도에 따라 색이 달라 보이는 날개로 반딧불이가 뿜어내는 빛을 반사했다.

음악이 절정에 이르렀을 때 다쿠스가 신호를 주자, 비행하는 딱정벌레들이 와르르 쏟아져 나와 갈고리발톱이 달린 발로 다쿠스의 옷을 붙잡고 다쿠스가 바솔로뮤의 정수리를 볼 수 있는 높이까지 다쿠스를 공중 부양시켰다. "이 딱정벌레들이 타워링 하이츠에서 아빠를 이렇게 운반해서 나온 거예요!" 그가 큰 소리로 말했다. "바로 이렇게요! 아버지를 구한 거라고요."

박스터가 바솔로뮤 커틀을 향해 날아와 그의 얼굴 앞에서 빙빙 돌면서 음악에 맞춰 한 번씩 앞다리를 흔들며 춤을 주었다.

"안 돼!" 바솔로뮤 커틀이 갑자기 두 팔을 저으며 벌떡 일어섰다. "그만! 당장 멈춰!" 그가 박스터를 쳐서 바닥에 떨어뜨렸다.

"박스터!" 다쿠스가 소리쳤다.

다쿠스를 붙잡고 있던 딱정벌레들은 혼란에 빠졌고, 깜짝 놀란 반딧불이들이 사방으로 흩어지고 빙글빙글 돌던 딱정벌레들이 찻잔들의 산으로 후퇴함에 따라 곤충들의 음악은 불안한 불협화음으로 전락했다. 다쿠스는 바닥에 떨어졌다. 그는 딱정벌레 친구에게 허겁지겁 기어가서 두 손에 담아 가슴으로 가져갔다.

"박스터 괜찮니?" 다쿠스가 속삭였다.

장수풍뎅이가 뿔을 위아래로 흔들었다.

"도대체 왜 그러셨어요?" 화가 잔뜩 난 다쿠스가 아버지에게 소리쳤다. "애를 다치게 할 뻔했잖아요!"

바솔로뮤 커틀은 부릅뜬 광기 어린 눈으로 형을 쳐다보며 말했다. "대체 무슨 짓을 한 거야?"

"내가 아니다, 바솔로뮤." 맥스 삼촌이 동생의 어깨에 손을 살며시 올리며 말했다. "내가 한 게 아니야. 이건 네 작품이야. 이 딱정벌레들은 '네' 실험, '네' 연구의 결과물이야."

"아니야!"

"네가 어떤 생명체의 구조를 조작했다고 해서, 그것이 어떻게 진화하는지까지 네 마음대로 할 수 있다고 생각하는 거냐?" 맥스 삼촌이 동생을 토닥이며 말했다. "그런데 다행히도 네가 일을 잘하긴 한 것 같구나."

"아니야." 바솔로뮤 커틀이 고개를 저으며 비틀비틀 뒤로 물러났다. "절대로 내가 이런 결과를 이룬 게 아니야. 애들을 좀 봐! 춤을 출 수 있잖아. 인지 능력이 있다고!" 그는 고개를 저으며 눈을 점점 더 휘둥그레 뜨면서 딱정벌레 산을 가리켰다. "이건... 이건 위험해. 우리가 없애버려야 해."

"안 돼요. 아빠!" 다쿠스가 비명을 질렀다. "아빠를 구한 딱정벌레들이에요! 아빠를 구했다고요!" 그가 박스터를 가슴에 안았다. "얘들은 내 친구예요!"

버지니아와 베르톨트가 다쿠스에게 급히 달려가 부축해서 일으켰다.

"아빠는 이해를 못 하고 계세요." 다쿠스가 호소했다. "이 딱정벌레들은 놀라워요. 아주 특별하죠. 잠시만 애들과 시간을 보내면 아시게 될 거예요."

"아들아, 그렇지 않아. 이해를 못 하는 건 바로 '너'야." 바솔로뮤 커틀이 말했다. "이게 있어 봐야 좋을 게 없어."

"아빠가 딱정벌레를 좋아하는 줄 알았어요." 다쿠스가 외쳤다.

바솔로뮤 박사는 아들에게 시선을 고정한 채 어깨를 곧게 펴고 고개를 들며 말했다. "이건 딱정벌레가 아니다, 다쿠스. 이건 루크레시아 커터의 피조물이야."

제**4**장

베이스캠프 블루스

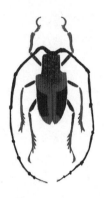

" **아**빠를 구한 건 '나'야. 그런데 이제 와서 내가 아무 일도 없었던 것처럼 굴기를 기대하고 있다니!" 다쿠스는 소파를 걷어찼지만 이내 후회했다. 발가락에 타는 듯한 통증이 밀려왔기 때문이다. 그는 발을 붙잡고 박스터가 어깨에서 떨어지지 않도록 조심하며 황록색 쿠션으로 풀썩 쓰러졌다. "아빠는 나를 애 취급하고 있어." 그는 베이스캠프를 덮고 있는 방수포 천장을 우울하게 응시하며 말했다.

"너를 보호하시려는 거야, 다쿠스." 베르톨트가 작업대에서 조용히 말했다. 버지니아가 오기를 기다리는 동안, 그는 손잡이가 긴 집게를 만들기 위해 서류 집게를 금속 봉에 나사로 고정시키고 있었다. 뉴턴은 생체 발광 복부를 어른거리며 털실 방울 같은 베르톨트의 하얀 머리 위에서 즐겁게 넘실거렸다. "사실 애가 맞지 뭐."

"난 보호 따윈 필요 없어." 다쿠스가 일어나 앉으며 말했다. "난 납치 같은 건 당하지 않았잖아. 안 그래?"

"하지만 넌 총에 맞았잖아." 베르톨트가 커다란 안경 너머로 다쿠스의 붕대 감은 어깨를 보며 상기시켰다.

"이건 그냥 얕은 상처잖아. 지금은 괜찮다고. 자, 봐." 다쿠스는 붕대를 찰싹 때렸지만 얼얼한 발가락을 잊게 할 만큼 극심한 통증이 벼락처럼 밀려와 숨을 헉 들이쉬었다.

"그래, 퍽이나 괜찮네. 이제 알겠어." 베르톨트가 한숨을 쉬었다. "아버지에게 화를 내면 안 돼. 그냥 좋은 아버지가 되시려는 것뿐이야."

"나도 알아. 나도 안다고." 다쿠스가 손바닥을 관자놀이에 문지르며 말했다. 걱정 때문에 머리가 지끈거리고 속이 뒤틀렸다.

딱정벌레들을 본 다음부터 아버지는 이상해지고 있고, 게다가 루크레시아 커터는 여전히 자유의 몸으로 어딘가에 살고 있다. 밤이면 가끔 꿈속에서 갈고리발톱이 달린 그녀의 발이 바닥을 긁으며 그를 쫓아오는 소리를 듣곤 한다. 소리는 계속 그를 따라와 이중 거울과 화가 잔뜩 난 사슴벌레의 캄캄한 악몽 속으로 몰아넣는다.

"내가 예상한 대로 되는 게 하나도 없어." 다쿠스는 박스터를 어깨에서 들어 올리고 총상을 덮고 있는 붕대를 긁적였다. 상체를 몇 바퀴나 돌려 감은 붕대가 겨드랑이 밑에 불룩하게 모여 있어서 영 거북했다. 그는 자신의 장수풍뎅이를 무릎 위에 놓고 얼굴을 부드럽게 쓰다듬었다. "네가 우리 아빠가 박스터를 쳐다보는 눈빛을 못 봐서 그래. 얘한테 실험이라도 할 기세라니까."

"그렇지 않을 거야." 베르톨트가 드라이버를 내려놓고 말했다.

"그래, 나도 정말 그렇게 생각하는 건 아니야." 다쿠스가 고개를 저으며 말했다. "하지만 어제 하수구에서 집으로 돌아갔을 때, 아빠가 맥스 삼촌 침실에 현미경을 설치했어. 그리고 오늘 아빠의 얼굴을 보니 간밤에 주무시지 않은 게 분명했어. 그리고 오늘 아침." 다쿠스가 잠시 뜸을 들이다가 다시 말했다. "아빠가 수염을 깎았더라고! 내 평생 수염이 없는 아빠를 본 적이 없어. 아빠는 꼭... 음, 우리 아빠처럼 보이지 않아. 지금은 너무 말랐고 수염도 없어서 낯선 사람 같아."

"많은 일을 겪으셨잖아." 베르톨트가 말했다. "너도 그렇고."

"그래." 다쿠스가 한숨을 쉬었다. "하지만 아빤 내게 그 얘기는 해주지 않아."

"맥스 삼촌은 어때?"

"모든 게 잘되고 있는 것처럼 행동하셔. 내가 보기에 전혀 아닌데 말이야. 사실은 삼촌도 걱정이 많아. 간밤에 두 분이 다투시는 걸 들었어. 내가 잠든 줄로 아셨겠지만." 다쿠스가 고개를 저었다. "오늘 아침에 아빠에게 말을 꺼내보려 했는데, 계속 화제를 다른 데로 돌리면서 학교 얘기며 여자들에 대해 묻는 거야."

"여자?" 베르톨트가 웃었다.

"버지니아가 예쁜 것 같으냐고 묻더라니까!" 다쿠스는 황당함을 감추지 않았다. "좀 그렇잖아!"

"물론 예쁘지."

다쿠스의 얼굴이 자줏빛으로 물들었다. "내 말은 그게 아니잖아. 지금 루크레시아 커터와 관련된 뭔가 심각한 일이 벌어지고 있어, 베르톨트. 그런데 아빠는 우릴 돕지 않을 거고, 우린 그 여자가 다음에 무슨 짓을 할지 몰라."

"아무 짓도 안 할 지도 모르잖아." 베르톨트가 낙천적으로 말했다. "따지고 보면 그 여자는 패션 디자이너잖아."

"그냥 패션 디자이너는 아니야. 너도 알잖아." 다쿠스는 이를 악물며 말했다. "아무런 의도가 없다면 애초에 왜 아빠를 납치했겠어?"

"진정해, 다쿠스. 우리가 네 아버지를 되찾아왔잖아. 그리고 딱정벌레는 무사해. 걔들이 하수구에 숨어있는 걸 아무도 몰라. 모든 게 다 잘 될 거야."

"넌 이해 못 해. 난 아빠가 돌아오면 모든 게 정상으로 돌아갈 거라고 생각했어. 하지만 아니야. 난 아빠가 딱정벌레를 좋아한다고 생각했는데, 사실은 싫어해."

베르톨트가 눈을 찡긋했다. "괜찮을 거야. 네 아빠 좋으신 분이야."

"아빠는 달라졌어." 다쿠스는 뭐라고 표현해야 할지 고민하다가 다시 입을 열었다. "우리가 딱정벌레 산을 보여준 순간 아빠는 변했어. 항상 눈이 이렇게 보여. 뭔가 생각하는 것처럼 말이야." 다쿠스가 고개를 숙였다. "엄마가 돌아가셨을 때도 그랬어. 아빠 내가 방에 들어가도 알아차리지 못했지. 내가 바로 앞에 서 있는데도 말이야." 다쿠스의 목소리가 떨렸다. "아빠를 되찾은 줄 알았는데, 아니었어." 그가 소파 쿠션을 주먹으로 쳤다. "게다가 아빠는 내게 루크레시아 커터 근처에는 얼씬도 말고 그 여자랑 절대 엮이지 말라고 다짐을 받았어. 실종된 동안 어디에 있었는지 사람들이 물으면 아빠가 거짓말을 한다는 거 알아? 연구 중이었다고 말해. 내게도 거짓말을 한다니까. 아빠는 루크레시아 커터가 무슨 일을 꾸미는지 알고 있는데 내게 말해주지 않는 거야."

"네가 그걸 어떻게 안다고 그래." 베르톨트가 부드럽게 말했다.

"난 알아. 엄마가 죽었다는 걸 아는 것처럼." 그가 쿠션을 다시 쳤다.

베이스캠프 문 반대쪽에서 타닥타닥 소리가 요란하게 나더니 버지니아가 뛰어 들어왔다.

"눈이 와!" 그녀가 갈색 눈을 반짝이며 말했다. "밖에 나가서 보자."

"그래?" 베르톨트가 버지니아에게 고개를 돌렸다. "올겨울 첫눈이네!"

"그러게! 크리스마스에 딱 맞춰 왔어! 자, 나가자." 버지니아가 빙그르 돌아서 다시 문밖으로 뛰어나갔다. 베르톨트가 걱정스러운 눈으로 다쿠스를 쳐다보았다.

"난 괜찮아." 다쿠스가 말했다.

베르톨트가 문을 가리키며 말했다. "너도 나갈 거지?"

"장난해? 당연하지." 다쿠스가 친구에게 엷은 미소를 보내며 말했다. "눈이 온다잖아!"

베르톨트는 안도의 미소를 지으며 버지니아를 따라 나갔다.

다쿠스는 소파에서 일어서며 박스터를 무릎에서 떼어 얼굴 높이까지 들어 올리고 머리가 자신을 향하도록 했다. "누구든 절대 널 해치게 두지 않을 거야, 박스터." 다쿠스가 속삭이고는 박스터와 눈을 맞출 수 있도록 손을 좀 더 위로 올렸다. "아빠도 우릴 갈라놓지 못해. 절대."

박스터가 뿔 끝을 다쿠스의 코에 비볐다.

다쿠스는 손을 쇄골에 내려놓고 장수풍뎅이가 어깨로 내려가기를 기다렸다가 베이스캠프 밖으로 나갔다.

그들은 마당의 골동품 가구들로 토끼굴처럼 만들어 놓은 터널을 요리조리 헤치고 나갔다. 케이블타이로 자전거들을 묶어서 만든 '웅장한 아치 길'에서 '바구미 길', '톡토키[남아프리카 지역에 서식하는 대형 딱정벌레의 일종] 터널', '쇠똥구리 길'이라는 표지판이 붙은 터널들 중에서 하나를 선택하게 되어 있었다. 다쿠스는 바구미 길을 선택하여 베르톨트의 괘종시계 덫을 건드리지 않도록 조심하며 쪼그린 자세로 종종걸음으로 접이식 테이블 아래까지 가서 밖으로 튀어나왔다. 버지니아가 두 팔을 올리며 춤추듯 빙글빙글 돌며 회색빛 하늘에서 떨어지는 탐스러운 눈송이를 붙잡으려 하는 것이 보였다.

베르톨트는 혀를 내밀고 떨어지는 눈송이를 받았다. 눈송이는 혀에 닿자마자 사르르 녹았다. 뉴턴은 눈송이를 피해 베르톨트의 머리카락 속으로 숨었다.

"눈 뭉치를 만들 만큼 눈이 쌓이는 순간 넌 나한테 죽어." 버지니아가 다쿠스를 보며 싱긋 웃었다.

"나 눈싸움 잘해." 다쿠스가 씁쓸한 미소를 지으며 대답했다.

"아니." 버지니아가 고개를 저었다. "넌 뻗어버릴걸."

"너랑 베르톨트랑 편을 먹어도, 몇 분 만에 둘 다 나한테 살려달라고 사정하게 될 거야."

"야!" 베르톨트가 조금은 형식적으로 항의했다.

그녀는 외투 소매를 추켜올리고 눈 뭉치를 던질 때 위력을 입증하기 위해 팔을 한 바퀴 휘둘렀다. 다쿠스가 웃었다. 하늘에서 눈이 내리는데 화를 낼 수는 없지 않은가. 눈은 딱딱한 표면을 폭신하게 만들고 문제를 덮어버리고 세상을 거대한 놀이터로 만들었다.

제*5*장

반항의 시작

노박은 분홍색 마시멜로처럼 생긴 침대 가장자리에 걸터앉아 불안하게 다리를 흔들었다. 문 옆에 쌓여있는 트렁크와 상자들을 응시하는 동안 희망과 불안으로 가슴이 요동쳤다. 타워링 하이츠를 떠난다는 것이 야릇하게 느껴졌다. 항상 이곳에 살았었는데, 오늘은 코펜하겐에 있는 사립학교로 떠날 것이다. 학교 친구들이 자신을 좋아해 주면 좋겠다.

노박은 솜사탕을 연상시키는 분홍색 드레스에 같은 색깔 볼레로 재킷, 도톰한 흰색 타이츠에 발레 슈즈까지, 자신이 가진 최고의 외출복을 갖춰 입었다. 침노린재[1권에서 노박이 암살 벌레라고 부른 곤충이다.]에게 물린 상처가 희미해지기 시작했지만, 여전히 몸을 최대한 가리고 싶었다. 노박은 자신이 다른 소녀들과는 다르다는 것을 알았고, 누군가 물린 상처를 보고 곤란한 질문을 할까 봐 두려웠다. 보통의 엄마들은 딸을 감방에 가두고 침노린재를 들여보내 물게 하지 않는다.

메이터[루크레시아 커터는 자신의 딸인 노박이 자신을 어머니라고 부르지 못하게 한다. 대신 라틴어에서 어머니를 뜻하는 mater에서 나온 '메이터'로 부르게 한다.]는 노박이 다쿠스를 도와 그의 아버지를 탈출시킨 것까지는 짐작하지 못했지만, 감방을 지켜야 할 몰링의 주의를 딴 데로 돌린 것 때문에 호되게 벌을 받았다. 메이터는 노박을 일주일 동안 감옥에 가두고 침노린재를 풀어서 물어뜯게 했다. 처음 몇 시간은 벌레들을 털어낼 수 있었지만, 결국 노박은 일어나서 춤을 추었다. 머릿속으로 발레 《지젤》의 음악을 상상하며 믿을 수 없는 귀족과 사랑에 빠진 시골 소녀에 관한 이야기의 모든 부분을 춤췄다. 춤을 추면 벌레들이 기어오르기 힘들어졌다. 도약과 회전을 하면서 수없이 많은 벌레를 밟아 죽였지만, 마침내 더 이상 춤출 기력이 없어져서 무릎을 꿇고 쓰러지고 말았다. 물린 곳마다 아팠다. 상처가 너무 많았다. 노박은 다쿠스가 자신의 옆에 무릎을 꿇고 앉아 손을 꼭 잡고 용기를 내라고 말해주는 상상을 했다. 메이터는 다쿠스의 적이었고, 이제 노박의 적이기도 했다.

노크 소리가 상념을 깨웠다. 자동차가 온 모양이다. 그녀는 벌떡 일어섰다.

"마드무아젤." 제라르가 문가에 서 있었다. "어머님이 찾으십니다."

노박은 깜짝 놀라 눈을 깜빡였다. "잠시 시간이 필요해요."

제라르가 고개를 끄덕였다. "곧 어머님 방으로 가셔야 합니다." 그가 고개를 숙이며 말했다. "밖에서 기다리겠습니다."

메이터가 크레이븐에게 자신을 감방에 넣으라고 한 날부터 노박은 그녀를 본 적이 없었다. 작별 인사라도 하려는 것일까? 노박은 긴 은발 머리에서 머리띠를 살며시 뺐다. 머리띠에는 회색을 띤 분홍색 실크 장미꽃 코르사주가 달려 있었는데, 머리띠를 하면 코르사주가 머리 옆쪽에 예쁘게 자리 잡았다. 코르사주 안쪽에는 전신이 무지갯빛으로 어른거리는 비단벌레가 숨어있었다.

"넌 같이 갈 수 없어, 헵번. 안전하지 않아." 노박이 속삭였다. "메이터의 방은 안 돼."

예쁜 비단벌레는 토라진 듯 더듬이를 흔들며 실크 장미꽃 밖으로 나왔다.

"알아, 알아. 곧 돌아올게. 그리고 나면 너와 나는 여기서 나가는 거야. 영원히." 노박은 작은 손가락으로 헵번의 흉부를 쓰다듬었다. "너를 가방에 넣어 갈 거야."

노박은 분홍색 가죽 숄더백을 열었다. 코펜하겐으로의 여행을 위해 준비해둔 가방이었다. 그녀는 헵번의 은신처가 눌리지 않도록 머리띠를 책 사이에 조심스럽게 넣었다. "여기서는 안전할 거야." 그녀가 비단벌레에게 키스를 날리고 가방을 닫았다. "준비됐어요." 그녀가 문을 열며 말했다.

제라르가 일정한 보폭으로 그녀의 앞에서 걸었다. 복도를 절반쯤 걷다가 그가 갑자기 멈춰 서서 고개를 돌리며 말했다. "마드무아젤이 떠나시는 편이 좋습니다." 그가 머뭇거리다가 침을 꿀꺽 삼킨 뒤 말했다. "제가 보호해드릴 수 없으니까요."

노박은 흰 장갑을 낀 그의 손을 꼭 잡았다. 그들은 조용히 손을 잡고 복도를 걷고 계단을 내려갔다. 3층에 이르렀을 때 제라르가 손을 놓았다.

"스와 쿠라쥐즈Sois courageuse." 그가 속삭였다. "용기를 내세요." 그가 노크를 했다.

"들어와." 루크레시아 커터가 소리쳤다.

노박이 심장에게 천천히 규칙적으로 뛰라고 명령한 뒤 무표정한 가면을 쓰고 문을 열었다.

메이터는 문을 등지고 화장대에 앉아있었다. 그녀의 방들은 대성당을 연상시키는 아치 형태의 높은 천장이 특징이었으며, 검은 색조를 이용한 예술가의 실험 작품처럼 보였다. 검은 벽과 검은 문, 검은 유리, 검은 레이스... 그리고 모든 것에 황금빛 테두리가 둘려 있었다. 노박은 항상 그 방들이 무시무시하게 느껴졌지만, 무엇보다 그녀를 불안하게 하는 것은 희미하게 감도는 서양배 모양의 눈깔사탕 냄새였다. 아니면 썩은 바나나 냄새라고 해야 할까?

노박은 방으로 들어갔다. "안녕하셨어요, 메이터." 그녀가 검은색 마룻장에 눈을 고정시키고 무릎을 살짝 구부리며 인사했다. 루크레시아 커터가 새까만 의자에 앉은 채로 천천히 앞으로 돌자 노박은 그녀의 날카로운 시선을 예상하고 마음을 단단히 먹었다.

그녀는 입술 색과 똑같은 황금색 자수로 장식된 바닥까지 오는 검은 기모노를 입고 있었다. 트레이드마크인 선글라스 위에 검은색 단발머리 가발의 끝이 스쳤다.

"부르셨어요?" 노박이 바닥에 여전히 눈을 고정한 채 말했다.

"어, 그랬지."

긴 침묵이 흘렀다. 자신을 꼼꼼하게 살펴보는 어머니의 시선에 노박의 손이 떨리기 시작했다. "오늘 학교에 가요." 침묵을 깨기 위해 그녀가 말했다.

메이터가 다시 화장대 거울을 향해 돌아앉으며 말했다. "아니, 넌 가지 않아."

"뭐라고요?" 노박이 시선을 들었다. 거울 속에서 자신을 빤히 쳐다보는 어머니를 보자 심장이 널뛰기 시작했다.

"마음이 바뀌었어."

"하지만 짐도 다 싸놓았고…"

"한동안 이 집을 비울 생각이야. 며칠 뒤에 우린 LA로 갈 거야."

"LA요?"

"그래. 난 영화제를 준비해야 해."

"영… 영화제요?" 노박이 말을 더듬었다. "하지만 영화제 같은 건 좋아하시지 않잖아요…"

"이번 영화제는 아주 좋아할 거야." 그녀가 입을 삐죽거리며 웃었다. "그리고 넌 수상 후보자야."

"제가요?" 노박의 입이 쩍 벌어졌다.

"그래. 여우주연상 후보지." 그녀가 웃었다. "정말 신나지 않니?"

"여우주연상이요?" 노박은 자신이 들은 말이 믿기지 않았다. 영화제에서 수상하는 것은 그녀의 꿈이었다. 진짜 훌륭한 여배우만 영화제에서 상을 받을 수 있었다.

목덜미에서 서늘한 바람이 느껴지더니 갑자기 링링이 옆에 나타났다.

"어, 링링. 나한테 전할 말이 있나?"

링링은 대답하지 않고 노박을 날카롭게 쳐다보았다.

"나가봐." 루크레시아 커터가 다이아몬드 박힌 반지를 잔뜩 낀 손을 내저어 노박에게 나가라는 신호를 했다.

"예, 메이터." 노박이 다시 무릎을 굽히고 뒤로 물러났다.

문밖으로 나간 그녀는 잠시 그대로 서서 조금 전에 무슨 상황이 벌어진 것인지 이해하려 애썼다. 메이터는 시상식을 싫어했다. 본인이 수상할 때조차 시상식에 참석한 적이 없었다. 그런 그녀가 아무리 노박이 후보가 되었다지만 새삼스럽게 전 세계에서 가장 큰 시상식에 참석하려는 것일까?

'내가 만일 상을 받는다면.' 노박이 생각했다. 짜릿한 흥분에 가슴이 부풀어 올랐다. 수많은 반딧불이가 가슴속을 휘젓고 다니는 것 같았다. 그녀는 한숨을 쉬고는 혹시 영화제에 대한 소식을 좀 더 들을 수 있기를 바라며 문가로 머리를 기울였다.

"그 역겨운 '백화점' 사촌 형제들에 대한 소식은 없나?" 메이터가 링링에게 묻는 소리가 들렸다.

"험프리 갬블과 피커링 리스크는 아직 교도소에 있지만, 그들이 다쿠스 커틀을 쐈다는 혐의를 뒷받침할 증거가 없으니 결국 석방될 것입니다."

노박은 갑자기 한기가 느껴지고 팔에 소름이 돋았다. '다쿠스가 총에 맞았다고?'

"그 바보들은 잊어버려. 그자들은 믿을 수 없을 만큼 멍청해서 아무런 위협도 되지 못할 테니까." 그녀가 웃다가 잠시 멈추고 한숨을 내쉬었다. "그 꼬마가 제 아버지 앞으로 뛰어들지만 않았더라면, 이 모든 소동이 없었을 텐데. 이제 더 이상 런던에 살 수 없게 됐잖아. 기껏 여기저기 뇌물을 다 먹여놨는데, 새로운 목격자가 나타났으니 말이야. 언론의 주목을 받는 위험을 감수할 수 없지. 사실 내가 바솔로뮤 커틀을 죽이려고 총을 쏜 건 아니야. 그냥 딴짓을 못하게 하려는 것뿐이었지. 너한테 맡겼어야 하는 건데. 그 불쾌한 기자는 잘 단속했나?”

“엠마 램은 더 이상 뉴스를 보도하지 못할 겁니다.” 링링이 대답했다. “이제 누구도 그 여자를 고용하지 않을 테니까요.”

“좋아.”

노박은 살금살금 뒷걸음질로 문가에서 멀어져서 복도를 뛰어 내려갔다. 제라르가 계단에서 기다리고 있었다.

“이쪽에 차가 대기 중입니다, 마드무아젤.”

“난 안 가요.” 노박이 숨을 헐떡이며 말했다. “메이터의 마음이 바뀌었대요.”

그녀는 한 번에 두 계단씩 뛰어 올라갔다. 심장이 찢어질 것만 같았다. 세상에서 유일한 친구가 엄마의 총에 맞다니. 다쿠스가 죽었다니.

제 **6** 장

석방

험프리 갬블은 이층 침대에 똑바로 누워서 바로 위에 보이는 회색 발포 매트리스를 응시했다. 철제 프레임의 다이아몬드 무늬를 눈으로 좇으며 사촌의 끝없는 투덜거림을 애써 무시하려 했다. 쥐며느리 한 마리가 회반죽을 바른 벽을 따라 그의 통통한 팔꿈치를 향해 느릿느릿 다가오는 것이 곁눈으로 보였다. 그는 엄지와 검지로 그것을 집어서 입속으로 던져 넣었다. 감옥에는 먹을 것이 충분치 않았다.

'쥐며느리는 맛이 별로군.' 앞니로 작은 덩어리를 씹으며 생각했다. '딱정벌레가 더 나아. 살도 더 많고.'

피커링은 여전히 이층 침대 위 칸에서 쉴 새 없이 지껄이고 있었다.

"중요한 질문이야, 땅딸보. 우선 우리가 뭘 해야 할까?"

"그렇게 부르지 말랬지." 험프리가 으르렁거리듯 말했다.

피커링이 목구멍에 가래라도 낀 것처럼 꽥꽥거리며 웃었다. 그가 누렇게 뜬 얼굴을 아래로 향하며 물었다. "여기서 나가면 우리가 뭘 해야 한다고 생각해?" 들쭉날쭉한 눈썹을 치켜세우고 반쯤 벌어진 입 밖으로 쥐처럼 생긴 누런 치아가 튀어나와 있었다. 팔꿈치처럼 뾰족한 턱은 까슬까슬한 수염이 덮여있고 가늘고 뻣뻣한 머리칼이 풀어진 끈처럼 늘어져 있었다.

"뭐든지." 험프리가 피커링의 충혈된 눈을 피해 벽을 향해 돌아누우며 심드렁하게 말했다.

"지금 '네 생각'을 묻는 거잖아." 피커링이 집요하게 물었다. "이봐, 땅딸보, 우린 이제 동업자야. 그 꼬마 녀석을 먼저 찾을까? 아니면 루크레시아 커터의 집에 가봐야 할까? 그 여자는 우리에게 50만 파운드를 빚졌잖아. 기억나?" 그가 깡마른 손가락으로 험프리의 등을 찔렀다. "우린 딱정벌레를 줬어. 그 성가신 짐승들이 반격한 건 우리 잘못이 아니잖아."

"여기서 나가자마자 케밥 가게부터 갈 거야." 험프리가 텅 빈 배를 비비며 말했다. "그런 다음 그 꼬마를 찾아서 가루로 빻아버릴 거야."

"그래!" 피커링이 새된 소리로 외쳤다. "그 녀석부터 잡자!" 그가 흥분해서 박수를 치다가 갑자기 멈췄다. "그런데 무슨 돈으로 케밥을 사지?" 그가 고개를 저었다. "아니야. 루크레시아 커터를 먼저 찾아가서 응분의 대가를 받아야 해. 일단 돈을 받으면 케밥을 한 양동이라도 살 수 있어!"

험프리는 헛기침을 하면서도 고개를 끄덕였다. 일리가 있는 소리였다. 무엇보다 케밥이 가득한 양동이라는 발상이 아주 마음에 들었다.

"그런 '다음에'," 피커링이 양손을 펄럭이며 말했다. "그 녀석을 없애는 거야!"

"쉬이잇!" 험프리가 제지했다. "우리가 나가자마자 꼬마 녀석을 없애려는 걸 저들이 알면 우릴 절대 내보내주지 않을 거야."

"아, 맞다! 이 일은 비밀로 해야 해, 땅딸보. 쉬이잇!" 피커링이 속삭인 뒤 키득거렸다.

험프리가 고개를 절레절레 저었다. 백화점 위층의 집이 무너질 때 피커링에게 무슨 일이 생긴 게 분명했다. 그의 내부에 팽팽히 감겨 있던 스프링이 너무 심하게 꼬여 있다가 갑자기 풀리며 예측할 수 없는 방향으로 튀고 있는 것 같았다. 예전에 피커링은 항상 외모에 신경을 썼다. 항상 청결을 유지했고 손톱과 코털도 깨끗하게 다듬었다. 그러나 딱정벌레들에게 똥 폭탄을 맞은 후부터 더 이상 씻지 않았다. 소중한 골동품과 가게 같은 중요했던 모든 것이 물거품처럼 사라졌고, 이제 그의 관심사는 오직 세 가지뿐이었다. 돈, 그 꼬마, 그리고 루크레시아 커터. 딱정벌레를 사겠던 억만장자 숙녀에게 홀딱 반했다가 거부를 당하자 마음이 오히려 더 강렬해진 것 같았다. 그는 항상 몸에 지니고 다니는 손수건을 매듭지어 인형처럼 만들어서는 밤마다 그것을 루크레시아라고 부르며 입을 맞추었다.

험프리는 자신과 피커링을 체포에 이르게 한 사건들에 대해 몇 번이고 곱씹어보았지만, 도무지 이해할 수 없었다. 누군가 집에 폭탄을 설치했고 그 꼬마, 다쿠스 커틀을 쐈다. 그들은 두 가지 범죄로 기소되었다. 그들에게는 총도 없고, 제집을 폭파할 이유도 전혀 없는데 말이다.

평생을 감옥에서 보낼 수 있다는 생각을 하면 끔찍했다. 장소 자체에는 불만이 없었다. 그곳은 깨끗했다. 적어도 본인의 침실에 비하면 깨끗한 것 이상이었다. 게다가 그는 어차피 호화롭게 살아본 적이 없었다. 그러나 교도소에 있는 사람들은 밖에 있는 사람들과 달랐다. 하나같이 틈만 나면 주저 없이 남의 것을 훔칠 사람들이라고 험프리는 믿었다. 자신 역시 마찬가지였다. 그리고 무엇보다 감옥이 불편한 점은 먹을 것이었다. 먹을 것이 심각하게 부족했다. 크랜베리 소스에 찍어 먹는 고기 파이가 몹시 그리웠다. 감옥살이 한 달 만에 배가 눈에 띄게 줄어들었고, 녹아내리는 왁스처럼 흐물흐물해진 살이 뼈에 힘겹게 매달려있었다. 배앓이를 달고 살았고, 배앓이가 심해질수록 점점 살의가 커졌다.

그를 향해 다가오는 발걸음 소리에 그는 빗장이 질러진 문 쪽으로 돌아누웠다. 피커링은 벌떡 일어나 앉았다. 털이 덥수룩한 그의 두 발이 험프리의 얼굴 앞에서 달랑거렸다. '진짜로' 발톱을 깎아야 할 것 같았다.

뾰족한 모자를 쓴 제복 차림의 간수가 커다란 열쇠 꾸러미를 들고 감방 밖에 서 있었다.

"너희들 오늘 운수 대통했어. 대영제국 교도소가 더 이상 너희들한테 숙식을 제공하지 않으려는 모양이야."

"뭐요?" 피커링이 흥분으로 계속 횡설수설하며 바닥으로 뛰어내렸다.

"이제 자유의 몸이 되는 거요?" 험프리가 굴러서 바닥에 내려와 무릎을 꿇고 앉았다.

"그런 것 같군." 간수가 대답했다.

"이해가 안 가는군요." 험프리가 인상을 찌푸렸다.

"증거 불충분으로 자네들에게 대한 기소가 기각되었어. 나가는 길에 옷하고 소지품 챙겨가고. 자, 나를 따라와."

"하지만…" 험프리가 어안이 벙벙해서 천천히 일어났다. 피커링은 벌써 촐랑촐랑 춤을 추며 간수를 따라 나갔다. 험프리는 그들 뒤에서 쿵쿵 걸었다. 이제 곧 제대로 된 식사를 할 수 있다는 사실을 깨닫는 순간 배에서 성난 사자처럼 요란한 포효 소리가 났다.

피커링은 다시 돌아와 막대기 같은 팔로 험프리의 팔짱을 끼었다. "돈이 먼저야." 그가 속삭이며 눈을 찡긋했다. "그런 다음 그 성가신 꼬마를 잡으러 가자고."

험프리가 말없이 단호하게 고개를 끄덕였다. 일단 배를 채우고 나면, 그 꼬마 녀석을 혼내주는 즐거움을 만끽하리라.

제 **7** 장

스펜서 크립스에게
무슨 일이 생긴 것일까?

킹 에셀레드 홀 중학교는 나른한 벌집처럼 웅성거렸다. 학교 종이 울리자 검은색, 자주색 교복을 입은 학생들이 말벌처럼 문을 우르르 빠져나가는 모습이 마치 건물이 폭발이라도 한 것처럼 보였다. 다쿠스는 정문 앞에서 버지니아와 베르톨트를 기다렸다.

"이제 뭐 할 거야?" 세 친구가 함께 출발할 때 버지니아가 물었다.

"모르겠어." 다쿠스가 어깨를 으쓱했다. "아빠가 점점 이상해져. 어제는 '백화점'에서 딱정벌레 표본병을 가지고 나오는 걸 봤어."

베르톨트가 불안한 얼굴로 갑자기 멈춰 섰다. "설마 해치시려는 건 아니겠지?"

"그건 아냐." 다쿠스가 고개를 저었다. "아빠는 항상 생물을 죽이거나 해쳐서는 안 된다고 가르쳤어. 내 생각엔 연구를 하려는 것 같아. 아빠 책상에는 책이 높이 쌓여있고 화장실에 갈 때가 아니면 방에서 나오지도 않아."

"거기서 뭘 하는데?" 버지니아가 물었다.

"내 생각엔 루크레시아 커터가 딱정벌레에게 무슨 짓을 했는지 알아보려는 것 같아." 다쿠스가 말했다. "난 내가 딱정벌레에 대해 잘 알고 타워링 하이츠에도 가봤으니까 도움이 될 수 있다고 말했지만, 아빤 내가 객관적이지도 과학적이지도 않대."

"과학적이라고?" 버지니아가 코웃음을 쳤다. "그게 대체 무슨 뜻인데?"

베르톨트가 대답하려고 입을 뗐다. "내 생각에 다쿠스 아버지 말씀은—"

"됐어, 아인슈타인." 버지니아가 골반에 손을 올리고 답답한 듯 고개를 옆으로 기울이며 말했다. "나도 무슨 뜻인지는 알아. 난 단지..." 그녀의 얼굴이 얼어붙었다.

"왜 그래?" 베르톨트가 얼굴을 찌푸렸다. "무슨 일이야?"

버지니아가 심각한 얼굴로 베르톨트의 눈을 보며 조용히 입술을 움직였다. "움직이지 마!" 그러고는 베르톨트를 향해 뛰어들어 그의 어깨를 붙잡았다. 베르톨트는 비명을 질렀지만, 공포에 질린 얼굴로 꼼짝도 하지 않고 있었다.

"왜 그래? 무슨 일이야?"

"다쿠스!" 버지니아가 소리쳤다. "상자나 그릇이나, 뭐 아무거나 줘봐! 빨리!"

다쿠스는 허둥지둥 주머니를 뒤져서 알록달록한 사탕이 바닥에 몇 개 남아있는 투명 플라스틱 사탕 통을 꺼냈다.

"뚜껑 열어." 버지니아가 컵처럼 오므린 손을 베르톨트의 머리에서 조심스럽게 빼내며 지시했다. "통을 비워."

다쿠스는 곧바로 지시대로 하고 빈 통을 내밀었다.

"와! 이게 빠져나가려고 아주 발악을 하네." 버지니아가 오므린 손에서 눈을 떼지 않고 말했다. "아! 막 깨물어."

"뭐가 깨무는데?" 베르톨트가 물었다.

"무당벌레야."

베르톨트는 경악했다. "무당벌레는 깨물지 않아."

"그런데 얘는 깨물어."

"사실 어떤 무당벌레는 동족을 잡아먹기도 해." 다쿠스가 말했다.

"뭐?" 베르톨트가 눈썹을 위로 치켜세웠다. "지들끼리 잡아먹는단 말이야?"

"다쿠스, 내가 검지와 중지 사이를 살짝 벌릴게." 버지니아가 고개로 오른손의 두 손가락을 가리켰다. "통을 그 사이에 대."

다쿠스가 고개를 끄덕이며 투명 플라스틱 통을 버지니아의 손가락 위에 댔다.

"자, 간다." 버지니아는 양쪽 눈썹이 서로 닿을 만큼 인상을 쓰며 집중했다. 그녀는 플라스틱 통 밑에 손을 대고 아주 살짝 틈을 벌렸다. 검은색과 노란색이 섞인 형체가 통 안으로 튀어 들어갔다. "잡았다!" 버지니아가 까르르 웃으며 통을 거꾸로 뒤집은 뒤 입구를 손으로 막았다. "어서 뚜껑 줘."

다쿠스가 흰색 플라스틱 뚜껑을 버지니아에게 건네자, 그녀는 통을 막은 뒤 들어 올려 친구들에게 보여주었다.

"노란 무당벌레잖아!" 베르톨트가 말했다.

"아주 큰 놈이지." 버지니아가 다쿠스를 보며 말했다.

여섯 개의 반점이 있는 무당벌레가 나오려고 기를 쓰며 플라스틱 통 내벽에 미친 듯 몸을 던지고 있었다.

"그 여자가 우리를 지켜보고 있는 거야!" 다쿠스가 낮은 목소리로 속삭였다.

"누가 말이야?" 베르톨트가 놀란 얼굴로 다쿠스와 버지니아를 번갈아보았다.

"루크레시아 커터." 다쿠스는 침을 삼켰다. 갑자기 입이 말랐다. "노란 무당벌레는 그 여자의 염탐꾼이야. 지난번에 내가 아버지를 찾으러 자연사박물관 지하 소장실에 갔을 때 거기에도 한 마리 있었던 거 기억나?"

버지니아가 끄덕였다. "이제부터 두 눈 똑바로 뜨고 다녀야겠어."

"그게 '나를' 보고 있었던 거야?" 베르톨트가 꽥꽥거리며 말했다. "왜 하필 나지?"

"전에도 한 마리 본 것 같아." 버지니아가 다쿠스에게 말했다. "백화점 밖에서. 하지만 다시 보려니까 사라졌더라."

"우린 항상 꼭 붙어 다녀야 해." 베르톨트가 부들부들 떨며 말했다.

"맞아." 다쿠스가 고개를 끄덕였다. "베이스캠프로 가서 박스터가 괜찮은지 확인해야겠어."

지난번 가사 시간에 박스터가 상의 주머니에서 기어 나와 배노피 파이 재료로 준비해둔 바나나를 갉아 먹은 다음부터, 다쿠스는 박스터를 학교에 가져오는 것을 금지 당했다. 파볼라 선생님은 박스터를 보고 비명을 질렀다. 학교 일진인 로비가 큰 소리로 "괴짜 비틀 보이! 괴짜 비틀 보이!"하고 구호를 외치자, 다른 아이들도 — 비명을 지르지 않는 아이들은 — 동참했다. 그날 이후 다쿠스는 학교에 갈 때 박스터를 베이스캠프에 있는 수조에 두고 왔다.

"이따 도서관에도 가봐야 하는데." 버지니아가 사탕 상자를 배낭에 조심스럽게 넣고 지퍼로 잠갔다. "하지만 일단 이 무당벌레를 베이스캠프로 가져가야겠다. 거기에 얘를 두고, 동시에 박스터도 데려올 수 있잖아."

"그런데 웬 도서관?" 다쿠스가 물었다.

"벤슨 선생님 역사 수업 과제 때문에. 실제 사건에서 1차 증거 출처와 2차 증거 출처를 찾는 건데, 도서관이 제일 적당한 곳이라고 생각했지. 루크레시아 커터에 관한 신문 기사를 이용할까 해." 그녀가 싱긋 웃었다. "탐정 노릇과 숙제를 동시에 하는 거지."

"좋은 생각이네." 다쿠스가 끄덕였다.

"도서관도 함께 가자." 베르톨트가 기대하는 눈으로 친구들을 보며 말했다. "어차피 우리 모두 벤슨 선생님의 숙제를 해야 하잖아."

"그래." 버지니아가 배낭을 어깨에 들쳐 메며 말했다. "하지만 루크레시아 커터는 내가 할 거야. 내 아이디어를 베낄 생각은 마."

"옛날 마이크로필름 보는 기계를 찾았어. 이리 와 봐." 버지니아가 두 소년의 얼굴 앞에서 손을 흔들었다.

다쿠스와 베르톨트는 도서관 컴퓨터 앞에서 루크레시아 커터에 대한 신문 기록을 검색하다가 일어났다. 컴퓨터 자료는 3년 전 것까지만 보관되어 있고 대부분의 역사적 기록은 특수 기계로 봐야 하는 마이크로필름에 저장되어 있다고 버지니아는 도서관 문으로 들어가자마자 주장했었다. 마이크로필름 기계에는 커다란 모니터가 달려 있었고, 그 아래에는 버지니아가 선택한 마이크로필름 테이프가 있었다. 그것은 사진 원판들로 이루어진 띠처럼 보였다. 빨간 버튼을 누르자, 렌즈 밑으로 테이프가 주입되더니 화면에 영상이 떴다.

버지니아가 손가락을 화면에 대며 말했다. "이거 들어봐." 그녀가 말했다. "커터 연구실에서 연구원 조수로 일하는 런던 동부 출신의 열일곱 살 소년 스펜서 크립스가..." 버지니아가 읽다가 말고 의

미심장한 눈빛을 던졌다. "캄덴 운하에서 비극적으로 익사한 것으로 보인다. 경찰은 하수도로 휩쓸려간 것으로 보이는 시신을 수습하지 못했지만, 수로 둑에서 신발과 시계가 발견되었다. 그는 유족으로 어머니인 아이리스 크립스 부인을 남겼고, 충격에 빠진 크립스 여사는 우리에게 다음과 같은 말을 실어 달라고 부탁했다. '스펜서는 제 인생입니다. 난 아들이 익사했다고 믿지 않아요. 그 애는 수영을 아주 잘했습니다. 아들을 본다면 제발 경찰에 연락해주세요.' 영국 경찰 서본 총경은 크립스 여사가 비탄에 빠져있으며, 안타깝게도 스펜서 크립스는 익사한 것이 분명하다고 말했다."

"이해를 못 하겠네. 이게 대체 무슨 상관이라는 거야?" 다쿠스가 버지니아를 보며 인상을 찌푸렸다. "스펜서 머시기가 루크레시아 커터를 위해 일했던 거 말고는, 딱정벌레와는 관계없는 사건이잖아."

"좀 이상한 것 같지 않니?" 버지니아가 말했다. "신발과 시계는 있는데 시체는 없다고?"

"운하에서 수영하러 갔다가 휩쓸려 갔나 보지." 베르톨트가 말했다.

"농담해? 그 운하가 얼마나 낮은지 못 봤니? 쇼핑 카트라도 빠져나오겠더라." 버지니아가 다시 한번 화면을 가리켰다. "그리고 봐. 이건 5년 전 기사잖아."

"그래서?" 다쿠스가 재촉했다.

"그래서." 버지니아가 답답하다는 듯 눈알을 굴리며 말했다. "딱정벌레가 얼마나 오랫동안 그 산에 살았을지 궁금하다고 생각한 적이 한 번도 없니? 우린 걔들이 루크레시아 커터의 연구실에서 특별한 능력을 가지고 태어난 걸 알아. 하지만 언제? 그리고 어떻게 거기서 나왔을까? 걔들이 백화점에 오게 되기까지 무슨 일이 있었던 게 분명해."

"그래. 맞아." 다쿠스가 고개를 끄덕였다.

"내 생각엔 이게 그거야." 버지니아가 기사 옆의 사진을 가리켰다. 헝클어진 금발 더벅머리에 직사각형 안경을 쓴 야생 능금처럼 생긴 친근한 얼굴의 한 소년이 그들을 보고 있었다. "스펜서 크립스."

"어떻게 스펜서 크립스가 딱정벌레와 관계가 있을 거라고 생각하게 됐니?" 베르톨트가 물었다.

"난 천재니깐." 버지니아가 머리를 한쪽으로 기울이고 미소 지었다. "그리고 딱정벌레가 얼마나 오래 산에서 살았는지 알아냈지."

"어떻게?" 다쿠스가 물었다.

"마빈이 말해줬어." 그녀가 마빈이 매달려 있는 땋은 머리 아래에 손을 대니, 선홍색 딱정벌레가 튼실한 검은 다리로 뛰어내렸다. "마빈에게는 시간 개념이 없잖아. 그래서 크리스마스가 뭔지 내가 설명해줬지. 거리에 주렁주렁 매달린 알록달록한 전등 불빛과 창문에 장식된 트리를 보여줬더니, 마빈이 그런 걸 네 번 봤다고 말하더라고."

"흥, 너한테 그렇게 '말했다'고?" 다쿠스가 코웃음을 쳤다.

"알았다, 이 똑똑아! 물론 말하진 않았어. 마빈은 딱정벌레니까 말을 하지는 못하지. 하지만 다리로 테이블을 두드릴 수는 있어. 그렇게 숫자를 말하는 거야. 마빈이 다리로 네 번 두드렸어. 그러니까 크리스마스를 네 번 봤다는 뜻이지. 이제 12월이니까, 다섯 번째 크리스마스가 되겠네." 버지니아가 두 사람에게 의심해볼 테면 해보라는 듯 눈을 가늘게 뜨고 입술을 앙다물었다.

"정말 영리하다." 베르톨트기 디쿠스를 보며 말했다.

"그래. 대단한데." 다쿠스가 인정했다.

"나도 그렇게 생각해!" 버지니아가 까르르 웃었다. "그래서 난 5년 전쯤에 이 모든 것을 설명해줄 만한 어떤 사건이 있었는지 찾고 있었어. 하지만 그게 다는 아니야... 마빈이 크립스를 알아봤어."

"뭐, 뭐라고?" 다쿠스가 말을 더듬었다.

"마빈이 이 사진을 보더니 갑자기 흥분하더라고. 글쎄 화면 위로 올라가서는 — 정말이야, 맹세해 — 스펜서 크립스의 얼굴을 쓰다듬는 거야."

"소름 돋아." 베르톨트가 눈을 휘둥그렇게 뜨고 속삭였다.

다쿠스는 박스터가 사진을 볼 수 있도록 화면 가까이 어깨를 기울였다. "박스터. 너도 알아보겠니? 너도 스펜서 크립스를 아니?"

장수풍뎅이가 머리를 끄덕였다.

"거봐!" 버지니아가 말했다. "모두 크립스를 알잖아."

다쿠스가 버지니아를 쳐다봤다. "하지만 이게 무슨 뜻이지?"

"우리가 크립스 부인을 찾아가서 크립스에게 무슨 일이 생겼다고 생각하는지 물어봐야 한다는 뜻이야." 버지니아가 벌떡 일어섰다. "어쩐지 스펜서가 아직 살아있을 거라는 촉이 와."

"안 돼!" 베르톨트는 겁에 질린 것처럼 보였다. "어떻게 모르는 사람을 찾아가서 아들의 생사에 대해 물을 수 있니?"

"어차피 난 못 가." 다쿠스는 시큰둥하게 말했다. "아빠가 더 이상 루크레시아 커터와 관련해서 탐정 노릇을 하면 절대 안 된다고 못을 박았어."

"하지만 넌 그 여자에 관한 기사를 찾으러 여기 왔잖아." 버지니아가 골반에 손을 얹고 말했다.

"그래. 하지만 이건 도서관에서 벤슨 선생님 숙제를 하는 거니까." 다쿠스가 불편한 마음으로 어깨를 으쓱했다. "여긴 안전하고, 아빠는 내가 무슨 기사를 찾는지 모를 거야. 하지만 누군가를 찾아가서 루크레시아 커터와 관련한 얘기를 나눈다면... 그건 절대 용납하지 않을 거야."

"야, 이러지 마." 버지니아가 항변했다. "이건 루크레시아 커터와 상관없는 일일 수도 있어. 그러면 넌 괜찮을 거야. 그리고 만일 상관이 있는 거라면... 그럼 넌 알고 싶지 않니?"

"물론 알고 싶어. 하지만 난 아무것도 하지 말고 가만히 앉아있어야 해." 다쿠스가 괴로워하며 말했다. "문제를 일으키지도, 방해하지도 말고."

"아무것도 안 하는 건 루크레시아 커터를 도와주는 것과 같아." 버지니아가 말했다. "그리고 노란 무당벌레는 어쩔래? 우릴 지켜보고 있었잖아."

"그래, 알아." 다쿠스가 고개를 끄덕였다. "하지만 아빠가 그걸 알면 그러니까 얌전히 있어야 한다고 오히려 더 심하게 말릴걸."

"내가 무슨 생각을 하는지 아니?" 버지니아가 팔짱을 끼고 말했다. "내 생각엔 말이지." 그녀가 신문 기사를 가리키며 말했다. "이 얘기는 몇 달 전에 내가 신문에서 읽었던 기사랑 비슷해. 자연사박물관 지하 소장실에서 실종된 과학자의 얘기지. 경찰과 신문에서는 그 과학자가 달아났다거나 자살한 거라며 조사하려 들지 않았지. 아무것도 안 했어."

다쿠스의 눈썹이 올라갔다.

"만일 이것도 같은 경우라면 어쩔래, 다쿠스?" 버지니아가 말했다. "네 아빠가 사라졌을 때와 비슷한 상황이라면? 스펜서 크립스가 어딘가에 살아있다면? 크립스 부인은 어쩔래?"

"하지만." 다쿠스가 바닥을 내려다보았다. "아빠에게 약속했어."

"우린 타워링 하이츠 근처에는 얼씬도 안 할 거야. 크립스 부인은 해크니에 살 거든."

"어떻게 알아?" 베르톨트가 물었다.

"전화번호부에서 찾아봤어. 엘튼 로드 27번지야." 버지니아가 마이크로필름 기계 옆에 있는 커다란 파란색 책을 들어 올렸다.

"제발, 다쿠스." 그녀가 간청했다. "우리가 루크레시아 커터를 아마 한 번도 만난 적이 없을 할머니와 잠시 얘기를 나누는 것쯤은 너희 아버지도 크게 개의치 않으실 거야."

"한 번 여쭤보는 게 어때?" 베르톨트가 도움이 되려고 말했다.

버지니아가 그의 팔을 찰싹 때렸다. "그건 안 돼."

다쿠스는 아버지가 퇴원한 뒤 지켜야 했던 모든 규칙들에 대해 생각했다. 어떤 규칙이건 대놓고 어길 생각은 없었다. "하기야, 어쩌면 루크레시아 커터와 아무 상관 없는 일일지도 모르니까…"

"아무것도 찾지 못할 수도 있어." 버지니아가 구슬렸다.

"그래, 맞아!" 다쿠스가 두 손을 번쩍 들었다. "가만히 앉아서 누군가 상황을 얘기해주기만을 기다리는 것도 지쳤어. 어서 가자."

"좋았어!" 버지니아가 허공에 주먹을 날렸다. "그럼 지금 크립스 부인 댁을 찾아가는 거야. 버스를 타면 돼. 20분쯤 걸릴 거야."

"만일 뭔가 중요한 걸 찾으면, 아빠와 맥스 삼촌에게 말해주고 노란 무당벌레를 보여주자." 다쿠스는 가슴에 흥분이 물밀 듯이 밀려오는 것을 느꼈다. "그러면 내가 도움이 될 수 있다는 걸 아빠도 아시겠지." 그가 미소 지었다.

제 **8**장

스커드

엘튼 로드 27번지는 진주알처럼 가지런하고 하얀 치아들 사이에 자리 잡은 썩은 앞니처럼 이웃집들과 확연히 구분되었다. 작은 앞마당의 금이 간 시멘트 바닥 사이로 아이비며 민들레 따위가 빽빽이 돋아나 있고, 현관문으로 통하는 길에는 버려진 감자칩 포장지와 사탕 껍질이 가득했다. 창문에 걸린 커튼은 전부 내려져 있었다.

"이 건물은 슬퍼 보여." 베르톨트가 속삭였다.

"박스터, 넌 숨어있어야 해." 다쿠스가 장수풍뎅이에게 말했다. "마빈하고 뉴턴, 너희들도."

박스터가 다쿠스의 초록색 점퍼의 목 부분으로 기어들어 갔고, 뉴턴은 베르톨트의 덤불숲 같은 하얀 머릿속으로 사라졌으며, 마빈은 버지니아의 땋은 머리 가장자리로 몸을 말아 올렸다.

"자, 어서." 버지니아가 문을 세게 두드리고 베르톨트를 앞으로 떠밀었다. 그들은 셋 중에 그나마 차림새가 가장 단정하고 인상이 좋은 베르톨트가 얘기를 하는 편이 좋겠다고 결정했다.

그들은 크립스 부인이 문을 열어주기를 기다렸다.

"한 번 더 두드려야 할까?" 버지니아가 속삭이고 있는데, 그 순간 찰칵 소리가 나고 문이 살짝 열렸다.

문틈으로 곱슬곱슬한 회색 머리칼에 둘러싸인 한쪽 눈과 코가 보였다. 그 눈이 깜빡거렸다. "게 누구요?"

버지니아가 베르톨트의 등을 쿡 찔렀다.

"안녕하세요, 크립스 부인. 성가시게 해드려 죄송합니다." 베르톨트가 예의 바르게 말했다. "제 이름은 베르톨트고요, 이쪽은 버지니아, 이쪽은 다쿠스라고 합니다. 실례인 건 알지만, 스펜서에 대해 얘기를 좀 나눌 수 있을까 해서 왔습니다."

크립스 부인이 문을 조금 더 열었다. 부인은 굽은 등과 둥근 어깨 때문에 몸이 잔뜩 쪼그라든 조그만 체구의 여인이었다. 그녀는 검은 원피스를 입고 있었다. 용수철 같은 회색 곱슬머리는 마구 뒤엉켜있고 가꾸지 않은 것이 역력했지만, 온화한 얼굴에 새겨진 깊은 주름은 과거에는 그녀가 많이 웃는 사람이었다는 것을 암시해주었다.

베르톨트가 머뭇거리며 자신들은 탐정이며 도서관에서 우연히 스펜서의 기사를 접하게 되었는데 경찰이 사건을 제대로 수사한 것 같지 않은 느낌이 들어서 — 허락해 주신다면 — 직접 약간의 조사를 하고 싶다고 설명하자, 부인의 덥수룩한 눈썹이 위로 올라갔다.

베르톨트가 눈을 깜빡이며 덧붙였다. "물론 저희와 얘기하기를 원하지 않으셔도, 저희는 다 이해합—"

"있잖아요." 버지니아가 끼어들었다. "우리는 스펜서가 아직 살아있을지도 모른다고 생각해요."

크립스 부인의 얼굴이 환해지며 문을 활짝 열었다. "그렇게 말해 주는 누군가를 내가 얼마나 기다렸는지 모를 거야. 어서 들어들 와, 들어 와."

정사각형 현관을 들어서니 곧바로 우중충한 거실이 나왔다. 그 너머로 베이지색 부엌과 코르크타일 바닥이 보였다. 거실 왼쪽 벽을 따라 얇은 선반이 놓여있었다. 선반 한쪽은 오래된 전기난로 위에 걸쳐 놓아 벽난로 장식장을 이루었고, 다른 한쪽은 책꽂이 상판 역할을 했다. 선반 위에는 사진 액자들이 즐비했고, 지저분한 원형 양탄자 양쪽에 놓인 두 개의 안락의자 근처에 아무렇게나 놓여있는 사이드테이블도 마찬가지였다. 모두 스펜서의 사진들이었다. 모래성을 쌓는 스펜서, 학창 시절의 스펜서, 자전거에 앉은 스펜서. 행복하게 활짝 웃으며 엄마 손을 잡고 아장아장 걷는 스펜서도 있었다. 사진 속 크립스 부인은 젊었고 환하게 미소 짓고 있었다. 꽃무늬 원피스에 머리를 대충 말아 올려서 갈색 머리 한 가닥이 바람에 흩날리는 소박한 주부의 모습이었다.

어두운 실내에 서서 다쿠스는 크립스 부인이 얼마나 절실하게 아들을 그리워하는지 느낄 수 있었다. 그리고 큰 의자의 팔걸이에 걸 터앉는 순간 갑자기 엄마에 대한 그리움이 무겁게 가슴을 눌러왔다.

"이것 봐." 버지니아가 팔꿈치로 다쿠스를 툭 치며 벽난로 위쪽 벽에 걸린 사진을 가리켰다. 흰색 연구실 가운을 입은 깡마른 십 대 소년 스펜서가 바지 주머니에 손을 찔러 넣은 채 직사각형 안경 너머로 어깨 위에 앉아있는 커다란 쇠똥구리를 사랑스러운 눈으로 내려다보고 있었다.

다쿠스는 숨이 턱 막혔다.

부엌에서는 크립스 부인이 주전자를 채우고 도자기 찻잔을 꺼냈다. "여기 어디에 비스킷 봉지를 뒀었는데." 그녀가 찬장 문을 열었다 닫았다 했다.

"신경 쓰지 마세요." 베르톨트가 말했다. "저희는 비스킷 없어도 괜찮습니다."

"아니야. 내가 주고 싶어서 그래. 날이면 날마다 스펜서 얘기를 하고 싶어 하는 손님이 오는 건 아니거든."

주전자가 끓자 베르톨트는 대기 중인 찻주전자에 물을 따랐다. "정말로 폐를 끼치고 싶지 않아요."

"아니야, 아니야. 폐는 무슨." 크립스 부인이 찬장 안에 머리를 넣은 채 말했다. "우리 스펜서는 차에 비스킷을 적셔 먹는 걸 좋아해. 여기 있네." 그녀가 손에 과자 봉지를 쥐고 뒤로 돌았다. "내가 있을 줄 알았지."

"제가 가져가겠습니다." 부인이 찻잔을 꽃무늬 차 쟁반에 옮기는 사이 베르톨트가 말했다.

크립스 부인이 두 개의 안락의자 사이로 작은 사이드테이블을 끌어당겼다. "여기 놔. 베르톨트라고 했나? 고마워."

크립스 부인은 행복한 한숨을 내쉬며 다쿠스의 맞은편에 앉았다. "우편 집배원 말고 누군가와 대화를 한 게 얼마 만인지 기억도 안 나." 그녀가 세 아이를 보며 말했다. "이제 우리 스펜서에 대해 알고 싶은 게 뭔지 말해줄래?"

"신문에서 읽었어요, 크립스 부인." 버지니아가 잠시 말을 멈췄다. 다쿠스는 그녀의 입에서 무슨 말이 나올지 궁금했다. "부인이 음... 스펜서가 경찰이 말하는 것처럼 익사하지 않았을 거라고 생각하신다는 것을요."

"맞아. 스펜서는 절대 익사했을 리 없어." 크립스 부인이 확신에 차서 대답했다. "그 앤 수영을 잘했고 운하는 얕아."

"하지만 신발과 시계는요?" 버지니아가 물었다.

"풋!" 마치 악취를 맡은 듯 크립스 부인의 얼굴이 구겨졌다. "왜 신문에 그런 기사가 실렸는지 모르겠어." 그녀가 고개를 저었다. "그건 쓰레기야."

"그럼 무슨 일이 있었다고 생각하세요?" 다쿠스가 물었다.

"내가 아는 건 스펜서가 어느 날 일을 하러 갔다가 집에 오지 않았다는 것뿐이야." 크립스 부인이 말했다. "신발과 시계는 그 애 것이 아니야. 신발은 분명 다른 불행한 사람의 것일 거야. 스펜서의 사이즈는 9인데, 그 신발의 사이즈는 11이었어. 그 애는 꾀죄죄한 운동복을 입고 나갔는데, 그 신발은 고급 가죽 구두였어. 난 경찰에게 이 얘길 전부 했는데, 그들이 내 말을 귀담아들었을까?"

"아니요." 다쿠스가 대답했다. "틀림없이 조사하지 않았을 거예요."

"스펜서는 납치된 거야." 크립스 부인이 말했다. "그것만은 내가 확신하고 있어."

"왜 그렇게 확신하시는데요?" 베르톨트가 물었다.

"달리 어떻게 설명할 수 있겠어? 우리 스펜서는 자상하고 행복한 애였어. 나를 걱정시키는 짓 따위는 절대 할 리가 없지. 그 애가 어디에 있건, 틀림없이 자신의 의지에 반해 구금되어 있는 것이고 내게 연락을 할 수 없는 상황인 거야. 그게 바로 납치지."

"혹시 누구 짓인지 아세요?" 버지니아가 몸을 앞으로 숙이며 물었다. "아니면 납치한 이유라도요?"

다쿠스의 눈이 스펜서와 쇠똥구리의 사진을 스쳤다. 왠지 무슨 일이 일어났는지 알 것 같은 불길한 예감이 들었다.

"스펜서가 실종되던 날 경찰이 와서 그 애의 실종에 관한 헛소리를 하기 전에, 어떤 여자가 여기 와서 스커드를 데려갔어."

"스커드요?"

크립스 부인이 사진을 가리켰다. "스펜서는 스커드라는 애완용 쇠똥구리를 키웠어."

베르톨트는 다쿠스를 보았고, 다쿠스는 버지니아를 보았다. 버지니아는 그들의 무언의 질문에 고개를 끄덕였다.

"그 여자가 지팡이를 짚고 선글라스를 쓰고 있었나요?" 버지니아가 물었다.

크립스 부인은 고개를 저었다. "아니. 검은 정장 차림에 운전기사 모자를 쓴 아시아계 여자였는데, 스펜서가 커터 연구실 소유의 재산을 훔쳤다고 했어. 그 여자는 바로 여기로 불쑥 들어와서는 구석구석을 수색하다가 스펜서 방에서 스커드가 들어있는 주전자를 찾았지. 스커드는 축축한 흙을 채운 낡은 구리 주전자에서 잠을 잤거든. 그러고는 허락도 없이 스커드를 가져갔어."

"루크레시아 커터의 운전기사 같은데." 베르톨트가 다쿠스를 쳐다보았다.

"경찰에게 그 여자 얘기를 했지만, 그들은 비웃더군." 크립스 부인은 고개를 절레절레 저었다. "스펜서가 도둑질을 한 게 사실인지 내게 묻기까지 했어."

"크립스 부인." 다쿠스가 몸을 앞으로 기울이며 말했다. "저희는 부인이 하시는 말씀을 모두 믿습니다." 그는 잠시 망설이다가 말했다. "스커드 말씀인데요... 영리했나요?"

크립스 부인이 의자 팔걸이를 붙잡고 다쿠스를 똑바로 쳐다보았다. "그걸 어떻게 알지?"

다쿠스가 버지니아와 베르톨트를 보았다. 세 사람 모두 일어섰다.

박스터가 다쿠스의 점퍼 속에서 기어 나왔다. 마빈은 버지니아의 땋은 머리에서 뛰어내렸고, 뉴턴은 베르톨트의 머리에서 빛을 내며 날아올랐다.

"저희에게도 스커드 같은 딱정벌레가 있거든요." 다쿠스가 대답했다. "얘는 박스터예요." 그가 각각의 딱정벌레를 손가락으로 가리키며 소개했다. "얘는 마빈이고, 얘는 뉴턴이에요. 우리 딱정벌레들도 사람 말을 알아들어요."

세 딱정벌레를 보며 크립스 부인이 눈이 휘둥그레지고 입이 벌어졌다.

"오, 맙소사. 만일 그게 사실이라면, 너희들도 끔찍한 위험에 처한 거야." 그녀가 속삭였다.

"저희도 압니다." 다쿠스가 고개를 끄덕였다. "그러니까 스펜서가 사라지기 전에 무슨 일이 있었는지 최대한 많이 말씀해주셔야 해요. 그게 도움이 될 수 있어요."

크립스 부인은 눈을 좌우로 빠르게 움직이더니 어깨를 축 늘어뜨리고 한숨을 쉬었다.

"차를 따를까요?" 베르톨트가 찻주전자를 들며 물었다. "더 오래

놔두면 스튜가 되겠어요." 뉴턴이 숨어 있다가 나온 것이 좋은지 베르톨트의 주위에서 몸을 빛내며 춤을 추었다.

"스펜서는 수의사가 되고 싶어 했어." 다쿠스와 버지니아가 다시 자리에 앉자 크립스 부인이 말했다. "하지만 학교생활이 순조롭지 못했지. 왕따를 당했어. 그래서 학교를 중퇴하고 청소 업체에서 일자리를 얻었어. 큰 사무실에서 야간 조로 근무하면서 카펫을 진공청소기로 청소하고 책상을 닦는 일을 했지. 그중 한 곳이 와핑에 있는 커터 연구실이었어.

어느 날 아침 스펜서가 집에 돌아와서 딱정벌레 농장을 돌보는 연구원 조수를 뽑는 구인광고를 게시판에서 봤다고 하더군. 생명체를 다루는 일자리를 얻는다는 생각에 그렇게 흥분하더니 즉시 지원해서 결국 일자리를 얻었지. 나는 무척 자랑스러웠어. 스펜서도 정말 좋아했지. 그 애가 그렇게 행복해하는 모습은 본 적이 없었어. 스펜서는 이스트 엔드에 있는 연구실에서 일하며 날마다 새로운 것들을 배웠어. 집에 돌아와서는 다양한 딱정벌레 종들과 자신이 하는 일에 대해 이야기하곤 했지. 딱정벌레에게 젤리를 먹이고 그것들의 행동을 특별한 차트에 기록한다고 했어. 그리고 그 일을 썩 잘해서 승진을 했어. 그런데 그때부터 이상한 일들이 벌어지기 시작했어. 그들은 스펜서에게 새 업무에 대해 누구에게도 말하지 않을 것을 약속하는 법적 문서에 서명하게 했어. 스펜서는 아무 말도 할 수 없었지만, 새 업무 때문에 뭔가 갈등하는 것 같았어. 저녁 식사를 할 때면 스펜서는 동물들, 특히 자신이 우리에 갇혀 산다는 것을 아는 영리한 동물들은 자연 서식지에서 자유롭게 살아갈 자격이 있다고 얘기하곤 했지. 스펜서가 사라지기 전날..." 그녀가 잠시 말을 멈추었다. "스펜서는 흥분한 상태로 집으로 돌아왔어. 무슨 일인지 말하려 하지 않았지만 나는 너무 걱정스러워서 계속 캐물었어. 그랬더니 만일 자신이 들키면 해고되겠지만, 그것은 딱정벌레들의 자유를 위해 지불해야 할 작은 대가라고 말하더군."

"뭘 했는데요?" 다쿠스가 물었다.

크립스 부인은 입술을 깨물었다. "스펜서는 바솔로뮤 커틀 종이라는 특별히 선별된 딱정벌레들을 감시하고 있었어."

버지니아가 다쿠스의 팔을 잡았다.

"이 딱정벌레들은 주변 환경을 이해할 만큼의 지능을 갖추고 있었지. 이 딱정벌레들에게 실험이 진행 중이었고, 스펜서는 각각의 실험 후에 시간 단위, 일 단위로 딱정벌레의 행동을 기록해야 했어." 그녀는 고개를 저었다. "스펜서는 마음이 고운 아이였어. 점점 딱정벌레들에게 애착을 갖게 되었지. 특히 스커드라는 쇠똥구리한테. 어떤 실험들은 잔인했고, 스펜서는 곤충들이 고통받는 것을 보기 힘들어했어.

어느 날 그들이 농장 수조에서 키우던 평범한 쇠똥구리 한 마리가 죽었어. 그 딱정벌레들은 대조군 실험을 위해 이용되는 것이어서 철저한 감시 대상이 아니었지. 그래서 죽은 쇠똥구리를 스커드의 수조에 넣고 스커드를 도시락 통에 숨겨서 빼 왔어. 그리고 차트에 스커드가 죽은 걸로 썼지. 연구실에 있는 누구도 죽은 딱정벌레가 스커드가 아니라는 걸 알아차리지 못했고, 누구도 평범한 곤충들에게 관심을 두지 않았지. 그렇게 몇 주가 흘렀어. 누구도 사라진 쇠똥구리에 대해 눈치채지 못했지만, 다른 딱정벌레들은 무슨 일이 생긴 건지 알았어. 그래서 스펜서에게 자신들도 풀어달라고 아우성쳤지. 스펜서는 연구실에서 곤충들이 불행해 하는 모습에 마음이 아파서 몰래 계획을 꾸몄어. 일단 모든 딱정벌레 종에 대해 꼼꼼하게 기록하고 개별적인 딱정벌레의 크기를 측정한 다음 농장 수조에서 똑같은 표본을 수집하기 시작했어. 일단 바솔로뮤 커틀 종과 똑같은 딱정벌레가 모두 모이자, 늦게까지 퇴근하지 않고 주변에 아무도 없을 때 특수한 딱정벌레들을 케이크 통에 넣어 몰래 빼낸 뒤 그 자리에 보통 딱정벌레를 넣고 연구실에서 나왔지." 크립스 부인은 아이들을 보고 말했다. "그리고 딱정벌레들을 풀어줬어."

버지니아가 숨을 들이쉬며 벽에 걸린 스펜서의 사진을 올려다보았다. "정말 용감한 행동이네요."

"크립스 부인." 다쿠스가 입을 열었다. "우리 딱정벌레는 스펜서의 딱정벌레거나 그 후손이에요. 스펜서가 정말로 영웅적인 일을 한 겁니다. 부인이 전부 보시면 좋을 텐데. 우리가 딱정벌레 산이라고 부르는 놀라운 곳이 있어요. 스펜서의 딱정벌레들은 모두 거기서 자유롭고 행복하게 살고 있답니다. 얼마나 좋은 일을 한 건지 몰라요."

"내 아들을 되찾을 수만 있다면 행복한 딱정벌레들의 산 따위 열 개라도 갖다 바칠 거야." 크립스 부인이 말했다.

불편한 침묵이 흘렀다.

"우리가 찾겠습니다, 크립스 부인. 두고 보세요." 베르톨트가 말했다.

"그러니까 루크레시아 커터가 이 곤충 농장인지 뭔지에서 딱정벌레를 만들었다는 얘긴데, 하지만 이유가 뭘까?" 버지니아가 버스 정거장으로 돌아가는 길에 물었다. "그리고 왜 스펜서를 납치한 거지?"

"아빠는 어떻게 된 건지 알고 계실 게 분명해." 다쿠스가 말했다. "왜 그 딱정벌레들을 바솔로뮤 커틀 종이라고 부르는 걸까?"

"어쩌면 그 여자가 파브르 프로젝트에서 너희 아버지와 했던 실험을 똑같이 반복하고 있는 건지도 몰라." 버지니아가 말했다.

"어쩌면." 다쿠스가 인상을 찌푸렸다.

"두 사람이 파브르 프로젝트에 참여했을 때 어떤 일을 했는지에 대해 좀 더 알아볼 필요가 있어." 베르톨트가 말했다.

"아빠는 아무 말도 해주지 않을 거야." 다쿠스가 한숨을 쉬었다. "루크레시아 커터에게 물어볼 수도 없고..."

"노박은 어때?" 베르톨트가 말했다. "전에 널 도와줬잖아."

다쿠스는 얼굴을 찌푸렸다. 그날 아침 노박이 아버지의 구출을 도와준 후 그녀의 소식을 듣지 못했다. "안 그래도 곤란한 상황에 빠졌을 텐데, 더 폐를 끼치고 싶지 않아."

"그럼 우리가 얘기를 나눠볼 사람이 또 있을까?" 버지니아가 물었다.

"떠오르는 사람이 없어." 다쿠스가 눈살을 찌푸렸다. "잠깐! 이런 멍청이. 앤드류 애플야드 교수님이 있었지!"

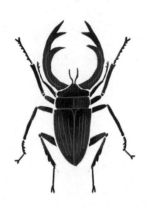

제 *9* 장

식충성

오후 다섯 시. 땅거미가 내려앉고 있었다. 다쿠스와 버지니아, 베르톨트는 73번 버스를 타고 엔젤 지하철역으로 가서 서둘러 개찰구를 통과해 노던 선 전철을 탄 뒤 모뉴먼트 역에서 디스트릭트 선으로 갈아타고 사우스켄싱턴 역에서 내렸다. 자연사박물관을 지나쳐 조금 더 걷다가 다쿠스가 정문 양쪽에 흰색 기둥이 서 있고 창문 아래에 검은색 연철 발코니가 설치된 5층짜리 붉은 벽돌 건물 앞에서 발을 멈췄다.

버저 소리가 나자 다쿠스는 커다란 문을 밀고 현관으로 들어갔다. 현관은 모자이크 바닥에 웅장한 나선형 계단까지 있어서 마치 교회처럼 보였다.

"호화롭네." 버지니아가 장식용 천장 돌림띠를 올려다보며 말했다. "애플야드 교수님은 부자니?"

"아닐걸." 다쿠스가 말했다. "그냥 집값이 오르기 한참 전부터 여기서 사신 것뿐이지. 굉장히 나이가 많으시거든. 은퇴하시기 전에 아빠와 자연사박물관에서 일하셨어."

계단 꼭대기에 이르렀을 때 다쿠스는 15호라고 아파트 호수가 표시된 문이 열려 있는 것을 보았다. 잠옷처럼 보이는 연청색 가운 차림의 깡마르고 나이가 지긋한 신사가 문가에 서 있었다. 노신사는 코끝에 걸친 반원형 독서용 안경 너머로 아이들을 내려다보며 눈을 껌뻑였다.

"네가 바솔로뮤의 아들이라고?" 그의 눈썹이 위로 올라가며 이마에 주름이 잡혔다. "이런, 벌써 이렇게 자랐구나. 그런데 여기서 뭐 하는 거냐?"

"교수님, 안녕하세요. 저희는 교수님과 하고 싶은 얘기가 있습니다." 다쿠스가 대답했다. "정말 급박한 문제예요."

"그럼, 들어오너라. 들어와." 그가 아이들에게 들어오라고 손짓했다. "바솔로뮤가 돌아왔다니 정말 다행이구나. 그 친구 때문에 걱정이 많았는데 말이야. 아무 말도 없이 연구 휴가를 떠나다니, 그건 정말 무례한 짓이었어. 사람들을 지독하게 걱정시켰잖아."

다쿠스는 인상을 찌푸렸다. 연구 휴가는 아빠가 지어낸 얘기였는데, 사람들이 그런 거짓말을 그렇게 쉽게 믿어버리는 것이 다쿠스로서는 당황스러웠다. 사람들이 잠긴 방에 대해 물으면, 아버지는 자신은 그곳에 들어간 적이 없으며 언론에서 과장되게 떠들어대는 바람에 대단한 미스터리로 둔갑한 것뿐이라고 말했다. 사람들은 알만하다는 듯 고개를 끄덕이며 대답했다. "하기야 신문에 실린 기사는 믿을 만한 게 못되지."

"친구들을 소개해주지 않으련?" 애플야드 교수가 물었다.

"죄송해요." 다쿠스가 손으로 가리키며 말했다. "이 친구는 버지니아예요, 여긴 베르톨트고요."

"만나서 반갑구나, 버지니아." 애플야드 교수가 악수를 하며 말했다. "베르톨트, 자네도."

"만나 뵙게 돼서 영광입니다."

"또 시작이군." 버지니아가 눈알을 굴리자 베르톨트가 인상을 썼다.

"그래, 젊은 커플. 아버지의 메시지를 가지고 온 건가?"

"비슷해요." 다쿠스가 유리 수조로 이루어진 복도 벽면에 정신을 빼앗긴 채 대답했다. 각각의 수조마다 백색이나 녹색, 또는 붉은색 등이 켜져 있고, 흙과 풀, 그리고 다양한 종류의 무척추동물이 들어 있었다. 메뚜기와 귀뚜라미, 그리고 하늘소와 풍뎅이를 포함한 각종 딱정벌레도 보였다.

"와! 타란툴라 거미네요!" 버지니아가 한 수조의 유리 벽에 코를 바짝 들이대 들창코를 만들며 말했다. "분홍색 애들 말이에요!"

"맞아." 애플야드 교수가 빙그레 웃었다. "뭘 좀 먹으면서 얘기할까. 마침 저녁을 먹으려던 참이었거든."

"네, 배고파요." 버지니아가 대답했다.

"잘됐구나. 하지만 먼저 네 칼코소마 코카서스를 좀 꺼내지 않겠니?" 그가 다쿠스를 가리키며 말했다. "람피리데[반딧불이의 학명]와 사그라 부퀘티[알통다리잎벌레의 학명]도?" 그리고 베르톨트와 버지니아에게 미소 지으며 말했다.

세 아이는 애플야드 교수를 빤히 쳐다봤다.

"저희가 딱정벌레를 데려온 걸 어떻게 아셨어요?" 다쿠스가 박스터를 점퍼 안에서 꺼내며 물었다.

딱정벌레 세 마리가 주인들이 내민 손 위로 뛰어내리자 애플야드 교수는 기뻐하며 손뼉을 쳤다.

"나는 딱정벌레의 습성과 곤충을 관찰하며 평생을 보낸 사람이야. 30보 떨어진 곳에서도 더듬이가 움직이는 걸 볼 수 있을 정도지. 하지만 아이들에게서 서식지를 발견한 건 솔직히 이번이 처음이야. 사그라 부퀘티는 눈에 워낙 잘 띄었어. 너희가 집안으로 들어오기도 전에 봤는걸. 람피리데는 베르톨트의 귀 위에서 엿보고 있었고, 칼코소마 코카서스 같은 경우는 뿔이 다쿠스 점퍼의 목 위로 튀어나와 있었지. 뿔의 크기와 모양, 색깔은 딱정벌레라는 결정적인 증거고 말이야."

"애 이름은 박스터예요." 다쿠스가 말했다.

"특이할 만큼 크구나. 어디서 났니?"

아이들은 서로를 쳐다보았다.

"사실은 저희가 여기 온 이유가 이겁니다." 다쿠스가 대답했다.

"괜찮다면 딱정벌레 친구들을 빈 수조에 넣어도 되겠니? 안전을 위해서 말이야." 그가 갈색 나무 부스러기가 깔린 수조의 뚜껑을 들었다. "우리 집에는 자유롭게 돌아다니는 곤충이 많은데, 어떤 녀석들은 다른 곤충을 잡아먹거든."

다쿠스는 박스터를 수조에 넣었고, 뉴턴도 박스터를 따라 들어갔지만 마빈은 썩 내키지 않는 모양이었다. "자, 어서 가!" 버지니아가 손을 수조 위로 가져가서 털었지만, 금속성 붉은빛을 내는 그 딱정벌레는 집요하게 손에 매달렸다. "어서, 마빈. 잠깐만이야."

마빈은 마지못해 한 번에 다리 하나씩을 내려 박스터의 겉날개 위에 걸터앉았다. 그러더니 뒷다리로 박차를 가하듯 박스터를 차서 앞으로 가게 했다.

"하! 이것 봐." 버지니아가 코를 유리에 누르고 말했다. "마빈이 박스터를 타고 있어." 마빈은 앞다리를 버지니아에게 흔들었다. "이 따 봐. 꼬맹아."

애플야드 교수는 이마에 잔뜩 주름을 잡고 딱정벌레들을 뚫어져라 쳐다보았다. "주방은 이쪽이야."

아이들은 그를 따라 복도 끝까지 가서 목제 마루가 깔린 주방으로 들어섰다. 한쪽 벽면에는 개수대와 조리대, 도마가 있고, 공간 한 가운데 놓인 낮은 직사각형 테이블 주위로 방석이 깔려 있었다. 애플야드 교수는 냉장고를 열어 접시 두 개를 꺼내 테이블 위에 놓았다.

"여기 앉아라." 그리고 몸을 돌려 옆에서 걸쭉한 갈색 액체가 든 종지를 집어 들었다. "사테이[고기를 향신료로 양념해서 구운 꼬치 요리] 소스를 깜빡하면 안 되지." 아이들은 방석에 책상다리를 하고 앉았고, 베르톨트는 접시를 응시했다. "이제 나랑 하고 싶은 얘기가 뭔지 말해볼래?" 애플야드 교수가 테이블에 앉으며 말했다.

"음, 실례하지만 교수님." 버지니아가 물었다. "이게 문어인가요, 오징어인가요?" 그녀가 바삭한 검은 형체를 포크로 찌르며 말했다.

"둘 다 아니야! 그건 타란툴라 튀김이야. 고단백 저지방에 놀랄 만큼 맛이 좋단다."

"거미를 드세요?" 베르톨트가 겁에 질려 속삭였다.

"그러면 이건요?" 버지니아가 눈이 튀어나올 만큼 휘둥그렇게 뜨고 말했다.

"귀뚜라미 꼬치구이지." 애플야드 교수가 미소를 지으며 대답했다. "내가 제일 좋아하는 요리란다."

"이게 교수님의 저녁이라고요?" 다쿠스가 경악하며 물었다.

"그래, 난 식충성이 좀 있지."

"식-충-성이요?" 다쿠스가 한 자 한 자 되뇌었다.

"곤충을 먹는다는 뜻이지." 교수가 싱글벙글 웃었다. "엄밀하게 말하면 타란툴라는 곤충류가 아니라 거미류에 속하지만 말이야."

다쿠스는 인상을 찌푸렸다.

"그럴 것 없다, 다쿠스. 무척추동물을 먹는 것은 다른 종류의 생물을 먹는 것과 다르지 않아. 새는 곤충을 먹고, 너는 새를 먹지. 네 소화기는 아마 네가 의식하지 못한 채 삼킨 수많은 작은 생물들로 가득할걸."

다쿠스가 거미를 노려보았다. "하지만 털들은…"

"튀김옷에 넣기 전에 불에 그슬려 없앤단다." 애플야드 교수가 아이들에게 젓가락을 주며 말했다. "한 번 먹어볼래?"

베르톨트가 고개를 저었다. "감사하지만 괜찮습니다."

버지니아가 접시 테두리에 거의 코가 닿을 만큼 몸을 숙이고 물었다. "정말 이걸 드세요?"

애플야드 교수가 젓가락으로 타란툴라를 집어서 테이블 위에 있는 병에서 간장을 끼얹고 붉은 고춧가루에 묻힌 뒤 씹었다.

베르톨트가 비명을 지르며 눈을 감았다.

다쿠스는 얼어붙었다. 거미를 먹는 사람을 본 것은 처음이었다.

"해물이나 야채 튀김과 별로 다르지 않아." 교수가 씹던 음식을 꿀꺽 삼킨 뒤 말했다.

"하지만 왜...?" 다쿠스는 무례를 범하지 않고 질문할 수 있는 적당한 표현을 찾으려 애썼다.

"사실은 개인적인 연구 프로젝트야." 그가 석쇠에 구운 귀뚜라미 꼬치를 들어서 피넛 소스에 찍었다. "나는 거의 평생 채식주의자였단다. 고기에 대한 수요가 만들어낸 공격적인 공장식 가축 사육에 일조하고 싶지 않았기 때문에 고기를 먹지 않았지. 그건 지속 가능하지 않고, 지구에 피해를 주는 일이야."

"하지만 전 햄버거를 좋아해요." 버지니아가 말했다. "베이컨 샌드위치도요."

"그래, 나도 좋아한단다, 버지니아. 물론 맛이야 있지." 애플야드 교수가 동의했다. "하지만 인류는 무서운 속도로 늘어가고 있어. 우리가 소를 키우기 위해 숲속의 나무를 모두 베어낸다 해도 몇 년 지나지 않아 세계 인구가 먹기에는 부족하게 될 거야."

"우림을 베어내선 안 되죠!" 베르톨트가 걱정스러운 듯 말했다.

"동감이다." 애플야드 교수가 고개를 끄덕였다. "어쨌거나 이 행성 사람들이 먹을 고기가 없어지면, 사람들은 뭘 먹을까?"

"채소요?" 버지니아가 튀긴 거미를 보며 말했다.

"부유한 나라의 사람은 채소를 풍족하게 골고루 살 수 있겠지만 다른 곳에서는 그렇지 못할 거야. 하지만 고단백질이면서도 많은 땅과 사료 없이 동물을 사육할 수 있는 방법이 있지."

"곤충 고기요?" 다쿠스는 한 번도 곤충을 고기라고 생각해본 적이 없지만 짐작으로 말했다.

"곤충 단백질이지." 애플야드 교수가 고개를 끄덕이며 귀뚜라미 꼬치 하나를 이 사이에 물고 한 마리를 입안으로 빼낸 뒤 아작아작 즐겁게 씹었다. "우리 서양 사람들은 고정관념 때문에 곤충을 먹을 생각을 하지 않지만 언젠가는 우리도 선택의 여지가 없을 거야. 지금도 몇몇 고급 레스토랑에서는 곤충이 값비싼 별미지만 말이야."

버지니아가 코웃음을 쳤다. "그럴 리가요!"

"사실이야! 덴마크에는 개미 요리가 나오는 멋진 레스토랑이 있는데 꼭 페퍼민트 맛이 난단다."

"그럼 복도에 있는 수조들은?" 다쿠스가 어깨너머를 보며 물었다.

"내 미니어처 곤충 농장이지. 내가 먹을 음식을 키우는 거란다. 나는 요리하기 전까지 곤충들을 최대한 오랫동안 쾌적하게 살게 하고, 죽일 때도 최대한 인도적인 방식으로 얼려서 죽인단다. 내 모든 곤충들은 식용으로 키우는 거야. 음, 명상의 방에 있는 것들은 빼고 말이야. 요즘은 곤충 요리책도 쓰고 있단다." 애플야드 교수가 자랑스럽게 말했다. "내 은퇴 프로젝트지."

"곤충 요리책을 누가 사요!" 버지니아가 코웃음을 쳤다.

"내가 곤충을 최대한 맛있게 만드는 조리법을 고안하는 중이란다." 애플야드 교수가 버지니아에게 점잖게 미소 지으며 말했다. "너희가 한 번 시식하고 평가를 해주면 나한테 큰 도움이 될 것 같은데."

"에에. 다쿠스." 버지니아가 눈을 반짝반짝하게 뜨고 말했다. "하나 먹어봐."

"네가 먹어봐." 그가 뒤로 물러나며 말했다.

"네가 먹으면 나도 먹을게." 버지니아가 다쿠스를 도발했다.

"어떤 거로 할래? 거미? 귀뚜라미?" 다쿠스가 물었다.

"거미."

"난 먹을 필요 없는 거지?" 베르톨트가 파랗게 질려서 속삭였다.

"통째로 넣고 삼키기다."

다쿠스가 접시에서 가장 작은 거미를 집어 들고 버지니아에게 말했다.

"좋아." 버지니아가 바삭한 거미를 엄지와 검지로 집어 들었다.

두 사람은 서로를 보며 동시에 거미를 씹었다.

다쿠스는 거미를 통째로 한 번에 입에 밀어 넣고 마치 즐기는 듯 여유로운 소리를 내려 했지만 막상 입에서 흘러나온 소리는 신음 소리 같았다. 버지니아는 다리 하나를 씹고는 오만상을 찌푸리고 혐오감을 억누르려 애썼다. 베르톨트는 두 손으로 입을 가리고 킬킬거렸다. 다쿠스는 마음을 비우고 맛에 집중하려 했지만, 입속에 커다랗고 털이 덥수룩한 거미가 있는 그림이 자꾸만 떠올랐다.

애플야드 교수는 몸을 앞으로 기울이며 물었다. "맛이 어떠니? 고소하지?"

다쿠스와 버지니아가 미친 듯 씹어 삼킬 때 베르톨트는 웃음을 터뜨렸다.

"그렇게 나쁘지 않아요." 다쿠스가 혐오감에 얼굴을 일그러뜨리고 말했다.

버지니아가 마치 악취가 나는 듯 먹다 남은 거미를 얼굴에서 멀찌감치 가져가며 말했다. "너 계속 웃으면 이걸 네 목구멍에 쑤셔 넣을 거야." 그녀가 베르톨트 앞에서 거미를 들고 흔들자 베르톨트가 날카롭게 비명을 질렀다.

"거 참, 별스럽게 야단법석이구나. 사실은 전혀 맛이 나쁘지 않은데 말이야." 애플야드 교수는 젓가락으로 다른 타란튤라를 집어서 양념을 묻힌 뒤 입에 쏙 넣었다. "꼬치구이 소스를 안 찍어서 그런가?"

"어쩌면요." 다쿠스는 소스를 찍는다고 거미 맛이 더 좋아질지 확신할 수 없었다.

"이런 식으로 생각해보렴." 애플야드 교수가 말했다. "햄버거를 먹을 때는 아무 문제가 없지?"

다쿠스가 고개를 끄덕였다.

"생각해보면 소를 먹는다는 것도 거미를 먹는 것만큼이나 기이한 일이잖니?"

"하지만 햄버거는 소처럼 보이지 않잖아요!" 버지니아가 먹다 남은 타란툴라를 들어 올리며 말했다. "이건 거미처럼 보여요."

"어쩌면 거미처럼 보이지 않으면 덜 거북할지도 모르겠어요."

"어쩌면 그게 묘책일 수 있겠구나." 애플야드 교수가 고개를 끄덕였다. "우리에게는 음식을 먹을 때 생김새, 냄새, 맛 같은 것이 중요하겠지만, 어떤 곳에서는 그저 배를 곯지 않기 위해 먹는 사람들도 있단다."

다쿠스는 애플야드 교수가 하는 말에 대해 곰곰이 생각했다. 정말로 배고플 때를 상상해보려 했다. 방과 후에 집으로 돌아가는 길에 배가 고파졌는데 저녁 식사 때까지는 몇 시간이나 남았을 때 느껴지는 강렬한 허기를. 그는 귀뚜라미 꼬치를 하나 집어 피넛 소스에 찍은 뒤 애플야드 교수가 한 것처럼 치아를 이용해 한 마리를 쭉 빼서 입에 넣었다.

"정말 귀뚜라미는 그렇게 나쁘지 않아." 다쿠스가 버지니아와 베르톨트에게 말했다.

"멋진 짐승들이지." 애플야드 교수가 말했다. "네 아빠의 애정의 대상은 딱정벌레지만, 내 경우는 귀뚜라미란다. 귀뚜라미 노랫소리는 세상의 어떤 소리보다 마음을 차분하게 하지."

"노래요?"

"그래." 교수가 테이블에서 일어나 방 저쪽으로 걸어가서 문을 살짝 열었다. "자, 들어보렴."

귀뚤귀뚤 소리가 오케스트라처럼 방 안에서 진동했다.

"이곳은 명상의 방이란다." 아이들이 주변에 몰려들자, 애플야드 교수가 문을 활짝 열며 말했다. 그곳은 창문에 흰색 린넨 커튼이 덮여있는 작은 골방이었는데, 파란색 매트를 제외하면 마룻바닥에 아무것도 없었다. 하얗게 탈색된 묘목 크기의 커다란 나뭇가지들이 벽에 기대어져 있고, 그 위에 귀뚜라미 수백 마리가 앉아 구슬픈 노래를 부르고 있었다.

다쿠스는 그것들 중 하나를 먹은 것에 죄책감을 느끼며 혀로 치아를 쓸었다.

"나는 마음을 정화하고 삶에 대해 명상하기 위해 여기 온단다." 교수가 미소 지었다. "생각을 하기 위한 방이 따로 있는 거예요?" 버지니아가 물었다.

"생각하는 것은 먹는 것, 씻는 것, 자는 것만큼이나 중요하단다. 그런 일들을 하는 방은 따로 있잖니."

"저희에게도 이런 곳이 있어요." 베르톨트가 말했다. "그곳엔 딱정벌레들이 가득하고, 우린 거기서 이것저것 시도해 보죠. 우린 그곳을 베이스캠프라고 부릅니다."

다쿠스가 베르톨트에게 미소 지었다. 그 순간 그들이 왜 이곳에 와있는지 떠올랐다. "교수님, 저희는 딱정벌레에 대해 교수님과 얘기하고 싶습니다."

"그렇지. 자, 내가 뭘 도와줄 수 있을까?" 그가 말했다.

"저희 딱정벌레는 유전자 이식 딱정벌레예요." 다쿠스가 말했다. "루크레시아 커터가 만든 거죠. 저희는 그 여자가 딱정벌레를 기르고 있다는 걸 알지만 왜 키우는지는 몰라요."

"유전자 이식이라고?" 애플야드 교수가 벽에 기대어 숨을 내쉬었다. "루크레시아 커터가 딱정벌레를 기르고 있다고?" 그는 눈을 크게 뜨고 다쿠스를 보았다. "확실하니?"

다쿠스가 고개를 끄덕였다.

"우린 그게 파브르 프로젝트와 관련이 있다고 생각해요." 버지니아가 덧붙였다. "교수님의 프로젝트가 맞죠?"

애플야드 교수가 두 손으로 얼굴을 감싸고 깊이 심호흡을 한 뒤 대답했다. "루시 존스턴[루크레시아 커터의 과거 이름]을 파브르 프로젝트에 참여시키자고 날 설득한 건 네 아빠였다." 그가 말했다. "정말 뛰어난 여자였지. 그때는 지금과 전혀 달랐어. 루시는 바솔로뮤 때문에 딱정벌레에 열광하게 되었지." 그가 고개를 저었다. "물론 모든 것을 완전히 뒤흔든 사건은 네 엄마가 팀에 합류한 거였지. 바솔로뮤는 에즈미를 만난 순간부터 다른 것은 거의 생각할 수 없었지." 그가 다쿠스를 보았다. "네 엄마는 환상적인 곤충 빠에야를 만들곤 했단다. 그 조리법이 있었으면 좋을 텐데."

"엄마가 벌레를 먹었다고요?"

"물론이야! 네 엄마는 생태학자였고, 인간과 먹는 것의 관계에 아주 관심이 많았지."

다쿠스의 마음속이 요동쳤다. 다른 사람이 엄마에 대해 자신이 알지 못하는 것을 이야기하면 마음이 그리 편치 않았다.

"혹시 루크레시아 커터가 왜 유전자 이식 딱정벌레를 키우려는 건지 아세요?" 베르톨트가 묻고는 두 손을 꼭 맞잡고 대답을 기다렸다.

"여러 가지 이유가 있을 수 있지." 교수가 대답했다. "균형 잡힌 생태계에서 딱정벌레는 위협이 아니지만, 외래침입종이 대량으로 유입된다면 큰 피해를 일으킬 수 있어." 그가 똑바로 몸을 일으키고는 혼잣말을 하듯 말했다. "비단벌레 외래침입종이 일주일 만에 숲 하나를 죽은 나무들의 무덤으로 만들어버릴 수도 있으니까."

"왜 그 여자가 굳이 숲을 파괴하기 위해 수많은 딱정벌레를 만들려고 애쓰는 걸까요?" 버지니아가 인상을 찌푸렸다. "도무지 이해가 안 돼요."

"제2차 세계대전 때, 독일군은 러시아군이 감자 바구미 애벌레 폭탄을 투하했다고 믿었지." 애플야드 교수는 안경을 벗어 린넨 셔츠 한 귀퉁이로 닦았다. "작물을 말라 죽게 만들어 사람들을 굶주리게 하고 사기를 약화시키기 위해서 말이야." 그는 다시 안경을 썼다. "러시아 곤충학자 알렉산드르 콘스탄티노비치 모르드빌코의 일기에는 바구미 폭탄에 대한 언급이 있는데…"

"그게 사실입니까?" 베르톨트가 물었다.

"딱정벌레가 무기로 이용된다고요?" 다쿠스가 전에 들어본 적이 없는 얘기였다.

애플야드 교수는 고개를 끄덕였다. "굶주릴 때까지는 누구도 진지하게 받아들이지 않을, 보이지 않는 무기지."

"무기를 만들려면 딱정벌레를 몇 마리나 키워야 할까요?" 베르톨트가 물었다.

"엄청나게 많이 필요하겠지." 버지니아가 다쿠스를 보았다. "루크레시아가 타워링 하이츠에서 그 많은 딱정벌레를 만들 수는 없어. 틀림없이 다른 곳에서 만들고 있을 거야."

"이스트 엔드에 있는 연구실에서겠지. 스펜서 크립스가 일했던." 다쿠스가 말했다.

"하지만 왜 그 여자가 그런 무기를 원하는 걸까?"

"돈 때문 아닐까?" 애플야드 교수가 인상을 찌푸렸다. "기술을 개발해서 팔려는 걸지도 모르지."

"하지만 이미 부자잖아요." 베르톨트가 말했다.

"어떤 사람들은 아무리 많이 가져도 가진 것에 만족할 줄 모르지." 애플야드 교수가 지나간 시간을 생각하며 고개를 저었다. "그 여자는 세상을 다 가져도 만족하지 못할 게야."

"아빠도 병원에 계실 때 비슷한 말을 하셨어요." 다쿠스가 버지니아와 베르톨트를 보며 말했다. "루크레시아 커터는 세상 사람들이

자기 발밑에 무릎 꿇을 때까지 멈추지 않을 거라고요."

"파브르 프로젝트의 근본적인 결함 중 하나는 정말로 위대한 뭔가를 달성하겠다는 희망에 부풀어 위험을 미처 고려하지 못한 거야." 애플야드 교수가 고개를 저었다.

"위험이요?" 다쿠스가 메아리처럼 따라 했다.

"생태계의 작은 변화가 엄청난 변동을 가져올 수 있단다. 우리가 일으킨 변화가 생물 종에 미치는 영향을 제아무리 통제하려고 애쓴다 해도 자연의 진화가 우리가 원치 않는 방향으로 향하고 결정되는 것을 막을 도리는 없지. 딱정벌레 생물 무기는 인류에게 재앙을 가져올 수 있단다." 그의 목소리가 점차 작아져 속삭임이 되었다.

다쿠스는 버지니아와 베르톨트를 보았다. "끔찍한 얘기네요."

"미안하구나." 애플야드 교수가 고개를 저었다.

"이런, 내가 지금 무슨 생각으로 이러는 거지? 얘들아, 내 말을 한마디도 귀담아들어선 안 된다." 그는 아이들을 딱정벌레를 넣어둔 수조가 있는 복도로 안내했다. "내가 공연히 너희에게 겁을 줬구나. 내 말을 귀담아듣지 말거라." 그가 다쿠스의 등을 토닥였다. "이제 집에 가봐야지. 내가 할 일이 있어서 말이야. 사실은 무척 바쁘단다." 그가 수조 뚜껑을 열자, 아이들은 각자 손을 넣어 자신의 절지동물을 꺼냈다. "루크레시아 커터에 대해 걱정하지 마라. 너희가 걱정할 문제가 아니야. 그 문제는 네 아버지와 의논해보마. 와줘서 고맙구나. 커틀 가족을 만나는 건 항상 반가운 일이야." 교수가 밝게 미소 지으며 아이들을 바깥 복도로 몰아내고 아이들이 미처 작별인사를 할 겨를도 없이 문을 닫았다.

문이 닫히자 애플야드 교수는 진정되지 않는 가슴에 손을 대고 무거운 걸음을 옮겼다. 만일 루크레시아 커터가 유전자 이식 딱정벌레를 기르고 있다면, 자신이 뭔가를 해야 할 것이다. 그는 명상의 방으로 가서 피란 매트 위에 책상다리를 하고 앉아 눈을 감고 코로 천천히 숨을 들이쉬었다가 입으로 내뱉었다.

그의 등 뒤로 겉날개에 열한 개의 검은 반점이 박힌 레몬색 무당벌레가 열린 창문을 통해 기어들어 오고 있었다.

제 *10*장

다이달로스 콤플렉스 *

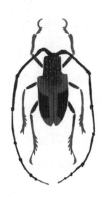

" **어** 디 갔었니?"

다쿠스는 아버지의 목소리에 담긴 분노의 위력에 깜짝 놀랐다. 다쿠스가 거실 입구에서 갑자기 멈춰서는 바람에 뒤에 바짝 붙어오던 버지니아와 부딪쳤다.

바솔로뮤 커틀은 주먹을 불끈 쥐고 소파 앞에 서 있었다. 입가에 안면 주름이 선명하게 드러났다. 수염이 없어지니 전보다 더 마르고 더 젊어 보였다.

---

* 다이달로스는 그리스 신화에 등장하는 건축가로, 크레타 섬에서 괴물을 가두는 미궁을 만들었으나 나중에 결국 아들 과 함께 자신이 만든 미궁에 갇히는 신세가 된다. 따라서 '다이달로스 콤플렉스'는 과거의 장점이 현재의 걸림돌이 되는 경우를 일컫는다.

"저… 저는… 우리는, 어…" 다쿠스가 자신을 노려보는 아버지의 시선에 압도되어 말을 더듬었다.

"버지니아, 베르톨트, 너희는 당장 집으로 가봐라. 부모님이 기다리고 계신다. 그리고 이제부터 다쿠스는 외출금지다."

"맙소사." 베르톨트가 당황해서 눈을 깜빡이며 말했다.

"내일부터 다쿠스를 볼 수 없을 거야."

"네? 왜요? 그건 공정하지 않아요!" 버지니아가 손을 허리춤에 걸쳤다. "우린 잘못한 게 없어요!"

"선생님, 왜 그러시는지 모르겠지만, 저희는 분명–" 베르톨트가 숨 쉴 새도 없이 빠르게 말했다.

"너 아직 내가 묻는 말에 대답하지 않았어." 바솔로뮤 커틀이 베르톨트의 말을 자르고 다쿠스에게 물었다. "어디 있었니?"

다쿠스가 벽난로 선반 앞에서 어깨를 축 늘어뜨리고 고개를 숙인 채 서 있는 맥스 삼촌을 보았다.

"아무 데도요, 음, 우리는…" 다쿠스는 이런 아빠의 모습을 한 번도 본 적이 없었다. 무서웠다.

"관둬라. 네가 거짓말하는 걸 듣고 싶지 않다. 네가 어디 갔었는지 이미 알고 있다." 바솔로뮤 커틀이 소파로 풀썩 주저앉았다. "경찰에서 전화가 왔었다. 너희 셋이 애플야드 교수님의 집에서 나가는 걸 본 사람이 있다고."

"경찰이요?" 베르톨트는 숨이 턱 막혔다.

다쿠스는 전신에 소름이 돋는 것을 느끼며 아버지의 표정을 읽으려 했다. "무슨 일이에요?"

바솔로뮤가 손바닥의 밑동으로 눈을 비볐다. "애플야드 교수님은 의식불명에 빠져서 병원에 계시다. 중태야." 그가 다쿠스를 보았다. "깨어나실 기미가 없단다."

"네? 대체 어떻게 되신 거예요?" 다쿠스는 공포가 밀려와 위장에 경련이 일었다. 아버지의 얼굴은 오래 씹은 껌처럼 잿빛으로 변해있었다.

"경찰은 곤충에게 물리신 것 같다고 하더구나."

"곤충에게 물렸다고요?" 다쿠스는 베이스캠프의 사탕 상자에 있는 노란 무당벌레를 떠올렸다. 그것도 버지니아를 물었다.

"그 여자야!" 베르톨트가 눈을 크게 뜨고 버지니아를 보았다. "그 여자 짓이야."

버지니아는 충격 때문에 힘이 풀려 허리에 걸쳤던 손이 아래로 떨어졌다. "하지만... 아까는 아무렇지도 않으셨잖아! 우리에게 거미도 먹게 하시고 이런저런 말씀도 하시고-" 그녀가 다쿠스를 힐긋 보았다.

"무슨 말씀을 하셨니?" 바솔로뮤의 차가운 목소리에 다쿠스의 심장이 불안하게 팔딱거렸다.

버지니아의 아랫입술이 파르르 떨렸다.

"벌레 요리책에 대해 말씀하셨어요." 다쿠스는 말하면서 분노가

치미는 것을 느꼈다. "엄마가 얼마나 맛있는 곤충 빠에야를 만들었는지도요."

아버지의 목에서 억눌린 신음이 새어 나왔다.

베르톨트는 버지니아의 손을 잡아 뒤쪽으로 끌며 소곤거렸다. "우린 가봐야 할 것 같아."

버지니아와 다쿠스의 눈이 마주쳤다. 다쿠스는 버지니아가 자신만 남겨두고 가는 것을 꺼리고 있음을 알 수 있었다.

"내일 학교에서 보자." 다쿠스는 버지니아를 안심시키기 위해 고개를 끄덕이며 말했다.

버지니아도 고개를 끄덕이고 베르톨트와 함께 나갔다. 맥스 삼촌은 두 사람을 배웅하러 나갔다. 잠시 후 현관문이 닫히고 부엌으로 돌아오는 맥스 삼촌의 발소리가 들렸다.

"넌 내일부터 킹 에셀레드 홀 중학교에 가지 않을 거다." 바솔로뮤가 말했다.

다쿠스가 인상을 찌푸렸다. "네?"

"다쿠스, 넌 많은 일을 겪었다. 잠시 쉬는 게 너한테 좋을 거야. 맥스 삼촌이 진도에 뒤처지지 않도록 공부를 봐줄 거야. 그러다가 우리가 집에 돌아갈 수 있게 되면, 크리스탈 팰리스에 있는 예전 학교에 다닐 수 있을 거다."

"우리가 돌아갈 수 '있게' 되면'이라뇨? 그게 무슨 뜻이에요?"

"다쿠스, 제발 내 말 좀 들어봐라. 넌 아빠 말을 따라줘야 하고,

안전한 곳에 있어야 해.”

“여기가 뭐 어때서요?” 다쿠스가 턱을 내밀며 말했다.

“다쿠스, 우린 루크레시아 커터의 딱정벌레 산 위에서 살고 있고, 그 여자는 그 딱정벌레를 찾고 있어. 그 여자가 찾으러 오지 않을 것 같니? 분명히 올 거야.” 바솔로뮤가 눈에 잔뜩 들어간 힘을 조금 빼며 고개를 저었다. “머리를 쥐어짜고 생각해봤지만 딱정벌레를 옮길 만한 곳을 도저히 생각할 수가 없다. 그들은 스스로 살아가야 해. 네가 여기 머무는 건 너무 위험한 일이야.”

“우리 모두 함께 가면 안 돼요?” 다쿠스가 제안했다.

“그건 안 돼. 난 네가 딱정벌레들과 떨어지길 바란다.” 바솔로뮤가 다쿠스의 어깨에 가만히 앉아있는 박스터를 보면서 말했다. “모든 딱정벌레와 말이야.”

“안 돼요!” 다쿠스가 공포에 질린 눈으로 아빠를 보며 말했다. “그렇게는 못 해요!”

“다쿠스... 루크레시아 커터가 뭔가 끔찍한 일을 벌일 거다.” 절망적인 아들의 시선에 바솔로뮤의 파란 눈이 갈 곳 모르고 방안을 헤맸다.

“그렇다면 우리가 그 여자를 막을 수 있어요.” 다쿠스가 말했다. “우리와 딱정벌레가 함께요. 딱정벌레가 도움이 될 수 있어요. 정말로 도움이-”

“안 돼.” 바솔로뮤의 얼굴이 굳었다. “넌 이 일에서 빠져라. 넌 내

아들이고, 널 보호하는 게 내 의무야. 루크레시아 커터가 다시는 널 해치지 못하게 할 거다."

"다른 사람에게 말하면 안 돼요? 군대나 아니면 정부에요? 틀림없이 도와줄 수 있는 누군가가 있을 텐데요!"

"내가 시도해보지 않았을 것 같니?" 바솔로뮤가 짜증스럽게 한숨을 쉬었다. "루크레시아 커터는 영향력이 막강한 인물이야."

"박스터를 절대로 떠나지 않을 거예요. 절대요." 다쿠스가 팔짱을 끼고 말했다. "딱정벌레들과 함께 가지 않는다면, 난 그냥 여기 있을 거예요."

"다쿠스, 이제 그만해라. 넌 여기서 발언권이 없어."

"전 가지 않아요." 다쿠스가 발을 구르며 말했다. "아빠도 어쩌지 못해요."

"다쿠스, 제발. 이건 게임이 아니야. 난 너에게 최선인 것을 하려는 거야."

"제게 최선인 게 뭔지 아빠가 어떻게 아세요?"

"넌 내 말을 어겼어." 바솔로뮤가 엄하게 대답했다. "넌 루크레시아 커터에 대해 알아보려고 애플야드 교수님을 의도적으로 찾아갔어. 내가 그러지 말라고 그렇게 부탁했는데 말이야. 그래서 무슨 일이 생겼나 봐라!" 그가 두 손을 번쩍 들었다. "너와 네 친구들은 이걸 아이들의 탐정 놀이쯤으로 생각하지만, 사실은 그렇지가 않아."

다쿠스는 침을 꿀꺽 삼켰다. 애플야드 교수에게 닥친 일을 생각하니 소름이 끼쳤다. 교수님을 깨문 것이 노란 무당벌레였을까? 버지니아도 무당벌레에게 물렸지만 멀쩡했는데. 혹시 자신들이 무당벌레를 교수에게 인도한 것이라면 어쩌지? 만일 애플야드 교수가 병원에 입원한 것이 자신의 탓이라면?

"교수님에게 피해를 줄 생각은 아니었어요." 다쿠스가 중얼거렸다.

"다쿠스, 그건 네 잘못이 아니야. 어떻게 그럴 수 있겠니?" 그의 아버지가 앞으로 몸을 기울였다. "하지만 모르겠니? 그 병원 침대에 누워있는 사람이 네가 될 수도 있었어!" 다쿠스는 고개를 저었다. 루크레시아 커터의 피조물이 근처에 얼쩡거리도록 박스터가 놔두지 않을 것이라는 확신이 있었기 때문이다. "그래서 널 멀리 보내려는 거야."

"아빠는 나를 어린애 취급하지만, 난 루크레시아 커터의 정체를 알아요. 난 그 여자를 봤어요! 그 여자와 싸웠고요! 기억 안 나세요?" 다쿠스가 가슴에서 끓어오르는 분노에 주먹을 불끈 쥐었다. "아빠를 구한 건 나예요! 아빠는 나를 보호하지 못해요. 아빠 자신도 보호하지 못하죠! 그 여자에게 납치를 당하고 감금된 건 '아빠'인데, 내게 그 이유조차 말해주지 않잖아요. 우리가 힘을 합쳐야 그 여자를 물리칠 수 있다고요."

"다쿠스, 그건 옛날 일이야. 다 끝난 일이야. 넌 그 일을 잊어야 해."

"잊으라고요? 그 여자는 아빠를 죽이려 했...."

"그리고 그 여자는 '너를' 쐈지!" 바솔로뮤가 다쿠스에게 다가와서 어깨를 움켜잡았다. "루크레시아 커터는 나를 압박해서 도움을 얻으려고 납치했지만 난 거부했지. 그래서 날 고문한 거야. 하지만 난 감금되어 있는 내내 생각했다. 만일 그녀가 내게 아들이 있다는 걸 알았다면 당장 너를 납치했을 테고, 그랬다면 난 뭐든 그녀가 시키는 대로 할 수밖에 없었을 거라고 말이야."

"그 여자가 아빠에게 뭘 시키려 했는데요?

"다쿠스, 네가 개입하는 걸 원치 않는다. 만일 네게 무슨 일이 생긴다면... 쓰러져서 다시는 일어나지 못할 거야."

"만일 '아빠에게' 무슨 일이 일어나면요?" 다쿠스가 소리치며 뒤로 물러나 아빠의 손아귀에서 어깨를 비틀어 뺐다. "그게 어떤 기분인지 아빤 몰라요. 아빠가 어디에 있는지... 아빠에게 무슨 일이 생겼는지도 모르고..." 감정이 북받쳐 목이 메었다.

"다쿠스, 잘 들어라..."

"싫어요!" 다쿠스의 몸이 주체할 수 없이 떨렸다. "'아빠'가 들으세요! 왜 갑자기 면도를 하신 거예요?" 그가 아버지를 비난하듯 노려보았다. "왜 갑자기 좋은 새 옷을 입으시는 거예요? 도대체 그 방에서 현미경과 내 딱정벌레로 뭘 하시는 거냐고요? 아빠는 모든 게 정상인 것처럼 행동하지만, 그렇지가 않잖아요."

"다쿠스, 그 딱정벌레들을 네가 아낀다는 걸 알지만..."

"맞아요! 걔들은 내 친구예요. 아빠가 곁에 없을 때 걔들이 있었어요. 걔들은 내가 필요할 때 나를 도와줬고 루크레시아 커터와 싸워 이겼어요. 걔들은 우리 편이라고요. 우린 걔들이 필요해요. 아세요? 이건 단지 우리만의 문제가 아니에요. 스펜서 크립스라는 소년이 있었는데, 루크레시아 커터가 납치했어요. 스펜서의 어머니는 5년 동안 아들을 보지 못했고요!"

"다쿠스, 진정해라. 제발. 횡설수설하지 말고."

"진정하지 않을 거예요." 다쿠스가 아빠를 사납게 노려보았다. "난 바보가 아니에요. 아빠가 뭔가 꾸미고 있다는 걸 나도 안다고요."

"다쿠스, 이 문제로 더 이상 언쟁하고 싶지 않다. 또 한 번 네가 루크레시아 커터 근처에서 얼쩡거리다가 걸리면..."

"그럼 어쩌실 건데요?"

"해충 구제 인부를 부를 거다." 바솔로뮤가 돌처럼 굳은 얼굴로 말했다.

다쿠스도 지지 않고 노려보며 말했다. "아빤 못 그래요! 살생을 싫어하잖아요."

"이 딱정벌레는 루크레시아 커터를 불러들일 거야. 네가 안전한 곳으로 가지 않는다면 내가 제거할 수밖에."

아버지의 완고한 눈을 마주하고 있는 동안 다쿠스는 내면이 통째로 블랙홀 속으로 빨려 들어가는 기분이었다. 아버지에게 소리치고 싶었지만 할 말이 떠오르지 않았다. 그래서 그냥 뒤돌아서 뛰쳐나왔다. 쿵쾅거리며 계단을 올라 3층에 이르렀을 때 갑자기 가슴이 미어지는 흐느낌이 터져 나와 걸음을 늦추었다. 그리고 쓰러지듯 주저앉아 자신의 침실로 이어진 층계참까지 마지막 몇 계단을 네발로 기어올라갔다. 그는 주먹으로 바닥을 세게 쳤다가 총상을 입은 어깨에 통증이 밀려와 인상을 찌푸리며 숨을 들이쉬었다. 뜨거운 눈물이 앞을 가렸다.

박스터가 다쿠스의 어깨에서 바닥으로 껑충 뛰어내려 뒷다리로 선 채로 앞다리를 흔들며 걱정했다. 다쿠스는 눈물을 훔치고 뒤로 드러누워 천장을 바라보았다.

"아빠가 왜 이러시는 걸까, 박스터? 일단 딱정벌레들의 힘을 보고 나면, 우리가 힘을 합치면 루크레시아 커터의 상대가 되고도 남는다는 걸 아실 텐데. 우린 도망치지 말고 그 여자와 싸워야 해."

박스터가 겉날개를 들어 올리고 부드러운 호박색 날개를 펼치며 다쿠스의 가슴으로 날아왔다. 이 장수풍뎅이는 다쿠스의 갈비뼈 사이에 움푹하게 패인 명치에 자리 잡고 톱니처럼 돌기가 있는 다리를 복부 밑으로 접은 뒤 다쿠스의 가슴에 머리를 기댔다.

다쿠스는 손을 들어 박스터를 조심스럽게 감쌌다. "아빠가 뭐라고 하시든 상관없어, 박스터. 절대 우린 헤어지지 않을 거야. 만일 아빠가 우릴 갈라놓으려 한다면, 그땐 집을 나가서 돌아오지 않을 거야." 다쿠스는 아버지가 딱정벌레를 그녀의 피조물이라고 말한 것을 떠올렸다. "아빠는 엄청난 실수를 하고 있어, 박스터. 딱정벌레들 없이는 루크레시아 커터에게 이길 승산이 전혀 없어."

잠시 뒤 다쿠스는 기분이 좀 나아져서 박스터를 다시 어깨에 올리고 일어섰다. 맞은편에 이곳에 처음 이사 오던 날 맥스 삼촌과 함께 방에서 빼낸 종이 상자 더미가 보였다. 다쿠스의 눈이 상자 더미를 훑어 내려가다가 바닥에서 두 번째 상자에게 멈췄다. 한 귀퉁이가 뜯어져 있는 상자였다. 방에서 상자 더미를 어설프게 뒤로 끌고 나오다가 상자가 뜯어졌던 기억이 떠올랐다. 그때 서류철과 함께 네페르티티의 이가 바닥에 쏟아졌었다.

다쿠스는 갑자기 무릎을 꿇고 앉았다. '서류철이 있었지!' 서류철마다 '파브르 프로젝트'라고 적혀있었던 것이 떠올랐다.

아빠와 삼촌이 거실에서 소리죽여 얘기하는 것을 들으며, 다쿠스는 귀퉁이가 뜯어진 상자가 나올 때까지 위에 쌓여있는 상자를 바닥에 조심스럽게 내려놓았다. 지난번에는 파브르 프로젝트가 뭔지 몰랐지만, 이제는 알았다. 아빠가 상황을 얘기해주지 않는다면 본인이 직접 알아내겠다고 마음먹었다.

다쿠스는 뜯어진 상자로 손을 뻗어 접힌 날개를 밀어젖혔다. '파브르 프로젝트'라고 표시된 빛바랜 빨간색, 노란색 서류철이 2열로 쌓여있었다. 서류철들을 꺼내 바닥에 놓았다.

아래층에서 현관문이 열리는 소리가 들렸다. 다쿠스는 얼어붙었다.

"늦지 않을 거야." 아버지의 목소리였다. "병원 면회 시간이 아홉 시까지니까."

다쿠스는 당황해서 두리번거렸다. 층계참은 상자와 아버지의 서류철로 아수라장이 되었다.

"그분이 빨리 회복해야 할 텐데." 맥스 삼촌이 대답했다. "우린 걱정마라. 다쿠스는 내가 잘 감시할 테니까."

"맥스 형, 어쩐지 불길한 예감이 들어."

"너무 성급하게 결론짓지 마라." 맥스 삼촌이 안심시켰다. "애플 야드 교수는 나이가 많잖아. 의사들이 곤충한테 물린 것 같다고 했지만, 어쩌면 뇌졸중이나 심장마비일 수도 있으니까."

"그래서 내가 가봐야 해. 확실하게 알아보기 위해서. 그리고 가엾은 교수님은 가족이 없어."

"내 차를 타고 가렴."

다쿠스는 아버지가 작별 인사를 하러 올라올까 봐 눈을 질끈 감았지만 잠시 뒤 현관문이 닫히는 소리가 들렸다.

다쿠스는 서류철을 움켜쥐고 까치발로 방으로 뛰어들어가 바닥에 대충 내려놓았다. 그런 뒤 다시 복도로 나가 허겁지겁 상자를 다시 쌓았다. 그 순간 맥스 삼촌이 올라오는 소리가 들렸고, 다쿠스는 부랴부랴 방으로 돌아와서 옷가지로 서류철을 덮고는 아무 책이나 집어 들고 바닥에 책상다리로 앉았다.

노크 소리가 들렸다. "들어오세요." 다쿠스가 애써 호흡을 진정시키며 말했다.

"배가 고플 것 같아서 왔다." 맥스 삼촌이 문을 밀어서 열며 말했다. 한 손에는 햄 샌드위치와 바나나가 담긴 접시, 다른 한 손에는 우유 잔이 들려있었다.

"배고파요." 다쿠스가 인정했다.

"좋은 책을 읽고 있었니?" 맥스 삼촌이 눈썹을 움찔거렸다. 다쿠스는 아래를 내려다보고 자신이 『식인 풍습의 지성사』를 거꾸로 들고 있었다는 사실을 깨달았다.

"사실 읽고 있었던 건 아니에요." 다쿠스가 솔직하게 말했다.

"안타깝구나." 맥스 삼촌이 싱긋 웃었다. "이건 내가 읽은 식인에 관한 책 중의 최고인데 말이야."

맥스 삼촌이 테이블 대용으로 쓰는 상자 위에 접시와 유리잔을 내려놓자, 다쿠스는 미소 지으며 가까이 다가앉아 어깨에서 박스터를 떼어 접시 옆에 놓았다. 그리고 제일 먼저 바나나 껍질을 까서 한 덩이를 잘라 장수풍뎅이에게 줬다.

"고마워요, 삼촌." 다쿠스는 샌드위치를 한 입 베어 물었다.

"좋아. 그럼 아래층에 있을 테니까 혹시 내가 필요하면... 혹시 뭔가 의논하고 싶은 게 있거나", 맥스 삼촌이 어깨를 으쓱했다. "뭐든지 말이야."

"정말 우리가 떠나나요?" 다쿠스가 물었다.

"아무래도 그래야 할 것 같구나."

"하지만 박스터를 데려가도 되지 않나요?"

"음, 그게..." 맥스 삼촌은 박스터를 보며 말했다. "네 작은 친구에 대한 네 아빠의 생각이 워낙 단호해서 말이다."

"아빠가 딱정벌레들에 대해 잘못 생각하는 거예요." 다쿠스가 말했다.

"그럴 수도 있지." 맥스 삼촌이 고개를 끄덕였다. "하지만 바솔로뮤는 네 아빠야. 그리고 이 일에 대해 우리 중 누구보다 잘 알고 있지. 우리가 응원해 줘야 해."

"아빠가 제 말을 들어주기만 하면 좋겠어요. 딱정벌레가 어떤 일을 할 수 있는지 보여줄 기회만 주면 좋을 것 같아요. 삼촌이 아빠에게 얘기 좀 해주실래요?"

"노력해 보마." 맥스 삼촌은 무슨 말인가 더 하려는 것처럼 보였지만 이내 마음을 바꿨다. "내가 필요하면 소리쳐 불러라." 그가 말하고는 문을 닫고 나갔다.

다쿠스는 맥스 삼촌이 멀어지는 소리에 귀 기울이며 서류철을 덮고 있는 옷가지를 쳐다보았다. 우선 옷가지를 밀쳐내고 제일 위에 있는 서류철을 집어 들어 안에 있는 서류를 꺼냈다. 그런 뒤 샌드위치를 먹으면서, 한 장 한 장 순서대로 내용을 훑어보았다. 라틴어 단어와 그림은 그냥 건너뛰었는데, 그중에는 딱정벌레의 그림이나 그래프, 도표, 그리고 어지럽게 적힌 숫자들도 있었다. 가슴이 답답했다. 무슨 말인지 하나도 이해할 수 없었다.

다른 서류철을 꺼냈다. 여기도 비슷한 서류가 가득했다. 세 번째 서류철은 아예 서류를 빼내지 않은 채 손가락으로 튀기며 훑어보았다. 그러다가 그의 손가락이 두 장의 사진에서 멈췄다. 둘 중 더 큰 쪽은 루크레시아 커터의 책상 위에서 본 적이 있었다. 파브르 프로젝트 팀의 사진이었다.

다쿠스는 엄마의 얼굴을 손가락으로 쓰다듬었다. 그녀는 흰색 연구실 가운에 짙은 색 폴로 티셔츠 차림으로 숱진 검은 머리칼을 어깨까지 늘어뜨린 채 무릎 위에 두 손을 포개고 따뜻하게 함박웃음을 짓고 있었다. 사진 뒤에는 아버지가 손 글씨로 쓴 이름들이 있었다. 다쿠스는 그 사진을 옆에 내려두고 두 번째 사진으로 눈길을 옮겼다. 젊은 시절 아버지의 모습을 담은 작은 정사각형 사진이었다. 깔끔하게 면도하고 두꺼운 직사각형 안경을 쓴 아버지는 커다란 골리앗풍뎅이를 손에 들고 경이로운 미소를 지으며 카메라를 보고 있었다.

제 **11** 장

조난 신호탄

노박은 침실 창문에서 타워링 하이츠를 끊임없이 드나드는 노란 무당벌레들의 흐름을 지켜보았다. 메이터가 뭔가를, 또는 누군가를 찾고 있는 것이다. 그녀는 가슴이 미어졌다. 다쿠스는 아닐 것이다. 그는 이미 갔으니까.

그녀의 눈에 눈물이 차올랐다. 친구가 죽었다는 사실을 알고 이틀이 지났는데, 그의 생각을 조금이라도 하면 눈물이 나왔다. 헵번조차 위로가 되지 않았다. 그녀가 울음을 터뜨릴 때마다 메이터에 대한 마음이 조금씩 냉담해졌다.

눈물로 흐려진 눈으로 그녀는 또 노란 무당벌레 한 마리가 3층 창문을 통해 메이터의 방으로 들어가는 것을 보았다. 지켜보기만 하는 것이 지겨워진 노박은 무슨 일인지 알아보기로 결심했다. 그녀는 방에서 몰래 빠져나와 집안을 살금살금 돌아다니며 문가에서 귀를 쫑긋 세우고 어른들이 대화 소리가 들리면 그 앞을 천천히 지나갔다. 노박이 경비실을 지나치는 순간, 그녀의 염탐 활동은 마침내 성과를 거두었다. 흥분한 크레이븐이 댄키시에게 고함을 지르는 소리가 들렸다.

"야, 빨리해. 빌어먹을 무당벌레들이 우리보다 빠르게 생겼잖아. 우리가 골칫거리 바보처럼 보이게 됐다고. 조심하지 않으면 사장이 우릴 해고하고 그 자리에 딱정벌레들을 채울걸."

댄키시가 소리 죽여 뭐라고 중얼거렸다.

"안 돼! 그거 이리 줘. 넌 깔때기로 연료통에 휘발유를 채워."

"하수도에 들어가기 싫어." 댄키시가 투덜댔다. "거긴 냄새나고 쥐도 있다고."

"너한테는 맨날 냄새가 나. 하지만 내가 불평하는 것 봤어?" 크레이븐이 날카롭게 되받아쳤다. "화염방사기에 연료를 채워 차에 싣고 하수도로 가서 터널로 들어가는 거야. 난 당장 그 망할 놈의 딱정벌레 무더기를 찾아서 불태워버리고 싶다고!"

노박의 얼굴에 핏기가 가셨다. 저들이 다쿠스의 딱정벌레들을 불태우려 하고 있다! 처음에는 메이터가 다쿠스를 죽이더니 이제 그의 딱정벌레들을 죽이려는 것이다!

노박은 돌바닥에 타닥타닥 소리를 내며 뛰었다. 그러다가 하인용 승강기 앞에서 미끄러지듯 멈춰 서서 문을 열고 올라탄 뒤 다시 문을 닫았다. 승강기가 6층으로 올라갈 때, 노박은 뺨에 눈물이 흐르는 것을 느꼈다. 그녀는 신경질적으로 눈물을 훔쳤다. 공포와 무력감이 그녀를 움직이게 했다. 다쿠스는 그 딱정벌레들을 사랑했고, 그들은 헵번의 가족이다. 그들을 구해야 한다. 하지만 어떻게? 그녀는 타워링 하이츠에 갇혀있다. 어쩌면 누군가에게 메시지를 보낼 수도 있을 텐데. 하지만 누구에게?

다쿠스의 아버지를 떠올렸지만 그는 아들을 잃은 슬픔에 빠져 있을 것이고, 아들을 죽인 여자의 딸을 도와주고 싶지 않을 것이다. 다쿠스의 친구라는 베르톨트와 버지니아도 생각해봤지만, 그녀는 그들의 성도 몰랐다. 그런데 어떻게 그들을 찾을 수 있단 말인가?

누군가에게 경고를 보내야 한다. 크레이븐과 댄키시가 다쿠스의 딱정벌레들을 죽이도록 놔둘 수는 없다.

승강기 벨이 울리는 순간 노박은 제라르에게 주먹을 날렸던 다쿠스의 삼촌이 떠올랐다. 맥시밀리언 커틀. 메이터가 그를 그렇게 불렀었다. 그라면 도움을 줄 수도 있을 것이고, 노박은 그가 어디 사는지도 알았다. 넬슨 퍼레이드.

노박은 문을 열고 복도를 전력으로 질주하여 침실로 돌아왔다. 원래 학교에 가기 위해 꾸렸지만 이제는 LA로 향하게 될 그녀가 품었던 꿈의 유일한 잔재인 여행 가방이 여전히 그 자리에 있었다. 제라르는 타워링 하이츠가 폐쇄될 것이며 이제 이곳에 돌아오지 않을 것이라고 말했다.

노박은 침대로 뛰어들어 침대 옆 탁자 서랍에서 연보랏빛 필기구 세트를 꺼냈다. "아, 헵번, 뭔가 끔찍한 일이 벌어지고 있어!" 그녀는 침대 옆 수국이 담긴 화병에 대고 말했다.

헵번이 푸른 꽃 밑에서 나와서 겉날개로 무지갯빛을 반사하며 노박의 눈높이까지 기어올랐다.

"크레이븐과 댄키시가 딱정벌레 산이 어디 있는지 알고 있어. 그들이 그곳을 불태울 거야!"

헵번이 깜짝 놀라 뒷다리로 서서 앞다리를 휘젓다가 꽃다발에서 떨어질 뻔했다.

"우린 도움이 필요해." 노박이 종이 한 장을 꺼내고 필통에서 자주색 펜을 집어 들어 편지를 쓰기 시작했다.

침대 옆에 있는 하얀색 전화에서 벨이 울렸다. 노박은 맥시밀리언 커틀에게 보낼 편지에서 눈을 떼지 않은 채 수화기를 들었다. "안녕, 밀리."

"오늘 저녁에 아가씨가 엠프레스 호텔로 가신다는 지시를 방금 받았어요."

"오늘 밤? 하지만 시간이 늦었잖아."

"예. 아가씨는 아침 일찍 LA에 도착하실 거예요. 혹시 필요한 게 있나 해서요. 간식이나 음료를 좀 챙길까요?"

"아!" 노박은 당혹감에 어쩔 줄 몰랐다. 시간이 촉박했다. "여행 때 먹을 수박을 좀 싸줄래?"

"물론이죠, 아가씨. 곧 가지고 올라갈게요."

"고마워."

그녀는 수화기를 내려놓고 서둘러 편지를 마저 써서 연보랏빛 편지봉투에 넣었다. "우린 떠날 준비를 해야 해." 그녀가 헵번에게 말하며 봉투를 봉한 뒤 맥시밀리언 커틀이라고 썼다. 헵번이 알록달록한 날개를 퍼덕여 노박의 팔로 날아갔다.

"팔찌를 가져갈 거야." 노박이 딱정벌레에게 말하며 방을 가로질러 핸드백이 놓인 곳으로 걸어가서 큼지막한 초록색 보석이 세팅된 폭이 넓은 은색 팔찌를 꺼냈다. 고리를 찰칵 움직이니 초록색 보석이 결합부 위로 튀어 오르며 숨겨진 약통이 드러났다. 노박은 푸른 수국 꽃잎을 몇 장 떼어내어 은으로 이루어진 작은 공간에 깐 다음 화병에 손가락을 넣어 물 한 방울을 묻혀 와서는 꽃잎 위에 떨어뜨렸다. 헵번이 노박의 손목을 따라 뽐내듯 걸어와 그 안으로 들어가서 수국 침대에서 편안하게 자리를 잡기 위해 몸을 꿈틀거렸다.

그 순간 문에서 노크 소리가 들리고 밀리가 얇게 썬 수박이 담긴 작은 밀폐 용기를 들고 방으로 들어왔다. "자, 아가씨. 이제 코트와 구두를 신어야 해요."

노박이 작은 비밀 공간을 조심스럽게 닫고는 숨을 깊이 들이쉬며 말했다. "밀리, 나를 위해 해 줄 일이 있어. 아주 중요한 일이야."

"차가 도착하는 시간에 맞춰 아가씨를 준비시키는 것보다 더 중요한 일은 없어요." 밀리가 정신없이 눈을 깜빡였다. "늦으면 마님이 어떻게 되는지 알잖아요?"

"이게 더 중요해, 밀리." 노박이 편지를 내밀었다. "이 편지를 전달해줘."

"이게 뭔데요?" 밀리가 의심스러운 눈으로 봉투를 내려다보았다.

"긴급한 일이야. 즉시 넬슨 퍼레이드로 가서 여기를 찾아야 해. 맥시밀리언 커틀은 폭발이 일어난 가게 옆 건물에 살아. 번지수는 몰라."

밀리는 숨을 헉 들이쉬고는 두 손을 들고 당황해서 고개를 내저으며 뒤로 물러났다. "아, 안 돼요. 일을 복잡하게 만들어선 안 돼요. 그 날 충분히 당했잖아요. 아가씨가... 내 말은,,, 만일 마님이 아시면..."

"들어봐, 밀리. 메이터는 그때 있었던 일을 모르고 있고, 이번 일도 알지 못할 거야. 내일 아침이면 메이터와 나는 LA로 가는 비행기에 있을 테니까. 부탁이야, 밀리. 정말 중요한 일이 아니라면 애초에 부탁도 안 했을 거야." 노박은 자신의 심장 뛰는 소리를 들을 수 있었다. "제발."

밀리는 머뭇거리며 편지를 받아들고 희미하게 고개를 끄덕이더니 흰색 앞치마의 커다란 주머니에 넣었다.

"고마워." 노박이 감사의 눈물을 글썽거리며 속삭였다. 다쿠스는 갔다. 그를 다시 살려낼 수는 없지만 적어도 그의 딱정벌레를 구할 수는 있을 것이다.

제 *12* 장

구원병

다쿠스는 잠에서 깨어 눈을 깜빡였다. 무언가가 귀를 간질였다. 고개를 돌려보니 박스터가 베개 위에서 입을 벌리고 그에게 미소 짓고 있었다.

"안녕, 박스터." 다쿠스는 속삭이며 해먹에서 일어나 앉았다. 잠들 때 손에 쥐고 있던 두 장의 흑백 사진이 가슴에서 무릎으로 스르륵 떨어졌다. "아무 일 없지?"

박스터가 겉날개를 추켜올리고 앞다리를 들어 채광창을 가리켰다. 별이 점점이 박힌 검은 밤하늘이 보였다. 그런데 유난히 노란 별하나가 점점 더 커지면서 초롱초롱 반짝였다.

"뉴턴?" 다쿠스는 해먹이 흔들리지 않도록 조심하며 무릎으로 일어나 창문을 잡아당겨 열었다. 반딧불이가 들어왔다.

"안녕!" 다쿠스가 손을 뻗으니 뉴턴이 그의 손바닥에 앉아 구릿빛 겉날개 속으로 부드러운 날개를 접어 넣었다. "베르톨트는 어디 있어?"

'버-언-쩍, 반짝, 반짝, 반짝, 캄캄, 반짝, 버-언-쩍, 캄캄, 반짝, 반짝, 반짝, 캄캄, 반짝'

"진정해. 왜 그렇게 정신없이 깜빡거리는 거야?" 다쿠스가 마름모꼴 딱정벌레를 자세히 쳐다보았다. "나한테 뭔가 말하려는 거니? 네가 깜빡거리는 데 어떤 패턴이 있는 거니?"

반딧불이가 또다시 전과 똑같은 패턴으로 반짝거리고 깜빡거리기 시작했다.

"모스 부호니? 모스 부호를 이용하는 거니?"

뉴턴이 자랑스러운 듯 고개를 끄덕였다.

"맙소사!" 다쿠스가 해먹에서 내려와 서류 캐비닛에서 종이와 연필을 꺼냈다. "다시 해봐. '버-언-쩍, 반짝, 반짝, 반짝, 캄캄.' 이건 B구나!" 다쿠스는 정신을 집중하고 반딧불이를 지켜보았다. "이건 A, 이건 S, 이건 E... BASE... 베이스캠프네! 베르톨트가 베이스캠프에 있다고?"

뉴턴은 다쿠스가 자신의 말을 이해한 것이 기쁜 나머지 공중제비를 돌았다.

다쿠스는 서둘러 해먹에서 내려왔다. "모스 부호를 언제 배웠니?" 다쿠스는 파자마 위에 제일 좋아하는 초록색 점퍼를 입고 사진을 돌돌 말아 바지 주머니에 쑤셔 넣었다. "베르톨트가 가르쳐주든?"

'버−언−쩍. 반짝, 버−언−쩍, 버−언−쩍, 캄캄, 반짝, 캄캄, 반짝, 반짝, 반짝.'

"Y−E−S, 예스!" 다쿠스가 웃었다. "물론 그랬을 테지. 그래 놓고 아무 말 없었네."

가까운 곳에 친구가 있다는 생각에 갑자기 마음이 밝아졌다. 손을 뻗으니 박스터가 올라타서 어깨로 질주했다. "버지니아도 있니?" 박스터가 고개를 끄덕이자 다쿠스가 싱긋 웃었다. 버지니아는 남이 시키는 대로 하는 법이 없었고, 베르톨트는 항상, 비록 못마땅하더라도, 결국은 버지니아의 뜻을 따랐다.

다쿠스는 해먹 발 쪽에 있는 놋쇠 고리에 걸어둔 폭이 넓은 탄성밴드가 달린 작은 헤드랜턴을 빼서 머리에 쓰고 불을 켰다. 그리고 서류 캐비닛으로 돌아가 채광창으로 팔을 뻗어 나무 창틀을 붙잡고는 열린 창틈을 통해 위로 올라가서 창문 왼쪽의 기와 위에 앉았다. 평소에도 그는 박스터와 종종 이곳에 올라오곤 했다. 마을의 거리들을 한눈에 내려다보며 넬슨 퍼레이드 주변에서 오가는 모든 것을 지켜보는 게 좋았다. 사람들은 좀처럼 위를 올려다보지 않았다. 다쿠스는 그것이 안타까웠다. 하늘은 항상 포장도로보다 흥미롭기 때문이다.

다쿠스는 헐거운 기와를 피하며 지붕을 미끄러져 내려가다가 백화점 잔해 바로 위의 처마에 이르기 조금 전에 일단 멈춘 다음 조심조심 빗물받이를 향해 걸었다. 지붕 처마 밑을 내려다보니 화재 대피를 위해 검은 연철로 된 외부 발코니에 접이식 사다리를 연결하여 만든 비상계단이 보였다. 제일 위층 발코니로 곧장 뛰어내리면 2미터 높이지만, 일단 빗물받이에 매달렸다가 떨어진다면 발에서 발코니 바닥까지의 거리는 몇십 센티미터에 불과할 것이다.

다쿠스는 눈을 질끈 감고 제발 부엌에 아무도 없기를 기도한 뒤, 빗물받이를 지붕에 고정한 철물을 꼭 잡고 처마 끝에 대롱대롱 매달렸다. 그런 다음 쿵 소리를 내며 떨어져서 쪼그린 자세로 혹시 화난 목소리가 들리거나 익숙한 얼굴이 부엌 창문에 나타나는지 살폈지만 아무 일도 일어나지 않았다. 다쿠스는 사다리를 풀어 내려뜨렸다. 그런 다음 사다리를 타고 아래층 발코니까지 내려갔다가 거기서 또 사다리를 풀고 내려가 마침내 잡초가 무성한 마당에 도달했다.

박스터는 날개를 퍼덕이며 다쿠스의 어깨에 앉았다. 뉴턴은 다쿠스 앞에서 춤을 추며 신이 나서 이리저리 비행했다. 다쿠스는 딱정벌레들과 함께라면 뭐든지 할 수 있을 것만 같았다.

딱정벌레와 소년은 마당 끝에 있는 헛간 지붕으로 달려가서는 흔들흔들 담을 넘어 다쿠스가 처음 발견했을 때 '가구 숲'이라고 이름 붙인 잡동사니 더미로 보지도 않고 떨어졌다. 그곳은 이제 제아무리 칠흑 같은 밤에도 다쿠스가 훤히 꿰고 있는 장소였다. 다쿠스는 거기에 있는 모든 구석구석과 쿠션 하나까지 전부 알고 있었다. 그는 73이라는 은빛 숫자가 붙어있는 검은 문까지 기어갔다. 베이스캠프로 들어가는 입구였다.

문을 밀어서 여니, 따스한 노란 불빛과 그가 가장 좋아하는 두 친구의 미소가 그를 반갑게 맞이했다.

"왜 이렇게 오래 걸렸어?" 버지니아가 미소 지으며 말했다.

그녀의 땋은 머리에 매달린 마빈이 빨간 갈고리발톱을 다쿠스에게 흔들었다.

"뭐 하고 있어?" 다쿠스가 웃으며 말했다. "너희는 나를 보는 게 금지된 거 아니었나?"

"그건 내일부터지." 버지니아가 싱긋 웃었다. "내일부터 금지니까, 오늘 밤에 보는 편이 낫겠다고 생각했어. 안 그러면 부모님 말씀을 어기는 게 되니까. 우린 이제 그러고 싶지 않잖아?"

"너는?" 다쿠스가 베르톨트를 봤다.

"난 이불 속에 쿠션을 집어넣고 빠져나왔어. 뭐 엄마가 엄격하게 규칙을 세우는 편도 아니고." 베르톨트는 안경을 콧잔등 위로 밀어 올렸다. "엄만 내가 문제에 휘말리지 않고 네 아버지를 화나게 하지 않으면 좋겠다고 하셨지만, 결국 무엇을 하는 게 옳은지 내가 결정할 수밖에 없었어."

"사실 내가 끌고 온 거나 다름없어." 버지니아가 단호하게 말했다.

"그건 아냐." 베르톨트가 부정했다. "난 그냥 엄마를 실망시키고 싶지 않을 뿐이야."

"그런 일 없을 거야." 버지니아가 올리브그린색 소파에 풀썩 주저앉았다. "루크레시아 커터가 스펜서 크립스를 어떻게 했는지 알아내서 스펜서를 구하고 그 여자가 꾸미고 있는 나쁜 짓을 못 하게 막으면, 넌 영웅이 되는 거야. 너희 엄마도 자랑스러워하실걸."

베르톨트는 행복해 보이지 않았다. "모스 부호는 아주 훌륭한 방법 같아." 다쿠스가 화제를 슬쩍 바꾸었다.

"그래?" 베르톨트가 자부심에 얼굴을 붉혔다. "뉴턴이 정말 빨리 익혔지. 이제 복잡한 문장도 다 표현할 수 있어. 네가 그걸 해독해낼지 확신할 수 없었는데."

"보이스카우트에서 배웠어." 다쿠스가 말했다. "그리고 암호를 사용한 건 정말 좋은 생각이야. 다른 딱정벌레들도 배울 수 있을까?"

"모두들 배로 불을 켤 수 있는 건 아니잖아." 버지니아가 지적했다.

"모스 부호를 소리로 할 수도 있을 것 같은데." 다쿠스가 말했다. "박스터는 뿔로 톡톡 치거나 울음소리로 메시지를 전달할 수 있어."

"그거 좋은 생각이다." 버지니아가 앞으로 몸을 빼고 앉았다. "마빈도 뒷다리를 이용해서 탭댄스로 메시지를 전할 수 있어."

베르톨트가 버지니아 옆에 앉으며 펜과 공책을 꺼냈다. "그럼 내가 적을게."

"뭘 적어?" 다쿠스가 물었다.

"우리가 다음에 또 언제 볼지 모르잖아." 버지니아가 배낭에서 커다란 지도책을 꺼내 커피 테이블 위에 쿵 하고 내려놓았다. "그래서 사건 파일을 만들어서 여기서 보관할 거야. 우리가 모든 내용을 기록하고 서로 읽어볼 수 있도록 말이야."

"이건 지도책이잖아."

"아니야. 그냥 지도책처럼 보일 뿐이지." 버지니아가 겉장을 펼쳤다. 지도가 있어야 할 자리에 대신 서류철이 있었다. "담 옆에 있는 썩어가는 상자에서 이걸 발견했어. 지도는 엉망이라 찢어버리고 표지 안쪽에 서류철을 꽂았지. 누구도 모를 거야."

그녀가 종이 몇 장을 빼냈다. 하나는 스펜서 크립스에 관한 기사였고, 다른 하나는 '파브르 프로젝트'라는 제목에 몇몇 이름이 적혀 있었다.

"그럼 이것도 여기 넣어 둬야겠다." 다쿠스가 파자마 뒷주머니에서 돌돌 말린 두 장의 사진을 빼냈다. "아빠의 연구 서류철에서 발견했어."

"사진이잖아!" 베르톨트가 다쿠스의 손에서 큰 사진을 가져가며 소리쳤다.

"루크레시아 커터의 책상에 있던 것과 같은 사진이야." 다쿠스가 말했다. "뒷면을 봐."

베르톨트가 사진을 뒤집어 이름을 보았다. "이것 좀 봐, 버지니아!"

"멋진데!" 그녀가 청바지에서 펜을 꺼냈다. "읽어 줘봐."

"대니 라로슈 박사, 유키 이시카와 박사, 헨리크 렌카 박사, 루시 존스턴 박사, 그리고 다쿠스의 아빠와 엄마인 바솔로뮤 커틀 박사와 에즈미 마르탱-피에라, 그리고 앤드류 애플야드 교수." 베르톨트가 읽었다.

버지니아가 눈을 반짝이며 다쿠스를 쳐다봤다. "새로운 이름이 세 개야! 이게 단서가 될 수 있겠어."

"난 사건 파일에 넣으려고 이걸 가져왔어." 베르톨트가 가방에서 신문 한 부를 꺼냈다. "앞면에 누가 있는지 봐."

앞면에는 루크레시아 커터의 사진이 실려 있었다. 역시 특유의 흰색 연구실 가운에 선글라스를 끼고 있었고, 두 개의 검은 지팡이가 마치 스키폴처럼 허리띠에 매달려있었다. 그녀의 옆에서 카메라를 보며 여배우 같은 미소를 짓고 있는 것은 노박이었다.

"기사 내용을 보면 루크레시아 커터가 노박을 포함해서 영화제 시상식에서 여우주연상 후보에 오른 여배우들 전원의 의상을 담당한다고 되어있어. 노박이 시상식 후보라는 거 알았니? 애완용 용을 가진 맹인 소녀가 나오는 《드래곤 길들이기》라는 영화에 출연한다던데."

다쿠스는 타워링 하이츠의 서재에서 노박을 처음 봤을 때를 회상했다. "노박이 영화에 대해 뭐라고 말하긴 했는데."

"그럼 극장에 가서 봐야겠다." 베르톨트가 흥분해서 말했다. "틀림없이 멋질 거야."

"네가 그걸 어떻게 아니?" 버지니아가 코웃음을 쳤다. "만난 적도 없으면서."

"그렇긴 하지만…" 베르톨트가 한숨을 쉬었다. "왠지 꼭 만난 것 같은 기분이야. 노박이 다쿠스의 친구이기도 하고 다쿠스의 아버지를 구출할 때 도와주기도 했고… 또 딱정벌레도 가지고 있고. 왠지 우리랑 같은 부류라는 생각이 들어."

"사실 우리랑 같은 부류야." 다쿠스가 말했다. "노박과 얘기할 수 있는 방법이 있으면 좋을 텐데."

"네 아버지를 구출하는 걸 돕다가 어떤 곤란에 빠졌을지 모르잖아." 버지니아가 부드럽게 말했다. "상황을 더 악화시켜선 안 될 것 같아."

베르톨트가 신문 속 노박의 사진을 가리켰다. "적어도 지금 멀쩡하게 살아있는 건 알잖아."

"맞아." 다쿠스가 미소 지었다. "그건 그래."

베르톨트가 신문을 사건 파일에 넣었다. "루크레시아 커터가 영화제에 간다면, 딱정벌레를 찾는 걸 포기할지도 몰라." 그가 희망 사항을 얘기했다.

"그렇다면 우리가 걱정해야 할 건 아빠뿐이겠네." 다쿠스가 침울하게 말했다. 자신이 멀리 떠난다고 친구들에게 말해야 할 순간이 조만간 올 것임을 알기에.

"쉬이이잇!" 버지니아가 베르톨트의 팔을 붙잡고 깜짝 놀란 표정으로 손가락을 입술로 가져갔다.

베이스캠프 문 저쪽에서 덜커덕 소리가 들렸다. 세 명 모두 고개를 돌리고 문이 열리는 것을 지켜보았다. 맥스 삼촌이 허우적거리며 들어왔다.

"아이고 다행이다. 여기 있었구나, 다쿠스!" 맥스 삼촌이 편지봉투 하나를 흔들며 숨을 헉헉거렸다. 가구 숲을 가까스로 통과해 들어오느라 가죽 같은 피부가 자줏빛으로 변해 있었다.

다쿠스는 벌떡 일어났다. "무슨 일이에요?"

"좀 전에 무슨 소리가 들리기에 난 네 아빠가 병원에서 돌아왔나 싶어서 방에 가봤지. 그런데 거기 이런 게 있더구나. 네 앞으로 쓴 편지야." 그가 봉투를 넘겨주었다. "원래 내일 아침에나 발견될 거라고 생각한 모양이야. 그리고 여행 가방과 네 아빠가 새로 산 옷이 모두 없어졌더구나."

두려움에 가슴이 옥죄는 것을 느끼며 다쿠스는 봉투를 받아서 뜯었다. 그런 뒤 떨리는 손으로 편지를 붙잡고 소리 내어 읽었다.

"사랑하는 다쿠스,

아빠는 한동안 떠나 있어야 할 것 같구나. 네가 이해하기 힘든 일이라는 걸 알지만, 아빠는 해야 할 일이 있고 너를 데려갈 수가 없단다.

맥스 삼촌이 런던에서 멀리 떨어진 할머니와 할아버지 댁에서 널 잘 돌봐주실 거야. 삼촌에게 잘해라. 삼촌은 너를 무척 아끼고 있고, 삼촌은 아무 잘못이 없단다.

아빠가 한동안 곁에 없을지도 모르니 그동안 네가 용감해지길 바란다. 미안하다. 크리스마스에 맞춰 돌아올 수 있을 것 같지는 않지만, 최대한 빨리 돌아오겠다고 약속하마. 그때 모든 걸 다 보상해줄게.

더 잘 설명해줄 수 없어서 안타깝지만, 이것 하나만은 네가 꼭 알아주기 바란다. 만일 네 엄마가 살아있었다면 틀림없이 내가 가야 한다는 것에 동의했을 거야. 다른 방법은 없단다.

널 이 세상 누구보다 사랑한다.

아빠가."

다쿠스는 편지를 바닥에 떨어뜨리고, 입을 떡 벌린 채 서 있는 맥스 삼촌을 쳐다보았다.

"이런 바보 멍텅구리 천치 같은 짓을..." 맥스 삼촌이 사파리 모자를 벗고 좌절감에 은발 머리를 쥐어뜯었다.

"루크레시아 커터에게 돌아가려는 거예요." 다쿠스가 감정에 북받쳐 탁해진 목소리로 말했다.

"아닐지도 몰라." 베르톨트가 말했다.

"맞아." 다쿠스가 단호하게 대답했다. "난 아빠가 왜 새 옷을 샀는지 왜 수염을 깎았는지 알아." 그가 파브르 프로젝트 사진을 집어

들었다. "젊었을 때와 똑같이 보이고 싶었던 거야." 다쿠스가 사진 속 아버지를 가리키며 말했다. "두 사람이 친구였던 때처럼."

"널 사랑한다는 말이 참 다정하게 들려." 베르톨트가 말했다.

"잠깐만. 그런데 '런던에서 멀리 떨어진 할머니와 할아버지 댁'이라는 게 무슨 뜻이에요?" 버지니아가 손을 허리춤에 올리고 맥스 삼촌을 보며 물었다.

"음, 난 우리 셋이 웨일스에 있는 우리 부모님 댁에서 크리스마스를 보내자는 얘긴 줄 알았는데." 맥스 삼촌이 말했다. "바솔로뮤는 다른 계획이 있었던 모양이다. 그 계획을 우리에게 말하는 것이 적절하지 않다고 생각한 것 같고." 그가 고개를 절레절레 저었다. "그 못된 여자가 바솔로뮤에게 주문이라도 건 모양이야."

"저는 가지 않을래요." 다쿠스가 손으로 얼굴을 비비며 말했다. "삼촌이 뭐라고 하셔도 안 가요."

"다쿠스, 난 네 아빠에게 널 데리고 런던을 떠나겠다고 약속했다." 맥스 삼촌이 다쿠스의 어깨에 손을 올렸다. "하지만 언제, 어디로 가겠다고는 약속하지 않았으니까 우리에게 어느 정도 운신의 여지는 있는 셈이지."

"우리요?" 다쿠스가 삼촌을 쳐다봤다.

"아, 그래." 맥스 삼촌이 모자를 테이블 위에 놓고 쿵 소리를 내며 소파에 앉았다. "네가 무슨 계획이건, 나도 끼겠다."

"다쿠스," 버지니아가 그를 보며 말했다. "우리가 뭘 해야 하지?"

"아빠가 위험에 처했어." 그가 침을 꿀꺽 삼켰다. "루크레시아 커터를 막으려면 아주 강력한 힘이 필요해. 아빠 혼자서는 못해. 우리가 아빠를 도와야 해."

"우리는 강력한 힘이 아니잖아." 베르톨트의 은색 눈썹이 커다란 안경테 위로 올라갔다.

"딱정벌레나 어린아이처럼 작은 것들은 약하거나 중요하지 않게 보일 수 있어." 다쿠스가 말했다. "하지만 작은 것들은 어디든 들어가서 상황을 엿볼 수 있지." 그는 친구들을 보았다. "그리고 그런 작은 것이 다른 작은 것들과 한데 뭉치면 '큰 것'이 되고 아무도 무시하지 못할 강력한 힘이 될 거야."

"하지만 우린 루크레시아 커터가 무슨 계획을 꾸미는 건지 아직 모르잖아!" 베르톨트가 이의를 제기했다.

"우린 그 여자가 유전자 이식 딱정벌레 군단을 만들고 있다는 것을 알아. 그러는 이유를 모를 뿐이지." 다쿠스가 한숨을 쉬었다. "하지만 아빠는 분명 아실 거야." 그는 삼촌을 돌아보았다. "삼촌은 아빠와 얘기해보셨잖아요. 혹시 단서가 될 만한 게 없을까요?"

"그러고 보니 하나 있긴 있다." 맥스 삼촌이 고개를 끄덕이며 말했다. "병원에 있을 때 바솔로뮤가 콜로라도의 록키 마운틴 국립공원에 소나무좀이 급격히 증가했다는 잡지 기사를 읽고 있는 걸 본 적이 있단다. 이 딱정벌레는 크기가 5밀리미터에 불과하지만,,," 맥스 삼촌이 엄지와 검지를 가까이 붙여 크기를 보여주었다. "그 일로 수

백만 헥타르의 숲이 파괴되었지. 네 아빠는 그 사건이 루크레시아 커터와 관련이 있다고 생각하는 것 같더구나."

"그 여자가 숲 전체를 파괴했다고요?" 베르톨트가 경악하며 말했다.

"그리고 사실은 내가 바솔로뮤의 책상을 살짝 뒤져보기도 했는데 말이다." 맥스 삼촌의 뺨이 빨갛게 달아올랐다. "알고 보니 바솔로뮤는 납치되기 전에 딱정벌레 외래침입종이 의외의 서식지에 대량으로 나타나는 원인 모를 사건들에 대한 기사와 정보를 수집하고 있었더구나. 그래서 난 오랜 친구인 신문 기자 엠마 램에게 이 문제를 조사해달라고 부탁했지. 여전히 엠마의 소식을 기다리는 중이란다."

버지니아가 파브르 프로젝트 사진을 커피 테이블 위에 올려놓고 세 개의 모르는 얼굴을 가리키며 물었다. "혹시 이 중에 아는 사람이 있을까요?"

"그래." 맥스 삼촌은 운동선수처럼 체격이 건장한 장신의 금발 머리 남자를 가리켰다. "이 작자는 헨리크 렌카라고, 화학자였지. 별로 호감이 가는 부류는 아니었어. 잠시 루시의 남자친구이기도 했고. 그리고 대니는—" 그가 둥근 안경을 낀 자그마한 체구의 여자를 가리키며 말했다. "네 엄마의 좋은 친구였다." 그가 한숨을 지었다. "그런데 비극적인 일을 당했지."

베르톨트가 침을 꿀꺽 삼키고 물었다. "돌아가셨나요?"

"그건 아니지만." 맥스 삼촌이 잠시 눈을 감았다. "상태가 좋지 않아."

"이분이 런던에 사세요?" 버지니아가 물었다. "우리가 이분에게 몇 가지 물어볼 수 있을까요?"

맥스 삼촌이 고개를 저었다. "대니는 프랑스 사람이야. 루아르 계곡에 있는 작은 마을 출신이지. 그녀가 우리의 방문을 반길지 나로서는 확신할 수 없구나."

"이 사람은요?" 버지니아가 마지막 남은 낯선 이를 가리키며 말했다.

"유키 이시카와 박사." 맥스 삼촌이 미소 지었다. "일본인 미생물학자인데 성격이 원만하고 다정한 친구였지. 항상 대나무로 만든 작은 귀뚜라미 집을 목에 걸고 다녔단다. 그가 일할 때 곤충들도 따라다니며 자연스럽게 연구실 안을 돌아다닐 수 있게끔 말이야. 귀뚜라미 노랫소리가 생각을 하는 데 도움이 된다고 말했어."

"애플야드 교수님의 명상의 방에도 귀뚜라미가 있어요." 베르톨트가 말했다.

맥스 삼촌이 고개를 끄덕였다. "내가 알기로는 이시카와 박사와 애플야드 교수는 좋은 친구란다."

의식불명에 빠져 병원에 누워있는 애플야드 교수의 얘기가 나오니 갑자기 무거운 침묵이 흘렀다.

"그럼 이시카와 박사님은 무사히 살아 계신가요?" 버지니아가 말했다.

"마지막으로 들은 소식은 그 사람이 연구를 위해 그린란드로 떠났다는 거였어."

"그린란드라면 좀 머네요." 베르톨트가 한숨을 쉬었다.

"딱정벌레 외래침입종의 급속한 증가가 루크레시아 커터의 유전자 이식 딱정벌레와 관계가 있는 건지 알아봐야겠어." 다쿠스가 머리에 떠오르는 생각을 입 밖에 냈다. "하지만 먼저 아빠를 찾아와야 해. 아빠가 정말 루크레시아 커터에게 간 거라면, 우린 아빠가 지금 어디 있는지 아니까."

"타워링 하이츠겠지." 버지니아가 고개를 끄덕이며 말했다.

"너무 늦지 않았을까?" 베르톨트가 지적했다. "열한 시가 다 됐어. 어쩌면 몇 시간 전에 가셨는지도 몰라."

"시도는 해봐야지." 다쿠스가 일어섰다. "아빠가 함정으로 들어가고 있다는 불길한 예감이 들어."

"우리가 거기 다시 들어갈 수는 없을 텐데." 맥스 삼촌이 턱을 긁으며 말했다.

"딱정벌레들을 데려갈 수 있잖아요." 버지니아가 제안했다. "딱정벌레들이 들어가서 아저씨를 찾는 거예요."

"맙소사." 베르톨트가 초조한 듯 두 손을 깍지 끼고 양쪽 엄지손가락을 서로 엇갈리게 돌리며 안절부절못했다. "그러다가 잡히면 어쩌지? 난 루크레시아 커터의 감옥에 갇히고 싶지 않아. 엄마가 아침에 일어나서 내가 침대에 없는 걸 알면 놀라실 거야."

"넌 뉴턴하고 그냥 여기 남아." 다쿠스가 말했다. "파브르 프로젝트 팀에 대해 우리가 알고 있는 내용과 딱정벌레 외래침입종에 대한 기사들을 기록하도록 해."

"고마워." 베르톨트가 안도의 미소를 지어 보였다.

다쿠스는 맥스 삼촌을 보았다. "우리를 타워링 하이츠로 태워다 주실 거죠?"

"기꺼이 그러마." 맥스 삼촌이 다시 모자를 썼다.

"가는 길에 딱정벌레 산에서 자원자를 뽑자." 다쿠스가 벌써 문가에 가서 말했다.

버지니아가 벌떡 일어섰다. "설마 날 두고 갈 생각은 마."

"그건 꿈도 꾸지 않지." 다쿠스가 그녀에게 짓궂은 미소를 보냈다. "네가 좀 난리를 치겠니?"

버지니아가 그의 어깨를 주먹으로 쳤다.

"아야!" 다쿠스가 팔을 문질렀다. "왜 그랬어?"

버지니아가 히죽히죽 웃으며 그의 앞을 지나쳐 갔다. "강하게 키우려고."

제 **13** 장

레이디 맥베스

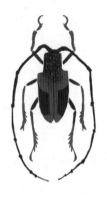

엠 프레스 호텔에 도착하자마자 노박은 커터 스위트룸으로 안
내되었다. 메이터가 화장대 근처에 놓인 자주색 태피스트리
의자를 가리켰다. 노박은 고개 숙여 인사하고 고분고분 의자로 가서
앉았고, 그제야 비로소 자신의 앞에 서 있는 사람이 세계에서 가장
찬사받는 여배우 스텔라 매닝이라는 사실을 알아차렸다.

스텔라 매닝은 수많은 영화제에서 상을 받았을 뿐 아니라 셰익스
피어 연극 공연으로도 유명했다. 그녀의 얼굴은 자석처럼 눈길을 끌
어당겼다. 화장기 없는 얼굴에 붉은색 긴 머리를 높이 올려 묶었을
뿐인데도 더없이 멋져 보였다.

"이 드레스를 입으면." 메이터가 황금색 입술을 굳게 다물었다가 다시 말했다. "대적할 상대가 없는 여배우로서 당신의 존재를 아무도 부인할 수 없을 거예요." 그녀는 몸을 숙여 양손의 엄지와 검지로 초록색 긴 치마를 잡고 치맛자락이 바닥에 쓸리며 물결 모양을 이루도록 살살 흔들었다.

노박은 그 드레스가 수백 마리의 에메랄드빛 비단벌레로 장식되어있는 것을 보고 혐오감이 밀려오는 것을 느꼈다. '가엾어라! 죽은 딱정벌레들.' 그녀는 손으로 팔찌를 살포시 덮었다. 드레스에 박힌 비단벌레들은 헵번과 다른 종이었지만 — 전에 본 적이 없는 종이었다 — 그래도 헵번이 그 드레스를 보거나 드레스에 관한 얘기를 듣게 하고 싶지 않았다.

"이 드레스는 '레이디 맥베스'랍니다. 존 싱어 사전트의 유명한 그림에 묘사된, 1888년에 여배우 엘렌 테리가 입은 드레스에서 영감을 받아서 만들었죠."

스텔라 매닝은 거울 속의 자신을 응시하며 마치 군대를 지휘하려는 듯 한쪽 팔을 뻗었다. "루크레시아, 당신은 자신을 뛰어넘었군요. 정말 아름다워요." 그녀는 마치 사포에 꿀이 떨어지는 듯한 익숙한 목소리로 말했다. 팔꿈치부터 통이 넓어져서 마치 벨벳으로 만든 종처럼 보이는 나팔 모양 소매는 그녀가 하는 모든 동작을 더욱 돋보이게 했다. 노박은 스텔라 매닝이 그것을 즐기고 있음을 알 수 있었다.

"이 드레스는 임신으로 늘어진 배를 당겨줄 수 있도록 스판덱스

코르셋이 내장되어 있답니다. 보셨어요?"

스텔라 매닝이 그렇다고 웅얼거리고는 거울을 보며 코르셋이 만들어낸 작은 허리에 두 손을 올렸다. "젊었을 때 모습을 보는 것 같군요."

"이건 무대의 여왕을 위해 만들어진 위력적인 드레스랍니다. 단아하면서도 관능적이죠." 루크레시아 커터가 단언했다.

스텔라 매닝이 인상을 찌푸렸다. "그 스코틀랜드 왕비 역할을 여러 번 연기했어요." 그녀가 말했다. "그런데 이상하게 그 이름은 내게 불운을 가져오더군요." 그녀는 숲처럼 푸른 드레스의 상체를 톡톡 치며 말했다. "이번 영화제에서는 내가 가진 모든 운을 총동원해야 할 거예요." 그녀가 루크레시아 커터를 보았다. "이제 더 이상 젊지 않으니까."

"당신처럼 재능 있는 여배우는 운 따위는 필요치 않아요." 루크레시아가 아양을 떨며 말했다. "어리석은 미신 때문에 이 드레스를 입을 기회를 미루실 건가요?"

스텔라 매닝이 인상을 찌푸렸다.

"저는 순전히 당신을 위해 이 옷을 만들었어요. 색상도 당신의 머리색과 피부를 완벽하게 보완하도록 맞추었죠."

"그건 그래요." 스텔라 매닝이 인정했다. "이 옷을 입으니 내가 정말 근사해 보여요."

"하지만 원하지 않으신다면, 이 옷을 입을 다른 여배우를 찾아보도록 하죠." 노박은 스텔라 매닝이 미신과 싸우는 모습을 지켜보았다. 메이터는 눈을 돌렸다. "루비 히솔로 주니어는 어떨까요?"

"안 돼요!" 스텔라 매닝이 질투 때문에 추악하게 일그러진 얼굴로 내뱉었다. "그 여자는 과대 포장된 웨이트리스에 불과해요."

"하지만 아주 예쁘죠." 루크레시아 커터가 웅얼거렸다. "당신 다음으로 거물이라고 들었어요."

"이렇게 아름다운 드레스기 불운을 가져올 리 없어요." 스텔라 매닝이 단언했다. "이 옷이 맘에 들어요." 그녀가 뒤돌아서 루크레시아 커터를 보았다. "제가 사겠어요."

루크레시아 커터가 고개를 저었다. "이 옷은 판매용이 아닙니다. 하지만 시상식 날 당신이 입어주시면 저에게 영광이 될 거예요."

"정말이요? 대여하는 건가요?"

"이번 영화제는 저의 최대 걸작 패션쇼가 될 겁니다." 루크레시아 커터가 대답했다. "이 드레스는 진정한 예술가에게 입히기 위해 만든 것이고요. 최고의 여배우 스텔라 매닝이 '레이디 맥베스'를 시상식 때 입어준다면 제게는 큰 영광이죠."

스텔라 매닝이 자신의 모습에 눈을 떼지 못하고 천천히 한 바퀴 돌았다.

"이 드레스를 입은 당신을 보면 세계가 깜짝 놀라고 경외심을 느낄 거예요." 루크레시아 커터는 속삭이는 목소리로 말했다.

"그래요." 스텔라 매닝이 고개를 끄덕였다. "정말이지 당신은 당신의 예술 분야에서 최고의 거장이군요."

"당신이 입지 않으면, 이 드레스는 큰 반향을 일으키지 못할 겁니다." 루크레시아 커터의 황금색 입술이 씰룩거렸다. "당신과 드레스의 조합은 가히 폭발적일 거예요."

노박은 메이터가 마치 순진한 생쥐를 잡아먹기 직전의 굶주린 고양이처럼 보인다고 생각했다. 또 한편으로는 왜 이번 영화제 시상식이 그녀에게 그렇게 중요한지 의아했다. 예전에 메이터는 연예인이 시상식에 입고 갈 옷을 만드는 것은 자신의 예술적 가치를 떨어뜨리는 일이라며 한사코 거부했었다. 그런데 지금 그녀는 한 여배우에게 시상식 때 자신이 만든 옷을 입어달라고 거의 '사정'하다시피 하고 있다. 노박은 '레이디 맥베스'를 가만히 응시했다. 뭔가 이 옷과 관련이 있는 걸까?

"지금 가져가면 되나요?"

루크레시아 커터가 고개를 저었다. "이 드레스는 공개 금지예요. 시상식 당일 아침에 우리 팀이 당신에게 가져가서 입혀드리고 리무진으로 시상식까지 모실 겁니다." 그녀가 제라르에게 신호를 보내니, 제라르가 앞으로 나왔다. "당신이 리무진에서 레드카펫으로 나올 때까지 누구도 먼저 보게 하고 싶지 않아요."

스텔라 매닝은 제라르를 보더니 옷을 벗기가 아쉽다는 듯 한숨을 쉬고 그가 단추를 풀 수 있도록 등을 돌렸다. 제라르가 눈을 돌리고 있는 동안 그녀는 조심스럽게 드레스를 벗고 속옷 바람으로 서서 뱃

살을 잡아당겼다.

"안타깝게도 세상은 출산으로 늘어진 배를 좋아하지 않아요." 그녀가 한숨을 쉬며 메이터를 보았다. "당신도 당신 배가 싫은가요?"

"제 배요?" 루크레시아 커터가 인상을 찌푸렸다.

스텔라 매닝이 노박을 한번 쳐다본 다음, 혼란스러워하는 루크레시아에게 다시 눈길을 돌렸다.

"아, 그 말씀이시군요. 아뇨, 저는 대리모를 썼답니다." 메이터가 무표정한 얼굴로 대답했다. "일이 너무 중요해서 임신 때문에 중단할 수가 없었거든요."

"어머!" 스텔라가 매닝이 노박에게 빠르게 눈을 돌렸다.

노박은 멍하니 스텔라 매닝을 쳐다봤다. 그녀는 자신이 시험관에서 자라서 대리모가 낳은 아이라는 사실을 전부터 알고 있었다. 다만 대리모의 이름을 모를 뿐. 제라르는 그녀를 '황새'라고 불렀다[서양에서는 황새가 아기를 물어다준다는 준다는 전설이 있다.].

스텔라 매닝이 그녀를 보며 미소 지었다. "노박이라, 예쁜 이름이군요." 그러고는 검은 캐시미어 스웨터를 집어 들더니 머리 위로 뒤집어썼다.

"핸드백[노박은 영국 출신 패션 디자이너 알렉산더 맥퀸이 출시한 핸드백 브랜드이기도 하다.]에서 따온 이름이랍니다." 루크레시아 커터는 무미건조한 목소리로 말했다. "아주 괜찮은 액세서리죠. 그렇게 생각하지 않으세요?"

노박은 미동도 하지 않았다. 자신이 구경거리가 되고 있는 느낌이었다. 제라르는 그녀의 이름이 흑백 영화 시절부터 유명했던 한 여배우의 이름을 딴 것이라고 말했었다. 킴 노박이라는 아름다운 금발머리 여인의 사진을 보여주기까지 했었다.

"핸드백이라고요? 허!" 스텔라 매닝이 청바지를 집어 들고 먼저 한쪽 다리를 넣은 뒤 나머지 한쪽도 넣어 몸에 꼭 밀착되는 청바지를 입었다. "음, 노박. 영화제 시상식에 후보로 지명되어 흥분되지? 그건 아주 드문 기회란다."

노박이 고개를 끄덕였다.

"만일 상을 받지 못해도 실망해서는 안 돼. 후보가 되었다는 것만으로도 놀라운 성취니까."

노박이 또 고개를 끄덕였다.

스텔라 매닝은 동정 어린 시선으로 노박을 훑어본 뒤 루크레시아 커터 쪽으로 몸을 돌렸다. 루크레시아 커터는 제라르가 옷상자에 '레이디 맥베스'를 살며시 집어넣는 것을 지켜보고 있었다. "당신이 만든 드레스를 내게 입힐 생각을 해줘서 고마워요, 루크레시아." 스텔라 매닝이 가죽 재킷을 입고 사이드테이블에서 선글라스를 집어 든 뒤 말했다. "올해의 시상식은 기대가 되는군요."

"저도 그렇답니다." 루크레시아 커터가 얼굴이 쪼개질 듯 활짝 웃으며 말했다. "아카데미 역사상 가장 기억할만한 시상식이 될 거예요."

스텔라 매닝이 거울을 보며 선글라스를 쓰는 사이 객실 문이 열리더니 옅은 갈색 머리에 새파란 눈을 가진 장신의 마른 남자가 방으로 들어왔다.

"어머, 어서 와." 루크레시아 커터가 걸어 나왔다.

노박이 자기도 모르게 비명을 지르며 의자에서 벌떡 일어섰다.

그녀의 앞에 서 있는 사람은 다쿠스의 아버지였다. 머리가 짧아졌고 수염도 사라졌지만, 분명 그였다. 그의 목에 남아있는 흉터를 볼 수 있었다. 자신의 몸에 있는 흉터, 침노린재가 남긴 흉터였다.

방 안에 있는 모든 어른의 시선이 노박을 향했다.

"무슨 일이야?" 루크레시아 커터의 목소리는 채찍을 갈기듯 날카로웠고, 펜슬로 그린 눈썹이 선글라스 위로 올라갔다.

노박은 다시 앉아서 눈을 바닥에 고정시켰다. "죄송해요, 메이터. 저는... 아시는 분인 줄 몰랐어요. 침입자라고 생각하고 그만."

"멍청하긴." 루크레시아 커터가 웃었다. "바솔로뮤, 우리 시대 최고의 여배우 스텔라 매닝을 소개해도 되겠지?"

노박은 뱃속이 꼬이는 것을 느끼며 다쿠스의 아버지가 스텔라 매닝이 내민 손을 잡고 고개를 숙여 손에 입을 맞추는 것을 지켜보았다. "물론이지. 만나 뵙게 되어 대단한 영광입니다."

노박은 그의 얼굴에서 슬픔이나 고통의 흔적을 찾으려 했지만, 아무것도 찾을 수 없었다. 그녀의 몸이 분노로 부들부들 떨렸다. 저 사람은 다쿠스에게 일어난 일이 아무렇지 않은 것일까? 다쿠스는 저 사람을 구하기 위해 온갖 위험을 감수했다. 그런데 저 사람은 어째서 메이터에게 저렇게 미소를 짓고 있는 거지?

노박은 두려움과 분노가 부글부글 끓어올랐다. 다쿠스의 아버지가 아들을 배신한 거야.

그녀는 자신의 어머니가 다쿠스 아빠의 허리에 한쪽 팔을 두르고 그의 뺨에 입을 맞추는 것을 지켜보았다. "스텔라, 이 사람은 내 오랜 친구이자 내가 가장 친애하는 친구 바솔로뮤 커틀이랍니다. 10년 동안 헤어져 있다가 다시 함께 일하기로 했죠. 아주 대단한 일이랍니다."

제 14 장

어둠에 싸인 하이츠

다쿠스가 운전석과 조수석 사이로 머리를 내밀었고, 그러자 버지니아가 그의 머리에 앉아있는 녹색 참뜰길앞잡이들에게 싱긋 미소 지었다. 맥스 삼촌이 기어를 3단에 놓자 자동차가 날쌘 토끼처럼 캠던 거리를 통과해 리젠트 파크와 타워링 하이츠로 향했다.

"아빠에겐 뭐라고 말할 거니?" 버지니아가 물었다. "우릴 보면 좋아하시지 않을 텐데."

"모르겠어." 다쿠스는 지난밤 아버지와 벌인 언쟁을 떠올리며 눈살을 찌푸렸다. "본인이 위험에 처했다는 걸 알려줘야 할 텐데." 그가 어깨를 으쓱했다. "나한테 고함쳐도 상관없어."

"영웅 노릇을 하려고 달려가기 전에 나와 한마디 상의라도 해줬으면 좋았을 텐데." 맥스 삼촌이 말했다. "정말 딱하구나! 우린 모두 같은 편인데 말이야."

"그래요?" 버지니아가 물었다. "그걸 어떻게 알죠? 아저씨가 무슨 생각인지 우린 아직 모르잖아요."

다쿠스는 우린 모두 같은 목적을 위해 싸우고 있다고 말하려고 입을 열었지만, 솔직히 아버지가 이상하게 행동하고 있다는 사실을 인정하지 않을 수 없었다. 혹시 아빠가 루크레시아 커터와 함께 있기를 '원하는' 거라면 어쩌지? 만일 딱정벌레에 관한 그녀의 연구가 거부하기 힘들 정도로 유혹적인 것이라면? 만일 다쿠스가 방해가 되는 것이라면? 그래서 맥스 삼촌이 자신을 웨일스로 데려가기를 원하는 거라면?

차 안에 불편한 침묵이 짙게 깔렸다.

다쿠스는 손을 어깨로 가져가 박스터를 손바닥에 올리고 친구의 반짝이는 눈을 들여다보았다. 그가 장수풍뎅이 친구에게 미소를 짓자, 친구도 입을 벌리고 미소로 화답했다. 어쨌거나 아빠가 없으니 더 이상 박스터와 헤어지는 문제로 실랑이를 벌일 필요가 없어졌다. 그는 뒷좌석에서 그의 양쪽으로 길게 늘어선 딱정벌레들을 내려다보았다. 어둠과 싸우기 위한 자체발광 반점을 가진 반딧불이와 힘센 헤라클레스장수풍뎅이, 산을 발사하는 능력을 가진 폭탄먼지벌레, 깨무는 힘이 어마어마한 타이탄하늘소로 구성된 소수정예 부대였다. 그들은 이제 노련한 전사가 되었다. 넬슨 퍼레이드 전투 이후 다쿠스가 그들을 훈련시킨 것이다.

다쿠스는 박스터의 겉날개를 쓰다듬었다. "얘들을 타워링 하이츠에 들여보낼 때, 감방에 스펜서 크립스가 없는지 찾아보라고 해야겠어."

"그거 좋은 생각이야!" 버지니아가 고개를 끄덕였다. "그리고 우린 노란 무당벌레를 계속 지켜볼 필요가 있어."

"노란 무당벌레라고?" 맥스 삼촌이 말했다. "어제 거실에 아주 큰게 있던데."

버지니아와 다쿠스가 동시에 고개를 홱 돌렸다.

"이런 말 하기 좀 뭐하지만..." 맥스 삼촌이 목소리를 낮게 깔고 과장되게 속삭였다. "내가 실수로 그만 구둣발로 밟아버렸지 뭐냐."

맥스 삼촌이 눈썹을 씰룩이는 것을 보며 버지니아가 웃음을 터뜨렸다.

"루크레시아 커터의 스파이를 우리 집에 둘 순 없지."

늦은 시간임에도 캠던타운은 흥겨워하며 비틀거리는 사람들로 떠들썩했다. 타워링 하이츠에 가까워질수록 다쿠스는 점점 더 긴장이 되었다. 아버지를 루크레시아 커터의 감방에서 구출한 뒤 이 하얀색 저택에 와본 적이 없었다. 그는 고개를 저었다. 아빠가 자진해서 그 집으로 돌아갔다는 사실이 도저히 믿기지 않았다. 손톱이 손바닥을 찌르는 감각을 느끼고서 비로소 자신이 주먹을 꽉 쥐고 있었음을 인식했다.

다쿠스는 창밖을 내다보았다. 왼쪽으로 익숙한 런던동물원의 대공원이 보였다. 맥스 삼촌이 길가에 차를 댔다. "더 이상 가까이 가는 건 곤란할 것 같구나. 누군가 차를 알아볼 수 있으니까."

다쿠스가 고개를 끄덕였다. 구형 민트그린색 르노4는 사람들의 눈길을 끌기 십상이었다.

그들은 조심스럽게 차에서 내렸고, 그러자 딱정벌레들도 마치 그림자처럼 다쿠스를 따라 나왔다. 그 집에 가까워지자, 다쿠스는 심장이 베이스드럼처럼 쿵쾅거리는 것을 느꼈다. 그들 앞에 익숙한 벽돌 벽이 나타났고, 그 뒤로 키가 큰 너도밤나무 울타리가 보였다.

"넘으실 수 있겠어요?" 다쿠스가 맥스 삼촌에게 속삭였다.

"내 걱정은 말아라." 맥스 삼촌이 손을 뻗어 담장을 짚고는 점프해서 한 번에 뛰어넘었다. 그리고 쿵 소리와 함께 담장 반대쪽으로 안전하게 착지했다.

버지니아는 무릎을 구부리고 두 손을 모아 쥐며 다쿠스에게 밟고 올라갈 것을 제안했다. 다쿠스는 그녀의 손에 한 발을 올리고 순식간에 담장 위에 앉았다. 그런 뒤 손을 아래로 뻗어 버지니아의 손을 붙잡고는 위로 잡아당겨 자신의 옆에 앉혔다. 딱정벌레들이 종종거리며 담을 타고 넘는 동안 두 아이는 동시에 땅으로 뛰어내렸다. 다쿠스와 버지니아는 긁히지 않기 위해 팔로 얼굴을 가리고 몸을 꿈틀거려 너도밤나무 울타리를 통과했다.

맥스 삼촌은 체스판 문양으로 포석이 깔린 대형 테라스에 서 있었다. "집 전체가 캄캄하구나." 그가 속삭였다.

"한밤중이니까요." 다쿠스가 대답했다.

"진입로에 차도 없던걸." 맥스 삼촌이 지적했다. "그리고 차고 문에는 커다란 자물쇠가 채워져 있더구나. 아무래도 집이 빈 것 같다."

다쿠스는 빛이 흘러나오는 곳을 찾으려 모든 창문을 보았지만 빛의 흔적은 없었다. 1층 창문의 덧문이 모두 닫혀 있었다. 그는 살금살금 테라스를 건너가서 창문에 얼굴을 바짝 대고 망원경처럼 동그랗게 말아 쥔 두 손을 통해 실내를 들여다보았다. 덧문 널 사이로 들여다보니 거대한 흰색 형체를 알아볼 수 있었다. 그는 얼굴을 뒤로 빼고 인상을 찌푸렸다.

"가구에 전부 시트를 씌워놨네요." 다쿠스는 맥스 삼촌을 쳐다보았다.

버지니아는 검은색 현관문까지 곧바로 뛰어가서는 무릎을 꿇고 우편함에 손을 넣어 날개를 들치고 안을 들여다보았다. "비어 있어." 그녀가 갈라진 목소리로 말했다.

"집이 폐쇄되었어." 맥스 삼촌이 말했다. "집에 한 사람도 없구나."

"그럴 리가 없는데." 다쿠스의 목소리가 흔들렸다. "그럼 아빠는 어디 있는 거죠?"

맥스 삼촌은 버지니아에게 걸어가 놋쇠로 된 풍뎅이 모양의 문두드리개를 쾅쾅 두드렸다. 다쿠스와 버지니아가 화들짝 놀랐다. "지금 뭐하시는 거예요?" 버지니아가 눈을 크게 뜨고 뒷걸음질 쳤다.

"집에 누가 있나 보는 거야." 맥스 삼촌이 대답했다.

다쿠스는 숨죽이고 문을 지켜보았지만 아무도 나오지 않았다. 그는 어깨를 늘어뜨리고 다시 숨을 쉬기 시작했다.

"뒤로 돌아가 볼까?" 집에 사람이 없다는 것을 안 버지니아가 한결 용감해져서 제안했다. "무슨 단서를 찾을지도 모르잖아."

다쿠스가 고개를 끄덕이고 건물 측면으로 살금살금 걸어갔다.

"다들 어디에 간 거지?" 다쿠스가 속삭였다. "노박은 어디에 있고?"

"루크레시아 커터가 소유한 건물이 이것 뿐은 아닐 테니 다른 어딘가에 있겠지." 맥스 삼촌이 대답했다.

"아빠가 여기 와서 집이 폐쇄된 걸 알았다면, 집으로 돌아갔을 수도 있겠네요. 지금 집에서 우리가 어디 갔는지 궁금해하고 있을지도 몰라요." 다쿠스가 기대를 품고 얘기했다.

"하인 출입구가 있어." 버지니아가 하얀 자갈이 깔린 진입로를 성큼성큼 건너서 파란색 문에 귀를 가져다 댔다. 그 순간 갑자기 문이 열리며 버지니아는 어떤 여자의 치마와 부딪쳤다. 여자는 비명을 질렀다.

버지니아도 비명을 지르며 재빨리 뒤로 물러났고, 맥스 삼촌과 다쿠스가 황급히 달려갔다.

집에 있던 여자는 다쿠스를 보더니 더 크게 비명을 질렀다.

맥스 삼촌이 두 손을 들었다. "됐어요! 됐어! 해치려는 생각은 아니었소."

"너였구나! 비... 비틀 보이." 여자가 얼굴 전체로 충격을 고스란히 표현하며 숨을 헐떡였다. "넌 죽었잖니! 주인님이 쐈잖아! 노박이 그렇게 말했는데!"

"안녕하세요, 밀리." 다쿠스가 미소 지었다. "총에 맞긴 했지만 죽지는 않았어요."

"백번 사죄드립니다, 숙녀분." 맥스 삼촌이 점잖게 머리를 숙였다. "놀라게 해드릴 생각은 아니었습니다."

밀리가 맥스 삼촌을 삐딱하게 쳐다보며 물었다. "끔찍한 노크 소리는 당신 소행인가요?"

"아, 예. 죄송합니다." 맥스 삼촌이 헛기침을 했다. "집에 아무도 없는 줄 알고요. 주무시는 걸 깨웠다면 죄송합니다."

"놀라서 죽는 줄 알았잖아요." 밀리가 한 손을 가슴에 대고 진정하려 애썼다. 그녀는 다쿠스를 쳐다봤다. "아가씨를 찾는 거라면, 집에 없단다. 영화제 시상식 때문에 모두 미국으로 떠났어."

"밀리, 오늘 저녁에 어떤 남자가 여기 오지 않았나요?" 다쿠스가 물었다. "깔끔하게 면도하고 군데군데 희끗희끗한 연갈색 짧은 고수머리 남자요. 눈은 파란색이고..."

"무섭게 생긴 남자 두 명이 여기 왔었어. 두 시간도 채 안 되었을 거야. 한 명은 덩치가 거대한 대머리에 다른 한 명은 빼빼 말랐는데 반쯤 미친 사람처럼 보였어. 문을 발로 차고 두드리며 마담 커터와 약속을 했다고 우겼어. 그녀가 자신들에게 돈을 빚졌다고 말이야."

버지니아가 다쿠스의 팔을 붙잡았다. "험프리와 피커링이야!" 그녀가 자지러지는 소리로 말했다.

"내가 집에 안 계신다고 해도 내 말을 믿으려 하지 않았어. 그래서 그냥 문을 닫아버렸더니 창문을 깨버렸지 뭐니! 내가 경찰을 부르겠다고 하니까 그제야 갔어." 밀리가 한 손을 다시 가슴에 댔다. "당신이 노크를 하기 시작했을 때, 난 또 그자들인 줄 알았어요. 집을 털려고 다시 온 거라고 생각했죠."

"맹세합니다. 저희는 그런 의도가 없습니다. 제 이름은 맥시밀리언 커틀입니다. 우린 제 동생을 찾고 있죠."

"어머, 어쩜 좋아!" 밀리가 갑자기 손을 얼굴로 가져갔다. "깜빡했네!" 그녀가 한 손을 하얀 앞치마에 쑤셔 넣더니 연보라색 봉투를 끄집어냈다. "당신이 넬슨 퍼레이드에 사는 맥시밀리언 커틀 씨인가요?"

"예, 그렇습니다만." 맥스 삼촌이 고개를 끄덕였다.

"그럼 이건 당신 거예요. 죄송해요. 원래 오늘 저녁에 진작 가져다드렸어야 하는 건데 그자들이 찾아와서 문을 두드리고 난동을 부리는 바람에 제가 깜빡 잊었네요."

"뭐예요?" 맥스 삼촌이 봉투를 찢는 동안 다쿠스가 물었다.

"당신이 오셔서 천만다행이에요." 밀리가 고개를 절레절레 저었다. "그런 걸 잃어버렸으면 아주 끔찍한 기분이었을 거예요. 내가 노박에게 최대한 빨리 편지를 당신에게 전해주겠다고 약속했거든요."

"다쿠스." 맥스 삼촌이 갑자기 고개를 번쩍 들고 긴박한 목소리로 말했다. "딱정벌레들이 있는 곳을 루크레시아 커터가 알고 있어. 딱정벌레들을 불태우러 갈 거란다."

다쿠스는 공포로 입을 벌린 채 눈물을 찔끔거리며 비틀비틀 뒤로 물러났다. "돌아가야 해요! 우리가 구해야 해요!"

"베르톨트도 거기에 있어!" 버지니아가 공포가 가득한 눈으로 소리쳤다.

그리고 그들은 진입로의 자갈에 발을 부딪치며 자동차로 뛰어가서 넬슨 퍼레이드로 향했다.

제 *15* 장

불타는 숲

베르톨트가 신문에서 눈을 들었다. 뉴턴이 머리 위에서 정신없이 불빛을 깜빡거리고 급강하와 급상승을 반복하며 주변을 휘젓고 다녔다.

"무슨 일이야, 뉴턴?"

그가 신문을 접어 작업대에 내려놓았다. 그는 영화제 시상식에 참석하기로 한 루크레시아 커터의 갑작스러운 결정에 대해 읽고 있었다. 신문 기사는 베르톨트가 짐작했던 것을 확인해주었다. 과거에 루크레시아 커터는 시상식을 저속하다고 경멸하며 참석을 거부했었다. 특히 영화제 시상식을 얼빠진 짓이라고 콕 꼬집어 말하기까지

했다. 기사를 작성한 기자는 그녀가 시상식에 참석하는 것은 물론이고 여우주연상 후보에 오른 모든 여배우들의 의상까지 도맡아 만들기로 한 극단적인 변심의 이유가 무엇인지 몰랐다.

처음에는 루크레시아 커터가 노박을 위해 마음을 바꾼 것이 아닐까 생각했지만, 그녀가 딸을 얼마나 야만스럽게 다루는지에 대해 다쿠스에게 들은 내용으로 보면 그럴 것 같지는 않았다. 그렇다고 그녀가 유명세가 필요한 것도 아니었다. 지금도 신문에 등장하지 않는 날이 별로 없을 정도니까. 베르톨트는 이마를 긁적였다. 아무리 생각해도 루크레시아 커터가 새삼스럽게 영화계에 관심을 가질만한 마땅한 이유를 하나도 찾을 수 없었다. 그렇긴 하지만 그녀가 영화계에 관심이 없다면 왜 시상식에 참석하려 하겠는가?

뉴턴이 베르톨트의 얼굴로 다가와 안경에 몸을 부딪쳤다.

"어, 미안." 베르톨트가 코를 킁킁거렸다. "무슨 일이지?" 매캐한 냄새가 콧구멍을 채웠다. "뉴턴, 뭐 타는 냄새 안 나니?"

뉴턴이 계속 불빛을 깜빡이고 반짝이며 베르톨트의 얼굴 앞에서 맴돌았다.

"불?" 베르톨트가 모스 부호를 읽고 소리쳤다.

그는 부랴부랴 달려가 문을 홱 잡아당겨 열고 중앙 터널을 통해 플라타너스 나무까지 기어갔다. 가구 숲을 빠져나가야 했다. 숲에 불이 붙으면, 그는 산 채로 불태워질 것이다!

베르톨트는 접이식 테이블 밑에서 튀어나오자마자 그 자리에서 멈춰 섰다. 백화점 뒷문이 활짝 열려있고 맨홀에서 불기둥이 솟구쳐 오르고 있었다.

"안 돼!" 그가 소리치며 문가로 달려갔다. 딱정벌레들이 찻잔 속에서 산 채로 불타고 있는 끔찍한 장면이 뇌리에 떠올랐다. 눈물이 뺨을 타고 흘러내렸다. 연기 때문에 기침이 나고 뜨거운 열기에 몸이 뒤로 밀려났다.

공포에 질린 딱정벌레들이 문가에서 정신없이 튀어나와 공중에서 퍼덕거렸고, 어떤 딱정벌레들은 당황한 나머지 서로 부딪쳐서 땅으로 떨어지며 불의 열기에 날개가 녹았다.

"이리로 와! 이리로!" 베르톨트가 고성으로 고함쳤다. "딱정벌레들아, 나한테 날아와!" 그는 무릎을 꿇고 앞으로 나가며 최대한 많은 딱정벌레를 손으로 담아 어깨에 올렸고, 그보다 더 많은 딱정벌레들이 그의 머리에 내려앉았다. 그의 다리로 기어 올라오는 딱정벌레들도 있었다.

베르톨트는 가구의 숲을 돌아보았다. 그곳은 부식되고 있는 목재로 이루어진 죽음의 덫이었다. 그곳에 불이 붙을 것을 생각하니 근처에 얼씬거리고 싶지 않았다. 이번에는 백화점 뒷문을 보았다. 안전한 도로로 나가야 하지만, 그러려면 불타는 건물을 통과해야 했다. 빨리 움직여야 했다. 뒤쪽 간이 부엌에 불이 붙고 있었다.

베르톨트는 두 팔로 얼굴을 가리고 쏜살같이 앞으로 돌진했다. 열기가 살갗에 닿았다. 언젠가 한 소방관이 학교에 와서 화재 시 가장 위험한 것은 불꽃이 아니라 연기라고 말한 것이 떠올랐다. 유독가스는 몇 분 만에 사람을 죽일 수도 있다고 했다.

베르톨트는 위를 올려다보았다. 위협적인 시커먼 연기가 천장까지 올라와 버섯구름을 이루고 있었다. 그는 점퍼로 입을 가리고 불타는 화장실을 지나쳐 간이 부엌으로 들어갔다가 아치형 입구를 통해 상점의 잔해 속으로 들어갔다.

그때 그가 돌연 멈춰 섰다.

상점 문가에 거대한 산처럼 덩치 큰 남자와 그의 팔을 붙잡고 있는 해골처럼 앙상한 형체가 서 있었다.

"그 녀석이야!" 피커링이 높고 날카롭게 소리쳤다.

"녀석을 잡아!" 험프리가 포효하듯 외쳤다.

베르톨트는 비틀비틀 뒷걸음치다가 뒤로 돌아서 다시 불타는 주방을 통과해 달렸다. 눈물 때문에 앞이 보이지 않았지만 문이 어디인지는 알았다. 그는 뒷마당으로 뛰어나왔고, 딱정벌레들은 그의 전신에 찰싹 달라붙어 있었다.

"뉴턴!" 그가 소리치자 반딧불이가 깜빡거리며 슝 내려왔다. "베이스캠프에 있는 반딧불이 친구들을 데려와서 생존자들이 안전하게 빠져나가도록 길을 밝혀줘."

딱정벌레들은 베르톨트를 구명 뗏목 삼아 기어 올라와서 그의 등과 어깨에 모였다. 날개가 있는 딱정벌레들은 반딧불이의 무리에 동참하여 형제자매를 구출했다. 베르톨트는 무릎을 꿇고 최대한 빨리 접이식 테이블 아래로 기어들어 갔다.

"녀석이 어디 있지?" 험프리가 소리치는 소리가 들렸다.

베르톨트의 심장이 벌새의 날개보다 빠르게 고동쳤다. 그는 스위치를 켜서 괘종시계 덫을 작동시킨 뒤 부랴부랴 가구 숲의 미로 속으로 들어갔다.

"저기야!" 피커링이 소리쳤다. "테이블 밑으로 들어갔어."

베르톨트는 자전거로 만든 '웅장한 아치 길'로 가서 오른쪽의 쇠 똥구리 길을 쳐다보았다. 피커링과 험프리를 베이스캠프로 유도하고 싶지 않았다. 뒤에서 쿵 소리와 함께 고통의 울부짖음이 들렸다. 피커링이 괘종시계 추의 희생자가 된 것이다. 베르톨트는 육중한 시계추가 있는 힘껏 회전하며 피커링의 머리에 부딪치는 모습을 상상하고 잠시 만족감을 느꼈다.

"어이쿠! 험프리! 저 녀석이 검으로 내 얼굴을 쳤어! 이 피 좀 봐!"

베르톨트는 아래를 보았다. 딱정벌레들이 정강이와 손 주위에 웅덩이처럼 고여 있었다. "어서 올라와." 그가 속삭였다. "우린 여기서 나가야 해." 그는 쇠똥구리 길을 포기하고 톡토키 터널로 들어갔다. 있는 힘을 다해 빨리 움직여 그가 버지니아와 함께 비상사태에 대비해 만들어둔 유선형 대피소 '오이스터'로 들어갔다. 오이스터는 두 개의 욕조로 이루어져 있었는데, 욕조 하나가 뚜껑 역할을 하도록 다른 욕조 위에 거꾸로 덮여있고 위쪽 욕조를 들어 올리기 쉽도록 뒤쪽에 고정된 커다란 경첩과 낡은 핀볼 기계에서 빼낸 네 개의 스프링으로 연결되어 있었다. 베르톨트가 뚜껑을 들어 올렸다.

"됐어. 모두 여기로 들어가." 그가 딱정벌레들에게 속삭였다. "내가 데리러 올 때까지 숨어 있어."

날 수 있는 딱정벌레들은 날아서, 날지 못하는 딱정벌레들은 미끄러져서 빈 욕조 안으로 들어갔다.

"최대한 빨리 돌아올게." 베르톨트가 오이스터를 닫고 다시 웅장한 아치 길로 돌아갔다.

"저리 비켜." 험프리가 울부짖는 사촌에게 소리쳤다. "내가 그 쥐 새끼를 으깨버리겠어!" 험프리가 가구 숲에서 손에 잡히는 대로 접이식 테이블을 들어 내동댕이쳤다.

"뉴턴!" 와장창 소리를 들은 베르톨트가 가구 숲 위에서 정신없이 움직이고 있는 반딧불이를 불렀다. "후광이 필요해. 저 괴물을 유인하려면 내가 눈에 띄어야 해."

험프리는 네발로 기어서 마치 길에서 잠든 부랑아들처럼 서로에게 기대어져 있는 두 개의 옷장 사이를 비집고 들어가려 안간힘을 썼다.

가구 숲 위쪽에서 생존한 딱정벌레들을 찾고 있던 뉴턴과 그의 형제들이 하강하여 베르톨트의 머리 위에서 커다란 고리 모양을 만들었다.

"너 딱 걸렸어!" 험프리가 신이 나서 위협적으로 소리쳤다.

"아악, 안 돼요! 제발 절 잡아가지 마세요!" 베르톨트는 험프리가 미끼를 덥석 물기만을 바라며 외쳤다. "도와주세요! 누구 없어요?" 그리고는 왼쪽으로 몸을 틀어 평소에 잘 다니지 않는, 급격하게 좁아지는 터널로 들어갔다. 그는 자신이 만든 덫을 시험할 날을 오랫동안 기다려왔고, 그 덫이 험프리에게 딱이라는 것을 알았다.

터널은 육중한 참나무 찬장이 길을 막고 있는 막다른 골목이었다. 베르톨트는 찬장 문을 열고 몸을 꿈틀거려 뒤판에 뚫어놓은 작고 둥근 구멍을 통과했다. 찬장 뒤판의 반대편에는 구멍에 맞추어 변기 시트가 나사로 고정되어 있었다. 베르톨트는 혼자 미소 지었다. 험프리는 그 구멍을 빠져나올 수 없을 것이다.

"너 이 녀석, 내가 널 잡으러 간다!" 험프리가 끙끙거리면서 안간힘을 쓰며 찬장을 향해 기어왔다. "우리 집에 불을 지르다니. 따끔하게 손봐줄 테다."

"제발 한 번만 봐주세요!" 베르톨트는 울부짖는 척 소리치며 터널의 경계에 늘어선 의자 다리들 사이를 통과해 다시 터널 입구 방향으로 돌아갔다. 그러고는 염탐구멍을 통해 화가 잔뜩 난 험프리가 씩씩거리며 네발로 기어서 앞을 지나치는 것을 지켜보고는 조용히 합판 한 장을 가져와 반대쪽에 서 있는 두 개의 책장 사이에 끼워 넣어 터널을 막은 뒤 무거운 대리석 벽난로를 밀어서 합판 뒤에 받쳤다. 험프리는 함정에 빠진 것이다.

베르톨트는 한결 더 대담해져서 다시 변기 시트로 서둘러 돌아가서 구멍으로 머리를 밀어 넣고 험프리에게 말했다. "당신은 갇혔어요. 이 못된 뚱보 아저씨!"

험프리는 성난 황소처럼 콧김을 뿜으며 터널에서 도로 빠져나오려 했다. 합판을 발로 차보았지만 소용없었다. 그는 들어온 길로 나갈 수 없었다.

"대체 무슨 짓을 한 거냐, 이 쥐새끼야?"

"아저씨는 변기 시트에 갇힌 거예요." 베르톨트가 자랑스럽게 외쳤다. "딱정벌레들에게 불을 붙였으니 아저씨는 당해도 싸요."

"난 딱정벌레에 불을 붙이지 않았어!" 험프리가 외쳤다. "내가 왜 그나마 남은 내 집에 불을 지르겠냐?"

베르톨트는 눈을 깜빡거렸다. 만일 불을 지른 것이 험프리와 피커링이 아니라면, 그렇다면 그건 분명... "루크레시아 커터야." 그의 생각이 입 밖으로 나왔다.

"날 꺼내줘!" 험프리가 소리쳤다.

"미안하지만 그럴 수가 없어요." 베르톨트도 소리쳤다. "내겐 그럴 힘이 없어요."

"뭐라고?" 험프리는 허우적거리며 발로 차고 어깨를 가구의 덫에 부딪쳤고, 마침내 자신이 정말로 갇혔다는 것을 절감했다.

베르톨트는 찬장 뒤판의 구멍에서 머리를 쏙 빼고 싱긋 웃으며 말했다. "미안해요!"

험프리는 콧구멍을 벌름거렸다. "이 볼품없는 꼬맹이!" 그가 으르렁거리며 찬장으로 머리를 불쑥 집어넣고 미친개처럼 베르톨트를 깨물려고 했다. "내가 이 나비넥타이를 맨 우스꽝스러운 다람쥐의 함정에 갇히려고 감옥에서 나온 줄 알아?" 변기 시트로 테를 두른 찬장 뒤판의 구멍으로 그의 얼굴이 튀어나왔다.

베르톨트는 팔을 쭉 뻗어 변기 시트를 잡고 90도 정도 돌렸다.

험프리는 구멍에서 도로 머리를 빼려 했지만 그럴 수 없었다. 그는 그야말로 꼼짝달싹할 수 없이 갇혀버렸다.

"됐어요. 금방 돌아올게요." 베르톨트가 손을 흔들며 말하고는 최대한 빨리 다시 '웅장한 아치 길'을 향했다.

그때 눈에 보이지 않는 피커링의 목소리가 들렸다.

"내 골동품! 안 돼! 아이고!"

가구 숲이 '백화점'과 거의 닿아있는 곳에서, 베르톨트는 부식되어가는 테이블과 의자에 불이 붙은 것을 보았다. 피커링은 불꽃에 둘러싸여 이리 뛰고 저리 뛰며 낡은 러그로 불을 두들겨 끄려 했다.

"이봐요, 아저씨!" 베르톨트가 소리쳤다.

피커링이 광기 어린 눈으로 돌아보았다. 베르톨트가 다시 가구 숲으로 들어가서 쇠똥구리 길의 '엉킨 거미줄' 덫이 있는 터널까지 최대한 빨리 뛰어갔다. 그리고 덫 앞에 이르자 바닥에 배를 깔고 몸을 꿈틀거려 덫 안으로 들어가다가 발만 밖에 남겨진 상태에서 멈추었다.

"뉴턴." 그가 소리죽여 말했다. "피커링에게 내 발이 보이도록 만들어줘."

잠시 후 피커링이 환호성을 지르는 것이 들렸다. "찾았다, 이 꼬맹이!"

베르톨트가 다리를 안으로 끌어당기며 몸을 웅크렸다. 그리고 어둠 속에서 머리 위로 조용히 손을 뻗어 사다리를 찾아서 붙잡고 일어섰다. 그런 뒤 숨을 죽이고 아래에서 피커링이 성난 뱀처럼 길게 엎드려 칠흑같이 캄캄한 '엉킨 거미줄 터널'로 낑낑대며 기어들어 가는 것을 지켜보았다.

"널 잡을 거야, 이 꼬마 도둑. 잡기만 하면 그냥... 아악! 이게 뭐지? 끈끈하잖아. 웩. 이게 뭐야? 떨어져! 아이고! 아아악! 도와줘, 험프리!"

베르톨트는 눈을 질끈 감고 터널 바닥에 설치한 올가미로부터 피커링의 주위를 돌리기 위해 어둠 속에 어지럽게 매달아둔 파리 끈끈이들을 상상했다.

"내 다리 좀 빼줘! 험프리? 너야? 아이고!" 피커링이 몸부림치면 칠수록 거미줄처럼 연결된 검은 띠와 올가미 줄, 정육점 주인들이 파리를 잡기 위해 쓰는 끈끈이가 더욱 더 그를 강하게 옭아맸고, 그의 입에서는 저주와 불평이 연신 쏟아져 나왔다.

"내 말 들리니, 꼬마야?" 그가 소리쳤다. "넌 네가 엄청 영리하다고 생각하나 본데, 내가 여기서 나가지 못하기만을 기도해야 할 거야. 내가 여기서 나가면 널 당장 찾아서 내 사촌에게 파이로 만들어 먹게 할 테니까!" 그가 소름 끼치게 까르륵거리며 웃었다. "크랜베리 소스랑 같이 말이야!"

베르톨트는 조용히 사다리를 기어올라 마당 한가운데 세워진 침대 프레임으로 나왔다. 플라타너스 나무에 불이 붙었고 가구 숲의 가장자리 부분이 불타고 있었다. 가구들에 얼마나 빨리 불이 붙는지 보니 번개처럼 강렬한 공포감이 엄습했다. 불꽃은 벽 전체를 타고 뻗어 나가 모든 출구를 막아버렸다.

제 *16* 장

구출과 파멸

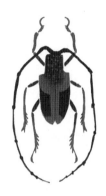

넬슨 퍼레이드가 어둠 속에 나타났다. 이상한 주황색 불빛을 역광으로 받고 있는 백화점의 윤곽이 보였다.

"하느님 맙소사!" 맥스 삼촌이 브레이크를 꽉 밟는 바람에 모두의 몸이 앞으로 쏠리며 르노4가 끼익 소리와 함께 멈춰 섰다.

다쿠스는 박스터를 어깨에서 떼어 다른 딱정벌레들이 있는 뒷좌석에 내려놓으며 말했다. "넌 차에 있어."

박스터는 내려가지 않으려 버티며 강한 갈고리발톱으로 다쿠스의 손에 매달렸다.

"박스터, 너무 위험해." 다쿠스는 이렇게 말하다가 자신이 박스터에게 아버지와 똑같은 말을 하고 있음을 문득 깨닫고 실랑이를 멈추었다. 박스터는 당연히 제 가족을 구하고 싶을 것이고, 그럴 권리가 있었다.

다쿠스가 차에서 내려 맥스 삼촌과 버지니아의 옆에 서서 불타는 건물을 응시하는 동안, 장수풍뎅이 박스터는 결연하게 다쿠스의 팔을 타고 행군하듯 어깨로 올라가서 경계 태세로 전면을 바라보았다.

"베르톨트!" 버지니아가 비명을 지르더니 다쿠스나 맥스 삼촌이 미처 저지할 겨를도 없이 백화점의 잔해 속으로 뛰어들어갔다.

"안 돼!" 맥스 삼촌이 번개처럼 그녀를 쫓아갔다. "버지니아, 돌아와!"

다쿠스는 발이 콘크리트처럼 무겁게 느껴졌다. 그 자리에서 움직일 수 없었다. 불이 어디서 난 것일까? 딱정벌레들은 어디에 있을까?

"다쿠스!" 버지니아의 고함 소리가 들렸다. "가구 숲에 불이 붙었어! 베르톨트가 거기 있는데!"

그 순간 다쿠스도 백화점의 잔해와 파편들을 뛰어넘으며 안으로 달려 들어갔다. 맨홀 뚜껑에서 나오는 뜨거운 열기는 모직 점퍼의 털이 녹고 그슬릴 만큼 위협적이었다. 하수도에 있는 딱정벌레들이 모두 죽었다는 것을 직감했다.

다쿠스는 박스터를 어깨에서 떼어 컵처럼 오므린 손에 담고는 가슴으로 가져갔다. 연기 때문에 연신 기침이 나오고 목이 막히고 눈에서 눈물이 주르륵 흘렀다. 해일처럼 밀려오는 주체할 수 없는 감정이 가슴을 강타해, 몸을 가누지 못하고 비틀거렸다. 다쿠스가 땅에 쓰러지기 전에 강인한 손이 점퍼의 등판을 붙잡아 일으켜 세우고 건물 뒤쪽에서 그를 끌고 나갔다.

"괜찮니, 다쿠스?" 맥스 삼촌이 다쿠스를 가슴에 안았다.

다쿠스는 고개를 끄덕이며 딱정벌레 산이 불지옥으로 변한 참혹한 장면을 뇌리에서 몰아내려 애썼다.

맥스 삼촌이 어쩔 줄 모르고 두리번거렸다. "이런 바보 같은 아가씨가 있나. 버지니아가 저 아수라장 속으로 사라졌구나!" 그는 플라타너스 나무 건너편에 한때 접이식 테이블이 있었던 커다란 구멍 속을 가리키며 말했다. "거긴 죽음의 덫이야."

다쿠스는 플라타너스 나무에 불이 붙고 불꽃이 가구 숲의 가장자리를 삼키는 것을 지켜보았다. 그는 다시 박스터를 어깨에 올리고 맥스 삼촌의 소매를 붙잡고 말했다.

"소방서에 전화해주세요. 저는 버지니아를 데리고 담을 넘어서 우리 집 마당으로 갈게요." 그런 뒤 대답을 기다리지 않고 가구 숲 속으로 뛰어들어가 연기가 자욱한 터널을 찾았다. 그는 점퍼로 입을 가리고 쇠똥구리 길을 종종걸음으로 내려갔다.

"버지니아!" 그가 외쳤다.

"다쿠스! 여기야."

다쿠스는 버지니아의 목소리를 쫓아갔다. 그녀는 베이스캠프에서 있었다. 그곳은 비어있었지만, 그녀는 벽을 가리켰다. 짤랑거리는 소리가 변기 시트 덫과 엉킨 거미줄 터널 덫이 작동하고 있음을 알렸다. 버지니아가 다쿠스를 보자, 그는 고개를 끄덕였다.

"내가 변기 시트를 맡을게, 넌 엉킨 거미줄 터널을 확인해."
"잠깐!" 버지니아가 베르톨트의 작업대 위에 얌전히 접혀있는 두 개의 행주를 집어서 평소에 설거지할 때 사용하던 물 양동이에 담갔다 뺐다. "이걸로 입을 막아."
다쿠스는 축축한 행주를 고맙게 받았고, 두 사람은 행주로 입을 막고 베이스캠프에서 달려나갔다.

174

다쿠스는 몸을 숙이고 변기 시트 덫의 가장자리로 기어가서 덫이 설치된 구석 쪽을 엿보았다. 놀랍게도 험프리가 마치 박제된 돼지 머리처럼 변기 시트에 머리를 빼고 있었다. 다쿠스는 뒤로 돌아가서 엉킨 거미줄 터널 옆에서 버지니아를 만났다.

"피커링이 여기 끼어있어!" 버지니아가 행주로 입을 막은 채 웅얼 거렸다.

다쿠스는 어깨너머를 가리켰다. "험프리는 저기 있어."

"그런데 베르톨트는 어디 있지?" 버지니아의 불안한 눈이 정신없 이 사방을 훑었다.

불의 열기가 더욱 거세지고 연기가 점점 더 자욱해졌다. 당장 안 전한 곳으로 대피해야 했다.

"대피소!" 다쿠스가 소리쳤다. "오이스터!"

버지니아가 눈을 크게 뜨고 고개를 끄덕이는 동시에 이미 대피소 로 통하는 통로로 달려갔다. 다쿠스도 그녀를 바짝 뒤쫓았다. 그들 은 두 개의 욕조 앞으로 뛰어갔고, 버지니아는 뒤집힌 욕조의 한쪽 귀퉁이를 잡고 밀어 올리려 했다.

"꿈쩍도 안 해."

다쿠스가 재빨리 버지니아의 옆으로 가서 욕조를 잡아당겼지만, 거꾸로 뒤집힌 욕조는 열리지 않았다. 그들은 한동안 안간힘을 쓰다 가 결국 포기했다.

"안에서 잠근 거야." 그가 욕조 바닥을 쾅쾅 차며 행주를 입에서 내리고 소리쳤다.

"베르톨트! 우리야!"

찰칵 소리와 함께 위쪽 욕조가 활짝 열리며 수많은 딱정벌레들에 둘러싸인 채 욕조 바닥에 앉아있는 베르톨트가 모습을 드러냈다.

"이 멍청아!" 버지니아가 두 팔로 베르톨트의 얼굴을 와락 끌어안는 바람에 베르톨트의 안경이 얼굴에서 떨어졌다. "죽은 줄 알았잖아!" 그녀는 눈물을 주르르 흘리며 그의 얼굴을 더욱 세게 안았다.

다쿠스는 만일 욕조 안에 베르톨트가 아닌 자신이 있었어도 그녀가 저렇게 끌어안았을지 궁금했다.

"놔줘!" 베르톨트가 입이 막혀서 웅얼웅얼 소리쳤다. "숨 막혀 죽겠잖아."

버지니아가 미소 지으며 뒤로 물러났다. "살아있었구나!"

"딱정벌레들은…" 다쿠스는 말을 이을 수가 없었다.

"난 노력했어, 다쿠스. 정말 노력했어." 베르톨트는 눈물을 참기 위해 입술을 꽉 다물었다. "그런데 험프리와 피커링이 나를 쫓아왔고 불꽃이 너무 뜨거웠어. 내가 구할 수 있었던 딱정벌레들은 애들뿐이야." 그는 욕조 안에 있는 곤충들을 내려다보았다. "어떤 애들은 다쳤어."

다쿠스는 눈을 감았다. 자신의 몸도 불타고 있는 것 같았다. 그 훌륭하고 영리한 딱정벌레들이 죽다니. 그는 무너지듯 몸을 앞으로 숙이고 욕조 가장자리를 잡았다.

"지금 이런 얘기를 하고 있을 때가 아니야." 버지니아가 손을 다쿠스의 어깨에 얹으며 말했다. "연기가 더 짙어지고 있어. 어서 여기서 나가야 해."

다쿠스는 몸을 더 숙여 살며시 손을 욕조 안에 넣었다. "어서 올라와, 작은 친구들." 버지니아도 반대쪽으로 돌아가서 똑같이 했다.

베르톨트는 어깨와 머리에 딱정벌레들이 붙어있는 상태로 조심스럽게 욕조에서 나왔다.

"사다리로 가서 담을 넘어 맥스 삼촌네 집으로 가자." 버지니아가 말했다.

"불이 담 전체에 퍼지고 있어." 베르톨트가 말했다. "사다리에 불이 붙을 거야."

"설거지 양동이를 가져와. 우리가 불을 끄자." 버지니아가 다쿠스에게 말했다.

다쿠스는 지체하지 않고 베이스캠프로 달려가서 양동이를 가지고 돌아왔다. 그러고는 의자 위로 올라가서 가구 숲을 덮고 있는 방수포 위로 올라갔다. "이리로 올라와서 넘어가자." 그가 말했다. "그래야 어디에 불이 있는지 보고 연기를 피할 수 있어."

"험프리와 피커링은 어쩌지?" 베르톨트가 버지니아를 따라 의자로 가며 말했다. "죽게 내버려 둘 수는 없잖아."

"맥스 삼촌이 소방차를 불렀어. 곧 도착할 거야." 다쿠스가 대답했다.

"하지만 연기는 어쩌지?" 베르톨트가 말했다.

"머리가 땅 쪽에 있잖아." 다쿠스가 대답했다. "연기는 위로 솟으니까 죽진 않을 거야."

"저 작자들은 우리가 홀랑 타버려도 신경도 안 쓸걸." 버지니아가 무심하게 말하며 베르톨트에게 손을 내주었다.

가구 숲의 지붕을 기어가고 있을 때 다가오는 소방차의 반가운 사이렌 소리가 그들을 기운 나게 했다. 다쿠스가 양동이의 물을 그슬린 사다리에 부은 뒤 한 명씩 안전하게 담을 넘었다.

세 아이들은 소방관들이 가구 숲으로 호스를 조준하는 모습을 맥스 삼촌네 부엌 창문에서 지켜보았다. 소방관들은 금속 고리가 달린 막대로 불타는 뜨거운 가구들을 서로 분리하여 자잘한 불들을 진화하면서 덫에 갇힌 남자들을 수색했다. 다쿠스는 험프리와 피커링이 덫에서 빠져나올 때 베르톨트의 얼굴에 떠오른 안도의 표정을 보았다. 험프리와 피커링은 몸이 홀딱 젖고 불에 조금 그슬렸지만 멀쩡하게 살아있었고, 괴롭힘을 당하는 말벌처럼 성이 잔뜩 나 있었다. 험프리는 여기저기 아무 데나 돌진하며 소방관들에게 소리를 질러댔고, 피커링은 한때는 가구 숲이었던 불타버린 잡동사니의 잿더미에서 물건을 건지려고 미친 듯 달려들었다. 머리 한쪽에는 끈끈이 조각이 달라붙어 있고 산발이 된 머리카락이 엉켜 붙어 있었다. 신문지 한 장도 붙어서 바람에 펄럭였다. 너무도 우스꽝스러운 모습이었지만, 누구도 웃을 마음이 나지 않았다.

다치고 혼란에 빠져 낙오했다가 가까스로 탈출한 딱정벌레 몇
몇이 창문까지 기어왔다. 박스터와 마빈, 뉴턴은 반갑게 그들을 맞
이했지만, 그런 딱정벌레는 몇 마리에 불과했고 더 이상은 오지 않
았다.

다쿠스는 오븐 팬 바닥에 참나무 부스러기를 깔고 한쪽 끝에 과
일 더미와 찻잔 두 개를 넣어 상처 입은 딱정벌레들의 임시 병원을
만들었다. 다른 딱정벌레들은 방안의 다른 어두운 구석으로 알아서
찾아가 휴식을 취했다.

가구 숲에서 불이 진화되었고, 이제 남은 것은 불에 타고 부서진
난파선의 선체처럼 보였다.

소방관들이 호스를 정리할 때 구급차가 도착해 험프리와 피커링
을 실어갔다. 맥스 삼촌은 아이들을 창문에서 멀찌감치 떨어뜨리고
버지니아와 베르톨트에게 집에 데려다줄 테니 차로 가자고 말했다.
다쿠스는 작별 인사를 하고 터벅터벅 계단을 올라 박스터와 함께 침
대로 갔다.

해먹 위로 올라가면서 다쿠스는 이른 아침의 푸르스름한 빛이 채
광창으로 들어오는 것을 느꼈다. 그는 해먹의 양쪽 가장자리를 말
아서 푹 뒤집어쓰고 애벌레처럼 어둠 속에 틀어박혔다. 그리고 손을
오므려 평소답지 않게 잠잠한 박스터를 감싸서 가슴으로 안았다.

하수구 불지옥에서 탈출한 딱정벌레는 기껏해야 100여 마리 정

도에 불과할 것이다. 수만 마리가 죽었다.

딱정벌레들은 죽었고, 아버지도 떠났다.

루크레시아 커터가 이긴 것이다.

제 *17* 장

일간 뉴스

험 프리와 피커링은 구급차 뒤 칸에서 서로 맞은편 들것에 누워 있었다. "이게 뭐야." 험프리가 피커링의 머리에 붙은 파리 끈끈이를 잡았다.

"아아아악!" 험프리가 끈끈이 조각을 떼어내자 거기에 붙어있던 표피와 함께 머리카락이 뭉텅이로 빠지면서 피커링이 비명을 질렀다. "대체 무슨 짓이야?" 그가 험프리를 주먹으로 쳤지만, 그의 사촌은 아무 반응도 보이지 않았다. 그는 피커링의 머리 옆에 붙어있던 신문 기사를 읽고 있었다.

"뭘 보고 있는 거냐?" 피커링이 물었다.

"루크레시아 커터." 험프리가 대답했다.

"뭐? 나도 좀 보자." 피커링이 들것에서 굴러 내려와 무릎으로 사촌이 있는 곳까지 기어갔다.

험프리는 루크레시아 커터가 영화제 시상식의 여우주연상 후보 세 명의 드레스를 만든다는 기사 옆에 실린 그녀와 노박의 사진을 보여주었다. "나를 덫에 가둔 그 쥐새끼 같은 은발 머리 꼬마 녀석이 우리가 불을 질렀다며 비난했어. 내가 우리 짓이 아니라고 하니까 갑자기 이 여자의 이름을 말하더라고."

"그 쥐새끼가 그녀의 이름을 어떻게 알지?" 피커링이 의아해했다.

험프리가 어깨를 으쓱했다. "그거야 모르지. 하지만 루크레시아 커터가 우리 집을 불태웠다면, 우리에게 큰 빚을 진 거지."

"그녀는 어차피 우리에게 빚을 지고 있어." 피커링이 말했다. "우린 계약서에 서명했잖아."

험프리가 신문을 쥐고 좌우로 흔들었다. "그리고 우린 그녀가 어디 있는지 알아." 그가 회심의 미소를 지었다. "우리가 로스앤젤레스에 가야 할 것 같아. 그녀를 찾아가는 거야. 어쩌면 영화제 시상식에도 갈 수 있지."

"아, 그래!" 피커링이 신이 나서 박수를 쳤다. "난 항상 미국에 가고 싶었어."

험프리가 고개를 끄덕이고는 배를 문질렀다. "거긴 엄청나게 큰 햄버거를 팔지."

"루크레시아 커터가 시상식에 우리를 손님으로 데려갈 거야." 피커링이 가슴께에서 손을 부여잡고 한숨을 쉬었다.

구급차가 갑자기 멈췄다.

"어서 들것으로 돌아가서 아픈 시늉을 해." 험프리가 피커링을 뒤로 밀었다. "우린 오늘 밤에 잘 곳도 없고, 병원에 있으면 아침에 공짜 밥도 얻어먹을 수 있을 테니 말이야."

피커링이 황급히 들것에 올라가서 빨간색 담요를 뒤집어썼다. "로스앤젤레스!" 그가 혼자서 속삭였다. "루크레시아 커터를 보다니! 너무 멋져!"

"병원 음식으로 배를 채우자마자 공항으로 가는 거야." 험프리가 말했다.

"잠깐. 그런데 비행기 표는 어떻게 구하지?" 피커링이 일어나 앉았다. "우린 돈이 없잖아."

"네 노후대비 저축이 있잖아." 험프리가 회심의 미소를 지었다.

"그건 만약의 사태에 대비해서 저축하고 있는 거야." 피커링이 소리쳤다.

"지금이 바로 그 만약의 사태야, 피커링." 험프리가 콧방귀를 뀌며 말했다. "이미 폭발한 집이 불타서 아예 없어졌는데, 그게 만약의 사태가 아니면 뭐겠어?"

183

제 *18* 장

자가용 제트기

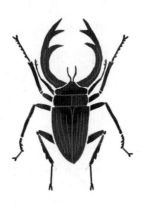

노박은 루크레시아 커터의 차에서 활주로로 내렸다. 그런 다음 '커터 쿠튀르'의 황금색 풍뎅이 로고가 새겨진 검은색 봄바디어 리어제트기를 향해 걸어갔다. 걷는 내내 헵번이 비밀 공간에서 이리저리 구르지 않도록 핸드백 위에 얹은 손을 평행하게 유지하는 데 집중했다. 감각이 예민한 메이터에게 헵번을 계속 숨기기가 어렵지 않을까 걱정이었지만, 적어도 지금은 그녀의 곁에 바솔로뮤 커틀이 있어서 루크레시아 커터가 노박을 잘 쳐다보지 않았고 그녀 역시 이목을 끌지 않으려고 최선을 다했다.

노박은 다쿠스의 아버지가 지난번 구출 때 잠깐 본 것 때문에 자신을 알아볼까 내심 걱정이었다. 그런데 사실이 어떤지는 몰라도 적어도 그의 얼굴에서 딱히 그런 표정은 읽을 수 없었다. 그가 자신을 볼 때 걱정이나 연민 같은 것이 언뜻 눈에 비쳤지만, 아마 그것은 분명 위선일 것이다. 그는 죽은 아들을 배반했다. 그런 사람이 자신을 염려할 리가 없다.

제라르는 비행기 객실 문으로 통하는 계단 아래에 서서 손을 내밀었고, 노박은 그 손을 잡고 이동식 계단을 올라갔다. 제라르가 가볍게 손을 꼭 쥐었고, 두 사람은 눈빛을 교환했다.

루크레시아 커터의 자가용 리어제트기의 객실 좌석은 모두 흰색 가죽이 씌워져 있었다. 객실 중앙에는 여덟 개의 안락의자가 네 개씩 서로 마주 보고 있었고, 뒤쪽에는 따로 떨어진 두 개의 의자가 앞 좌석의 등판을 향해 있었다. 노박은 따로 떨어진 좌석으로 얼른 가서 앉았다.

링링이 조종사였고, 크레이븐이 부조종사였다. 댄키시와 몰링은 제라르와 함께 앞자리에 앉았다. 서로 마주 보게 되어 있는 중앙 좌석에는 메이터와 바솔로뮤 커틀이 앉았다.

열한 시간에 걸친 운항이었다. 노박은 비행기 여행 내내 무엇을 할지 미리 계획을 짜두었다. 대서양을 건너는 동안 잠을 자고 책을 읽을 셈이었다. 메이터의 서재에서 얇은 책을 한 권 챙겨왔다. 전에 다쿠스가 언급한 『딱정벌레 수집가의 핸드북』이라는 책이었다. 메이터는 딱정벌레에 관한 모든 책을 소장하고 있어서 찾기가 어렵지 않앉다. 자신이 딱정벌레에 대해 공부하고 있다는 사실을 아무에게도 들키고 싶지 않았기 때문에, 발레리나가 되고 싶은 소녀의 이야기를 담은 다른 책의 겉표지를 다쿠스의 딱정벌레 책에 씌웠다. 그 책을 읽으면 다쿠스와 가까이 있는 느낌이었다. 그가 자신의 뒤에서 그 책을 넘겨다보며 고개를 끄덕이고 있는 것만 같았다.

노박은 핸드백에서 밀리가 수박을 담아준 플라스틱 통을 꺼낸 뒤 헵번을 팔찌에서 꺼내 다리를 쭉 펴고 수박을 먹을 수 있게 해주었다.

그런 뒤 안전띠를 채우고 창밖을 가만히 응시하며 생각했다. '이것이 내가 영국에 있는 마지막 순간일까? 만일 내가 평범한 사람으로 성장한다면, 이곳에 집을 갖고 싶어. 난 영국이 좋아. 특히 비 올 때의 영국이.'

노박은 머리가 무거워져 머리 받침대에 머리를 기대고 눈을 감았다.

시간이 얼마나 지났을까. 이륙하는 것도 인식하지 못했는데 잠에서 깨보니 검은색 봄바디어 제트기는 구름 위로 높이 떠 있었다. 그녀는 헵번이 비밀 공간에서 나와서 자신의 엄지와 검지 사이의 살을 꼬집고 있는 것을 인식했다.

노박이 조용히 나무라려고 하는 순간 헵번이 앞다리를 흔들고 뭔가 경고하려는 듯 더듬이를 움직였다. 이 딱정벌레는 그녀에게 앞좌석에서 오가는 대화를 듣게 하려는 것이었다.

"우리 합작품의 씨앗이 나를 얼마나 멀리까지 데려왔는지 곧 볼 수 있을 테니까 그때까지 기다려." 루크레시아 커터가 말했다.

"내게 당신이 이룬 성취의 공을 차지할 자격은 없는 것 같은데."

"천만에. 바솔로뮤 당신이 딱정벌레의 놀라운 능력과 적응성에 눈뜨게 해주지 않았다면 내가 이 자리에 있지 못했을 거야. 내게 이 여정을 시작하게 만든 건 당신의 열정과 지식이었어. 당신은 내게 영감을 주는 존재야. 결국, 우린 다시 함께 연구실로 가서..."

"렌카가 당신과 함께 일하고 있다고 생각했는데." 바솔로뮤 커틀의 불편한 듯한 목소리로 말했다.

"그래, 한동안은 그랬지." 그녀가 콧방귀를 뀌며 말했다. "하지만 지금은 필요 없어."

노박은 헨리크 렌카를 기억했다. 골격 자체에 잔인성이 새겨져 있는 듯한 무표정한 얼굴의 금발머리 남자. 그가 바이옴의 용화실에서 녹초가 된 그녀를 거칠게 잡아 빼낸 후 거의 2년이 지났다. 그 남자를 다시는 보고 싶지 않았다.

"그거 알아? 당신을 떠오르게 하는 연구실 조수가 있어." 루크레시아 커터가 말했다. "당신처럼 명석하지는 않지만, 딱정벌레를 다루는 데는 놀랄 만큼 능숙하지." 그녀가 한숨을 쉬었다. "당신이 모든 걸 포기해버리다니 정말 유감이야. 안 그랬으면 지금 내 바이옴에 있는 사람이 크립스가 아니라 당신일 수도 있었을 텐데."

"크립스?" 바솔로뮤가 갑자기 상체를 꼿꼿이 세우고 앉았다.

"설마 질투하는 거야?" 메이터가 미소 지었다.

"아니." 그가 다시 의자 등받이에 편히 기댔다. "그런데 바이옴이 뭐야?"

"내 비밀 연구실."

"비밀 연구실이 어디에 있는데?"

"그걸 말하면 비밀이 아니게?"

루크레시아 커터가 목구멍 깊은 곳을 울리며 나지막이 깔깔거렸다. "곧 알게 될 거야. 거기서 당신의 인생에서 가장 위대한 일을 하게 될 테니까."

"너무 친절하군. 솔직히 난 지금까지 한 것보다 더 대단한 일을 할 수 있을지 의문인데."

"친절은 무슨. 그런 건 시간과 에너지 낭비야." 메이터가 코웃음을 쳤다. 노박은 눈을 반쯤 감고 창문을 향해 고개를 돌렸다. 창문에 메이터의 모습이 반대 방향으로 비추었다.

"왜 이래." 바솔로뮤 커틀이 말했다. "당신은 믿지 않겠지만, 당신이 딸을 영화제 시상식에 데려가기 위해 그동안 기울인 노력만 봐도 그래. 당신은 딸이 자랑스러워서..."

이번에는 메이터가 충격적인 스타카토성 웃음소리를 냈다. "맙소사, 바솔로뮤. 당신 모르겠어?"

"뭘 말이야?"

"저 애는 내 유전적 복제물일 뿐, 그 이상은 아니야."

"당신 딸이 말이야?"

"당신은 그렇게 부를지 모르겠지만, 난 아냐."

"무슨 말인지 모르겠군."

노박은 루크레시아 커터가 상체를 앞으로 기울이는 것을 지켜보았다. 노박은 숨을 죽였다. 메이터가 그에게 비밀을 말할 것이다.

"바이옴에 용화실이 있어." 그녀가 바솔로뮤 커틀의 얼굴에서 반응을 읽으려 했다. "일단 용화실 문이 닫히면 탈바꿈 과정을 마칠 때까지 문이 열리지 않아. 그 안에서 실험 대상은 이전 모습의 기억과 개념을 그대로 간직한 채 분자 하나하나가 분해되어 곤죽이 되지. 그리고 바로 이때 새로운 유전자를 실험 대상에게 주입하면, 애벌레에서 딱정벌레로의 탈바꿈하는 것처럼 새로운 모습으로 변신하는 거야."

"루시!" 노박은 다쿠스 아버지의 목소리에서 충격의 기미를 감지했다. "그러니까 당신 말은..."

"그래, 내가 했어. 나는 내게 직접 실험했어." 그는 천천히 커다란 선글라스를 벗어 둥그렇게 번들거리는 두 개의 새까만 눈을 보여주었다. "그건 지독히도 고통스러운 일이야."

바솔로뮤 커틀은 숨이 턱 막혔다. "그러다 죽을 수도 있었어!"

"아유." 루크레시아가 황금색 입술을 불룩하게 내밀며 비아냥거렸다. "당신이 내 걱정을 하는 줄은 몰랐네!" 그녀는 다시 뒤로 물러나 앉아 가죽 머리 받침에 머리를 기대고 안경을 도로 썼다. "걱정할 필요 없어. 나는 모든 걸 실험 대상에게 실험한 다음에 나한테 적용하니까. 화장품 업계에서 배운 방법이지." 그녀가 미소 지었다. "지금은 저 애가 내 실험 대상이지."

"노박 말이야?"

"다른 사람들도 있었지만, 불행히도─" 그녀가 잠시 머뭇거리다가 다시 말했다. "모두 죽었어."

노박은 바솔로뮤의 얼굴은 보이지 않았지만 메이터의 얼굴에서 미소를 볼 수 있었다. 그 모습에 몸이 부르르 떨렸다.

"하지만, 하지만, 저 애는... 당신처럼 변하지 않았잖아."

"그래." 루크레시아 커터가 날카롭고 짧게 대답했다. "이유는 몰라. 어쩌면 어리기 때문일지도 모르지. 인간의 사춘기를 거치면서, 더 딱정벌레 같은 모습으로 변할 가능성이 커. 그리고 그건 중요하지 않아. 이차피 지 애는 또 탈바꿈할 테니까."

"또?"

"내가 지금의 탈바꿈 단계까지 온 것은 기쁘지만, 그것만으로는 충분치 않아."

"충분하지 않다고?" 바솔로뮤의 목소리가 공허하게 울렸다. "당신은 이미 현대 과학의 경계를 넘었어. 당신은 이제 더 이상, 더 이상 인간이 아니야! 그런데 뭘 더 이루고 싶은 거지?"

"내가 왜 비밀을 미리 누설해서 재미를 망치겠어?" 루크레시아가 웃었다.

"루시, 설마 완전한 탈바꿈을 하려는 건 아니겠지?" 바솔로뮤 커틀이 쉰 목소리로 말했다. "그러다 죽어. 설령 변신이 성공한다 해도, 당신만 한 크기의 딱정벌레를 지탱할 만큼의 산소가 대기 중에는 없어! 그리고 또 의사소통은 어떻게 할 건데? 폐도 없어지고 후두도 없어질 텐데."

"내가 그런 것들을 생각하지 않았을 것 같아?" 루크레시아 커터가 코웃음을 쳤다. "그런 것들은 사소한 문제에 불과해. 우선 저 애에게 먼저 시험해볼 거야."

"그게 내가 필요한 '진짜' 이유인가? 당신이 변신하고 나면 당신을 도와야 하니까?"

"당신이 '필요'한 건 아니야." 루크레시아 커터가 낮은 소리로 말했다. "내겐 크립스가 있어. 그 애의 딱정벌레와의 친화력은 거의 당신을 버금가지. 하지만 당신과 나. 우리는 같은 비전을 공유하고 있고 지적인 역사를 공유하고 있어. 서로를 이해하는 우리의 능력은 탁월하지. 내가 완전 탈바꿈을 마치면, 무척추동물들과 소통할 수 있는 인간들이 필요해. 당신과 나는 그런 역사로 연결되어 있어. 당신은 다른 누구보다 내 뜻을 잘 해석할 수 있는 인물이라는 걸 난 알아. 우리는 영원히 함께할 거야."

"당신은 미쳤어." 바솔로뮤 커틀이 속삭였다.

"당신이 천재라고 인정받기 직전에 사람들이 당신에 대해 그렇게 말했지."

노박은 공포로 몸이 뻣뻣해졌다. 그녀는 용화실의 공포, 자신이 분해되어 탈바꿈했을 때의 그 지독한 고통을 생생히 기억했다. 그 고통을 또 겪느니 차라리 죽는 편이 나았다. 그녀는 눈을 꼭 감고 입술 모양으로 다쿠스에게 도와달라고 기도했다. 자신은 철저히 혼자이며 어떤 도움도 기대할 수 없다는 것을 뻔히 알면서도.

제 19 장

가장 어두운 시간

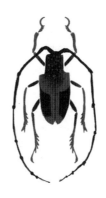

다쿠스는 학교에 갈 엄두가 나지 않았지만, 맥스 삼촌은 가야 한다고 주장했다. 아침 수업 시간 내내 멍한 상태로 앉아있었다. 점심시간에는 베르톨트, 버지니아와 함께 평소에 앉던 테이블에 앉아 도시락을 꺼냈다.

"맥스 삼촌이 집에 데려다줬을 때 엄마가 깨어 있었거든. 삼촌이 우리가 몰래 밤샘 파티를 하다가 들켜서 잡아 왔다고 둘러대셨어." 버지니아가 참치 샌드위치를 한입 베어 물며 말했다. "엄마는 맥스 삼촌 말을 믿지 않았고, 나중에 철저히 추궁을 당했지."

베르톨트는 한숨을 쉬었다. "난 네가 왜 말을 마치기도 전에 음식을 먹는 건지 도무지 모르겠어."

버지니아는 베르톨트의 말을 무시하고 음식을 꿀꺽 삼켰다. "내가 끝까지 그 얘기를 밀고 나가니까, 결국은 엄마도 내가 다친 데 없이 무사히 돌아왔으니 됐다고 체념할 수밖에 없었어. 그래서 한 달간 외출금지 정도로 끝냈지."

"난 벌을 받지는 않았어." 베르톨트가 조용히 말했다. "엄마는 그저 울기만 하시더라."

"아, 정말 끔찍했겠다." 다쿠스는 도시락을 열지도 않았다. 배가 고프지 않았다.

"아무려면 딱정벌레들에게 생긴 일만큼 끔찍할까." 베르톨트가 속삭이며 말했다.

"학교가 끝나고 내려가 볼 거야. 한 번 봐야겠어." 다쿠스가 손을 내려다보며 말했다.

"정말 그게 좋은 생각일까?" 버지니아가 말했다.

"그래야겠어." 다쿠스가 침을 삼켰다. "제대로 된 장례식이라고 치러줘야…"

"그래." 베르톨트가 눈을 깜빡였다. "나도 그러고 싶어."

"그래, 좋아." 버지니아가 고개를 끄덕였다. "걔들은 제대로 배웅을 받을 자격이 있어."

"하지만 넌 외출금지라며." 다쿠스가 버지니아를 보며 말했다.

그녀가 어깨를 으쓱했다. "오늘 방과 후에 체조하러 가는 거로 되어있어. 여섯시 전에 집에 올 거라고는 생각 안 할 거야. 그리고 이게 더 중요한 일이잖아."

하수도에 내려갔을 때 그들을 기다리고 있을 광경을 상상하자 잠시 침묵이 흘렀다.

"베이스캠프는 어때?" 베르톨트가 말했다.

"오늘 아침에 비상계단에 나가서 보니까 완전히 망가졌더라." 다쿠스가 멍하니 말했다. "그 여자가 이겼어."

"아니야, 다쿠스..." 버지니아가 고개를 저었다.

"버지니아, 그 여자가 '이긴' 거야." 다쿠스가 다시 말했다. "베이스캠프는 파괴되었고, 우린 스펜서 크립스를 찾지 못했고, 애플야드 교수님은 의식불명 상태고, 딱정벌레들은 죽었고, 아빠는... 우린 아빠가 어디에 있는지조차 몰라." 그가 머리를 두 손에 묻었다. "루크레시아 커터는 미국에 있고, 그녀가 뭘 계획하건 너도나도 누구도 할 수 있는 일이 아무것도 없잖아."

"'너'는 아무것도 못 할지 모르지만, '우리'가 함께라면 분명 뭔가 할 수 있어." 베르톨트가 말했다. "약간의 투지와 결단력만 있다면 말이야."

"너희 둘은 학교에서 말고는 나를 보는 것도 금지잖아!" 다쿠스가 날카롭게 말했다.

버지니아와 베르톨트는 서로를 보았다. "그건 우리가 어떻게 해볼 수도 있어." 버지니아가 말했다.

"어떻게?" 다쿠스가 인상을 찌푸렸다. "아빠가 너희 부모님들한테 이제 나를 못 보게 할 거라고 말했는데."

"그래, 그건 그렇지만." 베르톨트가 헛기침을 했다. "음..."

"화내면 안 돼." 버지니아가 말했다.

"뭣 때문에 화를 내?" 다쿠스가 베르톨트를 보았다.

"음, 우리가 부모님에게 말을 잘하면, 음, 그러니까..." 베르톨트가 말을 더듬었다.

"우린 네 아버지가 신경쇠약 상태에서 이상한 행동을 한다고 말했어... 예를 들어 실종처럼." 버지니아가 귀까지 어깨를 올리고 미안한 듯한 미소를 지으며 말했다.

다쿠스는 자신이 듣고 있는 말을 믿을 수 없었다.

"엄마는 너희 아빠를 딱 한 번 만났을 뿐이지만, 예전에 너희 아빠가 실종되어서 고아처럼 홀로 남겨진 너를 삼촌이 돌봐주고 있다는 사실을 알고 있었어. 너희 아빠가 우리 집에 와서 우리가 만나는 것이 서로에게 좋을 게 없다며 열변을 토했을 때, 엄마는 그 말을 내가 너에게 나쁜 영향을 미친다는 뜻으로 받아들였어. 그래서 무척 화가 났지. 그런데 오늘 아침에 맥스 삼촌이 나를 데려다주러 왔을 때 몹시 미안해하면서 아주 다정하게 내가 너를 얼마나 잘 보살펴주는지, 그래서 내게 얼마나 고마운지, 나의 우정이 너에게 얼마나 중요한지, 그리고 내가 얼마나 사랑스럽고 예의 바른 아이인지 말했어. 엄마는 정말 귀 기울여서 들었어. 맥스 삼촌은 그냥 너희 아빠가 잠시 집을 비웠다고만 말했는데 엄마는 뭔가 눈치를 챈 거지. 그래서 삼촌이 떠나자마자 나한테 질문 세례를 퍼부었어. 그런데 사실대로 말할 수는 없으니까, 신경 쇠약 문제로 상황을 대충 둘러댔어. 너희 아빠가 전날 — 그러니까 우리 엄마를 만나러 온 날 — 이상한 증상이 나타나서, 의사가 회복을 위해 집에서 멀리 떨어진 특수 병원으로 보내기로 했다고. 그래서 베르톨트와 나는 좋은 친구들이니까 한밤중에 상신에 빠진 너를 위로하러 간 거라고 말이야." 버지니아가 자랑스럽게 등을 펴고 앉았다. "그러니까, 우린 널 봐도 돼. 내가 외출금지를 당한 건 그냥 몰래 빠져나갔기 때문이야."

"버지니아의 엄마가 우리 엄마에게 전화를 해서 사정을 전부 얘기했어." 베르톨트가 말했다.

다쿠스는 눈을 깜빡거렸다. "그러니까 너희들은 사람들한테 우리 아빠가 정신병원에 갇혔다고 말하고 다닌다는 거니?"

"음, 그렇게 말한 건 아니야." 베르톨트가 난감한 듯 고개를 저으며 말했다. "우린 너희 아빠가 너희 엄마의 비극적 죽음 때문에 신경 쇠약을 겪어서 특수 병원에 있다고 말했어."

"뭐라고?" 다쿠스는 의자를 뒤로 밀며 벌떡 일어났다. "너희가 우리 엄마에 대해 뭘 안다고 그래!" 그는 그대로 뒤돌아서 운동장으로 뛰어나갔다.

"아이고." 베르톨트가 버지니아를 보았다. "우리가 처신을 잘한 것 같지는 않네."

"너냐, 다쿠스?" 다쿠스가 아파트 문을 열자 맥스 삼촌의 목소리가 그를 맞이했다.

"그럼 누구겠어요?" 다쿠스가 대답했다.

"잘됐구나!" 맥스 삼촌이 손에서 먼지를 털며 계단 위에 나타났다. 그는 조카에게 활짝 미소를 지었다.

다쿠스는 삼촌을 의심스러운 눈으로 바라봤다. "왜 그렇게 쾌활하세요?"

"거실로 들어와 보지 않으련?" 맥스 삼촌이 다쿠스에게 손짓하며 말했다.

다쿠스는 배낭을 풀고 외투를 벗어 문 옆의 바닥에 떨어뜨렸다.

"이런, 다쿠스. 코트는 옷걸이에 걸라고 대체 몇 번을 얘기했니? 기억력이 과일박쥐 수준이로구나." 맥스 삼촌이 킬킬거리며 다시 거실로 들어갔다.

다쿠스는 외투를 집어서 벽에 걸고는 삼촌을 따라 2층으로 올라갔다. 거실문을 밀어서 열자, 맥스 삼촌이 거실 한가운데서 팔을 쫙 벌리고 서 있었다.

"짜잔!" 삼촌이 입으로 효과음을 냈다.

다쿠스는 멍하니 쳐다보았다.

가구의 위치가 전부 바뀌어 있었다. 소파와 안락의자는 창문 아래에 나란히 놓여있고, 커피 테이블은 벽난로 앞에 밀어 붙여져 있었다. 위쪽 벽면에 걸린 아프리카 가면들과 아래쪽 탁상시계 사이의 빈 공간에는 지저분하고 구깃구깃한 종잇조각들이 꽂혀있는 코르크 판이 있었다. 다쿠스는 가까이 다가갔다. 그것은 모두 베이스캠프에서 가져온 단서들이었다. 노박의 명함과 딱정벌레에 관한 버지니아의 사건 수집 목록. 방의 맞은편 끝에는 바닥에 참나무 부스러기가 깔린 하늘색 이동식 풀장이 있었다. 풀장 한쪽에는 일부는 나무 부스러기에 묻히고 일부는 무덤처럼 볼록하게 쌓인 머그잔 산의 축소판이 자리 잡고 있었고, 다른 한쪽에는 잘게 조각낸 멜론과 오이, 바나나가 있었다. 산에서 살아남은 딱정벌레들은 굴을 파고 먹이를 씹으며 대체로 자기 집처럼 편하게 지냈다. 전에 소파가 있었던 거실 왼쪽 벽 옆에는 베르톨트가 다리미판으로 만든 작업대가 있었고 그 위에는 베이스캠프에서 가져온 연장들이 가지런히 놓여있었다. 작업대 위로는 베르톨트가 크리스털 샹들리에를 꿰매놓은 방수포가 천장에 나사로 고정한 네 개의 고리에 걸려 늘어져 있고, 크리스털 밑동마다 잠자는 반딧불이들이 자리 잡고 있었다.

"그래, 어떻게 생각하니?" 맥스 삼촌이 물었다.

"네? 어어- 놀라워요!" 다쿠스는 어안이 벙벙해서 속삭였다.

맥스 삼촌은 머리를 끄덕이고 자랑스럽게 방을 둘러보았다.

"내 입으로 말하긴 그렇다만, 개조한 게 썩 나쁘지 않은 것 같구나! 사실 크리스털을 닦는 데 시간이 한참 걸렸단다. 물론 너희들의 베이스캠프와는 비교할 수 없지만 그래도..."

다쿠스가 두 팔로 삼촌을 와락 끌어안고 삼촌의 사파리 셔츠에 얼굴을 묻었다.

"어이쿠! 진정해라, 애야."

"굉장해요." 다쿠스는 목이 메었다. "정말 대단해요." 다쿠스는 갑자기 울기 시작했다. 삼촌의 다정함에 그만 눈물이 터져 나와 조용히 몸을 들썩이며 흐느꼈다. 딱정벌레를 향한 슬픔의 눈물과 아버지를 향한 분노의 눈물, 그리고 이 모든 부당하고 절망적인 상황에 대한 눈물.

"그래, 그래. 다 쏟아버려라." 맥스 삼촌이 머리를 쓰다듬었다. "실컷 울고 나면 머리가 맑아져서 생각하는 데 도움이 될 거다. 정신 건강에 좋아."

맥스 삼촌이 조심스럽게 뒷걸음으로 소파로 가서 다쿠스와 함께 앉았다. 맥스 삼촌이 머리를 쓰다듬는 동안 다쿠스는 삼촌의 배에 얼굴을 대고 흐느꼈다. 마침내 다쿠스는 울 만큼 다 울고 호흡이 차분해졌고, 잠시 맥스 삼촌의 배에 가만히 엎드려 삼촌의 배에서 꼬르륵 소리를 들었다.

"이제 좀 괜찮아졌니?" 맥스 삼촌이 부드럽게 물었다.

다쿠스는 일어나 앉아 소매로 얼굴을 닦았다. 눈이 쓰라렸다.

"한결 나아졌어요."

"다행이구나. 괜찮으면 난 셔츠를 갈아입어야겠다." 맥스 삼촌이 배를 내려다보며 인상을 찌푸렸다.

다쿠스는 웃었다. 맥스 삼촌의 옷이 흠뻑 젖어 있는 데다 가슴팍에는 자신이 남긴 콧물 자국까지 있었다. "죄송해요."

"전혀 그럴 것 없다. 설탕을 듬뿍 넣은 맛있는 차를 한잔 마시자꾸나. 그거면 누구나 기분이 한결 나아지지." 맥스 삼촌이 천천히 일어섰다. "솔직히 말하면, 네가 실컷 울지 '않았다면' 오히려 걱정이 됐을 거야. 안으로 모든 걸 삭이면 정신 건강에 좋지 않거든. 잠시 후에 돌아오마."

다쿠스는 방을 둘러보았다. 맥스 삼촌은 물건들을 실어 나르느라

온종일 일한 게 분명했다. 그는 베르톨트의 작업대로 걸어가 손으로 납땜용 인두를 훑으며, 베르톨트가 이것을 다시 보면 얼마나 좋아할지 생각했다. 인두를 만진 손가락을 들어 얼굴에 가져갔다. 매캐한 연기 냄새가 났다.

베르톨트와 버지니아에 대해 생각하니 오후 내내 그들을 외면한 것이 마음에 걸렸다. 머리가 아팠다. 지난 24시간이 무척이나 길게 느껴졌지만, 또 한편으로는 정말 빠르게 지나간 것 같기도 했다. 모든 것이 완전히 달라졌다.

어깨를 누르는 익숙한 무게감이 박스터가 앉았음을 일깨워주었다. 그는 한숨을 쉬며 고개를 돌렸다.

"안녕, 박스터." 그는 그 장수풍뎅이의 겉날개를 쓰다듬었다. 박스터는 풀이 죽은 표정이었다. "이제 우리가 가버린 친구들을 위해 애도할 시간이야. 제대로 된 장례식을 치러주자."

박스터가 머리를 다쿠스의 목에 비볐다.

"나도 알아, 박스터. 내 기분도 그래."

맥스 삼촌이 설탕을 넣은 차와 비스킷 접시가 담긴 쟁반을 들고 뒷걸음으로 들어왔다. 차 한 잔을 꿀꺽꿀꺽 마시고 나니 다쿠스는 한결 힘이 났다. 울음과 관련한 맥스 삼촌의 말이 맞는 것 같았다. 이제 정신이 한결 맑아졌다. 지금 당장 중요한 것은 딱정벌레들에게 제대로 된 작별인사를 하는 것뿐이었다.

그는 위층으로 올라가서 검은 바지와 캔버스화, 검은 스웨터로 갈아입었다. 아래층으로 다시 내려오자 맥스 삼촌도 장례식 복장을 입고 있었다.

"앞으로는 '백화점'에 갈 수 없단다." 맥스 삼촌이 말했다. "화재 때문에 건물이 안전하지 않아졌어. 하지만 내가 아까 클레어를 찾아갔었다. 아래층에서 가게를 운영하는 여자 말이야. 클레어의 상점 창고에 맨홀이 있는데, 딱정벌레 산 옆의 지하실로 통하게 되어 있지. 아무튼, 오늘 오후에 내가 거기로 내려갔었다." 그가 깊이 심호흡을 했다. "너에게 경고를 해야겠구나, 다쿠스. 보기 좋은 광경은 아니었다."

"거기 가셨다고요?"

"그럴 수밖에 없었다." 맥스 삼촌이 대답했다. "네가 내려갈 걸 뻔히 아니까 안전을 확인할 필요가 있었지."

"삼촌이 보셨다면 저도 볼 수 있어요." 다쿠스가 이를 악물었다. 또다시 안에서 감정이 북받쳐 올라 콧구멍이 벌름거리는 것이 느껴졌지만 이번에는 감정을 통제할 수 있었다. "제가 봐야 해요. 걔들은 제 친구들이었어요."

"그렇다면 좋아." 맥스 삼촌이 고개를 끄덕였다.

다쿠스는 고개를 뒤로 젖히고 앞니 사이로 공기를 빨아들여 박스터가 다리를 겉날개에 비빌 때 내는 소리를 흉내 냈다. 방안의 모든 딱정벌레가 그의 부름에 반응했다. 날아다니는 딱정벌레들은 작은 편대를 형성했고, 기어 다니는 딱정벌레들은 질서정연한 행렬을 이루어 날아다니는 형제들 밑에서 차분하게 행진했다. 반딧불이들은 램프를 껐다.

맥스 삼촌과 다쿠스, 그의 어깨에 앉은 박스터는 딱정벌레들과 함께 엄숙하게 아파트에서 거리로 내려갔다. 맥스 삼촌이 문을 열자, 문 앞에 버지니아와 베르톨트가 검은 옷을 입고 서 있는 것이 보였다. 버지니아는 입술을 깨물고 있었는데 당장이라도 울음을 터뜨릴 것 같은 표정이었다.

다쿠스는 그녀가 이렇게 동요하는 모습을 본 적이 없었다. 버지니아와 베르톨트가 맥스 삼촌을 뒤따라 걷기 시작할 때 다쿠스는 버지니아에게 미소를 보냈다. 맥스 삼촌은 그들을 모두 이끌고 '마더 어스' 상점으로 들어가서 하수구로 내려갔다.

그들은 모든 딱정벌레들과 함께할 수 있도록 딱정벌레 산이 있는 지하실 바깥쪽 터널에 함께 모였다.

"난 말이다. 네가 괜찮다면 약간의 음악과 함께 시작하는 것도 좋겠다고 생각했단다." 맥스 삼촌이 눈썹을 올리며 의사를 묻는 표정으로 다쿠스를 보았다.

다쿠스는 어떻게 해야 할지 몰랐다. 딱정벌레들에게 제대로 된 송별식을 해주고 싶지만, 구체적인 방법에 대해서는 생각해본 적이 없었다.

"그리고 난 우리가 의식을 진행할 수 있을 거라고 생각했어. 딱정벌레 의식 말이야." 버지니아가 주머니에서 종이 한 장을 꺼내며 말했다. "마빈하고 내가 뭘 좀 준비했는데, 우리가 해도 괜찮을까?"

"당연히 너랑 박스터가 추도사를 해야 할 거고." 베르톨트가 말했다. "그래서 뉴턴하고 나는 장례식을 마무리해야겠다고 생각했어."

"그게 좋겠다." 다쿠스가 고개를 끄덕였다.

맥스 삼촌이 재킷 가슴에 달린 주머니에서 소형 팬파이프를 꺼내더니, 입으로 불어 짙은 여운을 남기는 장음을 냈다. 잠시 후 호흡이 기빠지며 음이 떨리는가 싶더니 곧바로 구슬픈 가락으로 넘어가면서 맥스 삼촌이 잿더미가 된 딱정벌레 친구들의 잔해가 있는 지하실로 경건하게 걸어 들어갔다.

다쿠스는 베르톨트가 자신의 손을 잡는 것을 느꼈고, 두 소년은 함께 지하실로 들어갔다. 버지니아가 그들을 따라 들어갔다. 발밑에서 딱정벌레들도 떼 지어 따라갔다.

다쿠스는 냄새에 충격을 받았다. 지하실에서는 지독한 석유 냄새가 풍기는 데다 연기도 심해서 머리가 어지러울 지경이었다. 딱정벌레 산은 원래 크기의 3분의 1로 줄었다. 어떤 컵들은 강렬한 불의 열기에 깨져버렸지만, 두꺼운 컵들은 여전히 상당 부분 멀쩡히 남아있었다. 난초나무의 검은 골격이 마치 도움을 구하기 위해 필사적으로 뻗은 손처럼 딱정벌레 산의 잔해에서 뻗어 나와 있었다. 분명하게 보이는 것은 골리앗풍뎅이와 아틀라스장수풍뎅이, 헤라클레스장수풍뎅이처럼 덩치 큰 딱정벌레들의 뒤집어진 시체들뿐이었지만, 저 검은 무더기 속 깊숙이 보이지 않은 어둠 속에 수천 마리의 작은 딱정벌레들이 죽어있다는 것을 다쿠스는 알았다. 그는 손을 어깨로 올려 박스터를 어루만졌다. 딱정벌레가 보기 쉬운 광경일 리 없었다. 다쿠스는 박스터를 위해 강해질 필요가 있었다.

맥스 삼촌은 짙은 여운을 남기는 연주를 끝내고 경건하게 한쪽으로 물러났다. 버지니아가 앞으로 나와서 잿더미가 된 흉물스러운 죽음의 산 앞에 섰다. 그녀는 입술을 핥고 침을 꿀꺽 삼켰다. 그런 다음 외투 주머니에 손을 넣어 작은 상자를 꺼내서 뚜껑을 열었다. 그리고 상자를 산을 향해 내밀고 머리를 숙여 절을 했다. 그녀는 무릎을 꿇고 상자를 앞에 놓았다. "여기서 일어난 일은…" 그녀의 목소리가 떨렸다. "잔인한 짓이고, 살해이고, 생명의 순환을 멈추게 하는 짓이었습니다. 그리고 사랑하는 나의 친구들에게, 우리의 특별한 딱정벌레들에게 그 일이 일어났습니다." 그녀는 입술을 깨물었다. "하지만…" 그녀는 상자로 손을 뻗어 작은 파란색 참새 알을 꺼냈다. "생명의 순환은 잔인한 인간들보다 강합니다."

버지니아는 알을 머리 위로 높이 들어 올리고 말했다. "이 알은 딱정벌레의 알입니다." 그런 다음 나머지 한 손으로 외투 주머니에서 어머니의 화분에서 따온 손바닥 크기의 초록색 고무 나뭇잎을 꺼냈다. "이 나뭇잎은 둥지입니다." 그녀는 나뭇잎을 담요처럼 재 위에 내려놓고 그 위에 알을 조심스럽게 내려놓았다. "알에서 애벌레가 부화합니다." 버지니아가 상자에서 돌멩이를 꺼내 높이 들었다. 돌멩이에는 나선무늬가 찍혀 있었다. "수백 년 동안 땅속에 있던 이 화석은 애벌레입니다." 그녀는 애벌레를 나뭇잎 위의 알 옆에 내려놓고 다시 상자로 손을 뻗어 보라색 크리스털을 꺼냈다. "애벌레는 번데기가 됩니다. 이 크리스털은 번데기입니다." 그녀는 그것을 애벌레 옆에 놓았다. "그리고 번데기에서 딱정벌레가 나옵니다." 그녀의 목소리가 감정에 겨워 잔뜩 잠겨 있었다. 그때 그녀의 머리카락 사이에서 마빈이 초록색 나뭇잎으로 뛰어내려 크리스털 옆에 섰다.

버지니아는 신 전체를 끌어안으려는 듯 두 팔을 활짝 펼쳤다. "이 딱정벌레들은 더 이상 알을 낳지 않을 것입니다." 그녀가 말했다. 그녀는 어깨를 들썩였지만 목소리만큼은 흔들리지 않았다. "그러나, 친애하는 딱정벌레들이여! 그대들의 재는 땅속으로 들어가서 애벌레의 먹이가 될 것이고, 그곳에서 생명의 순환에 다시 합류하게 될 것입니다. 진정한 죽음이란 없는 것입니다." 그녀가 머리를 숙이며 말했다.

다쿠스는 이를 악물고 시시각각 덮쳐오는 슬픔을 억눌렀다.

잠시 침묵이 흐른 뒤, 버지니아는 마빈을 두 손으로 감싸 안고 일어나서 뒤로 물러나 베르톨트 옆에 섰다. 다쿠스가 그녀에게 고개를 끄덕여 그녀가 의식을 잘 거행했다고 안심시켜 준 뒤 앞으로 나왔다. "나의 친구들." 그가 헛기침을 하여 목청을 다듬은 뒤 검게 그을린 찻잔 주변과 잿더미 곳곳에 흩어져 있는 검은 외골격들에 시선을 고정한 채 깊이 심호흡을 했다. "우리가 미안하다. 지켜주지 못해서 미안하다. 구해주지 못해서 미안하다. 너희에게 이런 짓을 한 것이 인간이어서 미안하다." 그는 머리를 떨어뜨렸다. 박스터가 목에 뿔을 비비는 것이 느껴졌다. "하지만 우린 너희를 '절대' 잊지 않을 거야. 너희에게 일어난 일을 '절대' 잊지 않을 거야." 그가 한 손을 들고 말을 이었다. "나는 싸울 힘이 없을 때마다, 너희를 생각하고 강해지겠다고 맹세할게. 나는 자연 세계를 이해하고 보호하는 데 평생을 바칠 것을 맹세할게. 너희의 이름으로, 딱정벌레 산의 딱정벌레들을 위해 그렇게 할 거야. 나의 구세주, 나의 선생님, 나의 친구들의 이름으로 맹세해." 그리고 돌처럼 단단한 목소리로 그가 덧붙였다. "그리고 제일 먼저 나는 루크레시아 커터를 찾아서 그녀를 막겠다고 맹세해."

버지니아가 눈물을 주르륵 흘리며 그의 옆으로 걸어 나와 손을 들었다. "나도 그 여자를 막겠다고 맹세해."

베르톨트도 조용히 손을 들고 그들 옆에 섰다. "나도 그 여자를 막을 거야."

맥스 삼촌이 버지니아 옆으로 나와서 손을 들었다. "그리고 나도." 그가 감정이 격해져 잔뜩 잠긴 목소리로 속삭였다.

뉴턴이 공중으로 붕 떠 올라서 산을 향해 날아가자 다른 반딧불이들이 뒤를 따랐다. 그리고 반딧불이들은 공중에서 애도의 춤을 추었다. 친구들의 잔해를 에워싸고 위아래로 오르내리며 깜빡거리는 작은 불빛들의 느리고 우아한 왈츠를. 지하실 그림자에 반쯤 가려진 살아남은 딱정벌레들은 뒷다리를 겉날개에 비비며 기묘한 고음의 울음소리를 냈다. 그것은 반딧불이들의 무도에 맞춘 저승의 무곡이었다.

베르톨트는 안경 밑으로 눈물을 훔쳤고 맥스 삼촌마저도 눈가가 반짝였지만, 다쿠스는 이미 눈물이 마를 만큼 울었기에 이제 남은 것은 강철 같은 의지뿐이었다. 그가 살면서 처음으로 느낀 강력한 목적의식이었다.

그는 비틀 보이다. 그는 딱정벌레를 보호하고 루크레시아를 무찌를 것이다.

제 20 장
딱정벌레 철야제

❝ 자, 초콜릿 케이크 먹을 사람?❞ 그들이 아파트 문으로 행진해 돌아와서 맥스 삼촌이 물었다. "내가 아이스크림과 형형색색 탄산음료와 사탕 과자도 잔뜩 사다 놨지." 그가 사파리 모자를 문 옆의 옷걸이에 걸며 말했다. "딱정벌레 장례식이라는 걸 해본 적이 없어서, 뭐가 필요할지 모르겠어서 말이야."

"이건 파티가 아니잖아요!" 베르톨트가 경악하며 외쳤다.

"장례식에 가본 적이 있니, 베르톨트?"

"아니요." 베르톨트가 눈을 깔았다. "이번이 처음이에요."

"음, 장례식이 끝나면 항상 철야제가 뒤따른단다. 철야제는 고인의 삶을 기리는 시간이란다. 이 경우에는 딱정벌레의 삶이 되겠지. 딱정벌레들이 얼마나 멋지고 용감하고 영리했는지 우리가 기억하는 것이 중요해. 그러려면 기분 좋고 즐거울 필요가 있어. 엄숙한 상태로 삶을 기릴 수는 없지."

"저는 같은 그릇에 초콜릿 케이크와 아이스크림을 담고 그 위에 사탕 과자를 얹어서 먹고 싶어요." 버지니아가 그 생각에 찬성하며 말했다. "배고파요."

"저도요." 다쿠스가 고개를 끄덕였다.

"좋아요." 베르톨트가 마지못해 동의했다. "저도 같은 걸 먹을게요."

"하하! 바로 그거지. 너희들은 거실로 가 있어라. 내가 챙겨갈 테니." 맥스 삼촌이 부엌으로 들어갔다.

다쿠스는 베르톨트와 버지니아를 보고 어색하게 미소 지었다. "아까 학교에서 고함쳐서 미안해. 난 그냥..."

"괜찮아." 베르톨트가 안경을 콧잔등 위로 밀어 올리며 말했다. "나 같아도 그랬을 거야. 우리가 잘못했지 뭐. 우리가 미안해. 그렇지, 버지니아?"

버지니아가 고개를 끄덕였지만, 표정은 전혀 미안한 것 같지 않았다.

"너희가 장례식에 와줘서 기뻐. 너희가 없었다면 제대로 된 장례식이 아니었을 거야." 다쿠스가 말했다. "버지니아, 네 의식은 정말 좋았어."

"그렇게 생각해?" 안도감에 버지니아의 눈이 커졌다.

다쿠스를 고개를 끄덕였다.

"아, 그렇다면 정말 기뻐. 딱정벌레에 대한 의식이 되길 바랐거든. 알지? 그들의 삶과 관련된 의식 말이야. 보통 하는 천국이니 천사니 하는 것들은 적당해 보이지 않았어."

"멋졌어." 베르톨트가 고개를 끄덕였다.

다쿠스는 거실문을 밀어서 열고 이동식 풀장으로 걸어가서 조심스레 발을 나무 부스러기 속에 넣었다. 하수구에서 그의 발을 타고 온 딱정벌레들이 새로운 집으로 기어 내려갔다.

"이건 내 작업대잖아!" 베르톨트가 소리쳤다. "오, 이건 크리스털 샹들리에야! 믿을 수가 없어!"

"맙소사!" 버지니아가 소리치고는 벽난로로 뛰어가서 벽난로 장식을 붙잡고 맥스 삼촌이 베이스캠프에서 건져 와서 코르크판에 핀으로 꽂아둔 모든 단서와 정보들을 살펴보았다. "여기 전부 있어! 여기 봐! 이건 파브르 프로젝트 사진이야. 불 때문에 다 잃은 줄 알았는데." 그녀는 코에 주름을 잡았다. "바비큐 냄새가 나." 그녀가 홱 돌아서 물었다. "대체 이걸 언제 다 한 거야?"

다쿠스가 고개를 저었다. "내가 아니야. 삼촌이 하신 거지."

"정말?" 베르톨트가 방수포를 올려다보며 말했다. "정말 친절하시다."

"우린 더 이상 가구 숲에 못 가. 거긴 너무 위험해." 다쿠스가 말했다.

"베이스캠프는 영원히 사라진 거야?" 베르톨트가 의기소침해서 물었다.

다쿠스는 고개를 끄덕였다. "맥스 삼촌이 건질 수 있는 건 전부 건져서 이리로 옮겨온 거야. 나머지는 전부 망가졌어."

"이 이동식 풀장은?" 버지니아가 물었다.

"내가 그냥 임시로 만들었지." 맥스 삼촌이 맛있는 간식이 담긴 커다란 쟁반을 들고 들어오며 대답했다. "딱정벌레들은 어두운 구석과 연한 목재를 찾는 습성이 있단다. 그래서 그 녀석들이 내 가구를 톱밥으로 만들어버리기 전에 좀 더 매력적인 둥지를 만들어주는 편이 낫겠다 싶었지." 그가 이동식 풀장을 가리키며 말했다. "이 예쁜이는 페이틀 씨의 신문 가게에서 파는 것 중 가장 큰 용기였단다. 나는 제법 마음에 드는구나."

"완벽해요." 다쿠스가 말했다.

"고맙습니다, 교수님." 베르톨트가 크리스털 샹들리에와 반딧불이의 무게로 다소 처져 있는 방수포를 가리키며 물었다. "특히 우리 지붕을 가져와 주셔서요. 이 크리스털을 모두 꿰매는 데 시간이 정말 많이 걸렸고, 반딧불이들이 아주 좋아하거든요."

"나도 기쁘단다." 맥스 삼촌이 베르톨트에게 고개를 까닥하며 말했다. "이게 베이스캠프가 아닌 건 나도 알지만, 어쩌면 우리의 본부 역할을 할 수 있기를 기대했단다."

"본부요?" 다쿠스가 물었다.

"너희들 모두 앉아 봐라." 맥스 삼촌이 아이들을 소파로 이끌고 초콜릿 케이크와 바닐라 아이스크림을 잔뜩 담은 커다란 사발을 각자에게 하나씩 건넸다. "내가 본 상황은 이렇다. 바솔로뮤가 사라졌는데 정확히 어디로 갔는지 우린 몰라. 루크레시아 커터가 옆집에 불을 질러서 수많은 가엾고 무고한 생명을 죽였지. 너희의 멋진 아지트는 파괴되었고, 병원에 있는 가엾은 애플야드 교수에 대해서는 생각하고 싶지도 않다. 난 충돌을 좋아하지 않지만, 그 여잔 너무 심했어. 어떻게 그래놓고 감히 미국으로 날아가서 영화제 시상식에서 파티를 즐길 생각을 하는지 도저히 이해가 안 가는구나!"

"아차!" 베르톨트가 화들짝 놀라며 두 손이 얼굴로 올라갔다. "불이 나기 전에 생각한 게 있는데 이제야 떠오르네!"

"뭔데?"

"신문 기사를 읽다가 문득 루크레시아 커터가 영화제 시상식에 간다는 게 이상하다는 생각이 들었어. 그 여자는 시상식을 좋아하지 않았거든. 오히려 싫어했지. 예전에는 여배우들이 자신의 옷을 입고 시상식에 가는 것조차 거부했을 정도야."

"노박 때문일 수도 있지." 버지니아가 어깨를 으쓱하며 다쿠스를 보았다. "루크레시아 커터가 노박이 출연한 영화에 제작비를 댔다며?"

다쿠스는 고개를 저었다. "그 여잔 자기 딸에게 조금도 관심이 없어."

버지니아가 인상을 찌푸렸다. "그렇다면 대체 왜...?"

"만약 그 여자가 영화제에 관심이 '전혀' 없는 거라면?" 베르톨트가 갑자기 벌떡 일어나는 바람에 케이크와 아이스크림이 무릎에 쏟아졌다. "이런! 맙소사!"

"거기 가만히 있어라, 베르톨트." 맥스 삼촌이 몸을 앞으로 숙여 케이크와 아이스크림을 도로 사발에 담았다.

"하지만 그건 말이 안 돼." 버지니아가 말했다. "시상식에 관심이 없다면 뭐 때문에 거기에 가겠어?"

"어쩌면..." 다쿠스는 갑자기 몸이 차가워지는 것을 느꼈다. "전 세계에 생중계되는 이벤트에서 무대에 서고 싶어서인지도. 그 여자는 그날 뭔가를 저지를 계획이기 때문에 모든 카메라가 자신을 향하기를 원하는 거야.

"지독한 할망구!" 버지니아가 입을 떡 벌렸다. "바로 그거야."

"그래!" 베르톨트가 냅킨으로 무릎을 닦으며 고개를 끄덕였다. "12월 21일. 그날 무슨 일이 일어날 거야."

"하지만 우린 그게 뭔지 몰라." 다쿠스는 좌절감에 두 손을 번쩍 들었다. 그 순간 버지니아가 그의 팔을 잡았다.

"하지만 우리에겐 스파이가 있잖아." 그녀의 눈이 커졌다. "우리에겐 노박이 있어. 노박은 편지로 딱정벌레들을 구하려 했어. 그렇잖아? 그 아인 우리 편이야. 우릴 도와줄 거야."

"정말 불쌍한 아이야." 맥스 삼촌이 고개를 절레절레 흔들며 말했다.

"노박은 시상식에 갈 거야, 다쿠스." 버지니아가 말했다. "그리고 노박이 도와준다면 어떻게든 우리가 루크레시아 커터를 막을 수 있어."

"노박에게 연락할 필요가 있겠어." 다쿠스가 고개를 끄덕였다. "내가 살아있다는 걸 노박에게 알릴 필요도 있고."

"음, 그렇다면 우리에게 필요한 건 의심을 사지 않고 미국에 갈 수 있는 그럴싸한 구실이겠구나." 맥스 삼촌은 앉아서 턱을 긁었다. "디즈니랜드로 크리스마스 여행을 간다고 하면 어떨까?"

버지니아가 박수를 쳤다. "옛날부터 디즈니랜드에 꼭 가고 싶었는데!"

"하지만 우리가 정말 디즈니랜드에 가는 건 아니죠?" 다쿠스가 말했다.

"사람들에게는 디즈니랜드에 간다고 말하고, 사실은 LA의 시상식에 가서 노박을 찾아야지."

"그건 거짓말이잖아요?" 베르톨트가 물었다.

"조금은 그렇지." 맥스 삼촌이 인정했다.

"크리스마스까지 돌아올 수 있을까요?" 베르톨트가 초조하게 두 손을 꼭 쥐고 말했다. "크리스마스에 엄마를 혼자 둘 수는 없어요."

"크리스마스이브 전에 돌아올 거다." 맥스 삼촌이 베르톨트를 안심시켰다.

"군대도 필요할 거예요." 다쿠스가 속삭였다.

"딱정벌레들은 가버렸잖아." 버지니아가 슬프게 말했다.

"전부는 아니지." 다쿠스가 이동식 풀장을 쳐다보며 말했다. "하지만 아이들 세 명과 딱정벌레 몇 마리와 고고학자 한 명만으로는 루크레시아 커터를 상대하기에 역부족이야."

"아이들은 네 명이지." 베르톨트가 말했다. "노박까지 치면 말이야."

"생각났다!" 맥스 삼촌이 두 손을 무릎에 얹고 똑바로 앉았다. "우리가 모든 면에서 루크레시아 커터처럼 똑똑한 과학자 겸 곤충학자를 동원하면 어떻겠니? 그러기 위해서는 그린란드를 경유해서 가야 하지만, 그러면 우리가 필요한 도움을 얻을 수 있을지도 모르는데."

"당연히 도움이 되겠죠." 버지니아가 고개를 끄덕였다.

"하지만 그게 누구예요?" 베르톨트가 물었다.

다쿠스가 삼촌을 보며 미소 지었다. "유키 이시카와 박사."

제 *21* 장

엄마들의 난입

다쿠스와 버지니아가 딱정벌레를 채운 여행 가방을 맥스 삼촌의 자동차 트렁크에 조심스레 싣고 있는데, 오토바이 한 대가 부릉거리며 길에 나타나더니 서서히 속도를 줄여 그들 옆에서 멈춰 섰다. 오토바이를 타던 사람은 헬멧을 벗고 금발의 단발머리와 익숙한 얼굴을 드러냈다. 그녀는 TV 기자인 엠마 램이었다. 그녀가 다쿠스에게 윙크했다. "최근에 이 근처에서 납치 사건이 있었니?"

"여긴 어쩐 일이세요?" 버지니아가 감탄의 눈으로 오토바이를 멍하니 바라보며 묻고는 손을 뻗어 반짝이는 빨간 연료통을 어루만졌다. "좋은 오토바이네요."

"어, 엠마! 만나서 반갑소." 맥스 삼촌이 여행 가방 두 개를 차로 옮기며 말했다. 그의 뒤에서 베르톨트가 바퀴 달린 작은 여행 가방을 끌고 따라왔다.

"당신이 떠나기 전에 와봐야겠다고 생각했어요." 엠마 램이 대답했다. "루크레시아가 하는 일에 끼어드는 건 위험한 짓이에요."

"저희를 도와주실 건가요?" 베르톨트가 물었다.

"나도 그 여자에게 갚아줘야 할 빚이 있어서 말이야." 엠마 램이 고개를 끄덕였다. "그거 들었니? 난 일자리를 잃었단다."

"해고를 당했나요?" 버지니아가 격분했다.

엠마 램이 버지니아를 향해 상체를 기울이며 말했다. "'게다가' 내 메모리카드가 몽땅 삭제당했단다. 루크레시아 커터의 기이한 까만 눈을 찍은 카메라 영상이 거기 담겨 있었는데 말이야."

"삭제요?" 베르톨트는 숨이 턱 막혔다.

"정말 지독하군요!" 다쿠스가 말했다.

"그렇지? 하지만 루크레시아 커터는 사람을 잘못 건드린 거야." 엠마 램이 얼굴을 찌푸리며 말했다. "나도 당하고만 있지는 않을 셈이거든."

"뭔가를 좀 찾았소?" 맥스 삼촌이 물었다.

"확실한 건 없어요." 엠마 램이 대답했다. "내가 말할 수 있는 건, 루크레시아 커터가 마피아 못지않은 거대 조직을 거느린 실력자라는 거예요. 그 여자는 커터 쿠튀르의 산하에 사업 체인을 갖고 있어요.

어떤 것은 합법적이고, 어떤 것은 수상쩍고, 어떤 것은 보이지 않는 사업들이죠. 곤충을 사육하는 공장에 대한 소문도 들었어요."

"콜로라도 숲을 파괴할 수 있는 곤충 말인가요?" 다쿠스가 물었다.

"아마도." 그녀가 어깨를 으쓱했다. "내가 관심을 두고 있는 건 루크레시아 커터가 구매한 아마존 열대우림 땅이야. 거기서 무슨 일이 벌어지고 있는지 정보를 얻는 게 불가능하단다. 인공위성 영상도 없어. 전혀. 그야말로 보이지 않는 곳이지." 그녀가 손가락 하나를 쳐들었다. "그리고 정보가 없는 곳에는 반드시 기삿거리가 있기 마련이야."

"아마존 열대우림은 딱정벌레를 사육하기에 완벽한 서식지예요." 다쿠스가 말했다. "가장 크고 좋은 종들이 그곳에서 발견되죠."

"뭐든 숨길 수도 있고요." 베르톨트가 고개를 끄덕였다.

"그래, 난 거기로 갈 거야." 그녀가 헬멧을 들었다. "당신에게 말해주러 들른 거예요." 그녀가 맥스 삼촌을 보며 말했다. "알죠? 만일에 내가 실종될 때에 대비해서 말이에요."

"아마존에 가신다고요?" 버지니아의 눈이 커졌다.

"그 정글에는 내 이름을 달고 나갈 흥미진진한 기삿거리가 숨어 있으니까." 그녀가 헬멧을 썼다. "권력에 굶주린 마녀를 무너뜨리고, 동시에 퓰리처상도 거머쥐는 거지."

"조심해요." 맥스 삼촌이 경고했다.

"누가 할 소리!" 엠마가 웃었다. "내 생각이 틀리지 않다면, 당신은 호랑이 꼬리를 잡으려는 거예요." 그녀가 장갑을 꼈다. "행운을 빌어요!" 그녀는 헬멧 바이저를 내리고 오토바이에 시동을 건 뒤 후진으로 도로에 진입하여 앞에 오가는 행인이나 차량이 없어지기를 기다렸다.

"저기요, 잠깐만요!" 다쿠스가 소리쳐 부르며 앞으로 뛰어나가 허공을 잡았지만, 엠마 램은 엔진 소리 때문에 듣지 못했다. 오토바이가 출발하고 그녀는 떠났디.

"뭔데 그래?" 버지니아가 옆으로 다가와 물었다.

다쿠스가 주먹을 내밀고 손가락 하나를 살짝 들어 노란 무당벌레를 보여주었다. "엠마 램의 등에 있었어. 어서 주머니에서 알약 통을 꺼내줘."

버지니아가 다쿠스의 외투 주머니에서 플라스틱 통을 꺼냈고, 다쿠스는 몸부림치는 무당벌레를 통 안에 억지로 밀어 넣었다.

"다른 놈들과 같이 병에 넣을게." 버지니아가 말했다.

"비행기 시간에 늦지 않으려면 빨리 움직여야겠다." 맥스 삼촌이 아이들을 차로 인도했다.

"맥스 삼촌이 우리 엄마에게 허락을 받아낸 게 아직도 믿기지 않아요." 자동차가 시내를 빠져나갈 때 버지니아가 신이 나서 말했다.

"자식이 크리스마스 전주에 디즈니랜드에 무료로 여행을 간다는데 거부할 부모가 있겠니?" 맥스 삼촌이 웃었다.

"거짓말을 해서 기분이 찜찜해요." 베르톨트가 고개를 저었다.

"전에는 엄마에게 이런 거짓말을 한 적이 없거든요."

"당연히 없겠지." 버지니아가 코웃음을 쳤다. "전에는 이런 사건이 한 번도 없었으니까. 이건 굉장한 모험이라고." 그녀가 말을 하면서 뒷좌석에서 엉덩이를 들썩이자 옆에 앉아있던 베르톨트도 덩달아 몸이 흔들렸다. "언젠가 우리 이야기가 영화로 만들어질걸."

"우리가 불의의 피해를 당하지 않는다면 그렇겠지." 베르톨트가 웅얼거렸다.

다쿠스는 걱정하는 친구를 보며 말했다. "가고 싶지 않다면 안 가도 괜찮아."

"가고 싶기는 해." 베르톨트가 대답했다. "엄마한테 거짓말한 게 걸려서 그렇지."

"부모님께 사실대로 말할 수는 없잖아." 버지니아가 두 손을 번쩍 들어 올리며 말했다. "내 말은, 이게 사실이라고 어른들을 어떻게 설득하겠니? 지능이 있는 딱정벌레에 대해 누군가에게 얘기하려고 시도해봤니?"

"에헴." 맥스 삼촌이 크게 목청을 가다듬고 말했다. "'나도' 어른이야!" 그러더니 잠시 후 다시 말을 이었다. "하지만 네 요지는 이해한다."

"게다가 우리가 가는 걸 루크레시아 커터가 모르게 해야 하잖아." 다쿠스가 덧붙였다. "어디에나 그 여자의 염탐꾼이 있으니까."

베르톨트가 괴로운 듯 한숨을 쉬고 창밖을 내다보았다. "알아."

비행장은 볼품없었다. 마치 잔디와 잡초 속에서 솟아난 섬들처럼 군데군데 포장된 활주로가 보이는 잡목이 우거진 광활한 땅이었다. 항공기 격납고라기보다 차라리 외양간처럼 보이는 허물어져 가는 두 개의 건물로 흙길이 나 있었다.

"여기가 맞아요?" 다쿠스가 물었다.

"물론이지. 이 낡은 비행장은 사용하지 않은 지 20년도 넘었단다. 그건 곧 남의 눈에 띌 가능성이 작다는 얘기지."

자동차를 주차하고 있는데 한 여자가 그들에게 성큼성큼 걸어왔다. 희끗희끗한 머리를 뒤로 넘겨 단단하게 말아 올린 작은 체구의 여자였다. 이목구비가 가운데 몰려 있고 턱과 볼이 안으로 말린 얼굴이 불독을 연상시켰다. 작은 들창코에 자리 잡은 둥근 금테 안경 너머로 두 개의 밝은 개암 빛 눈동자가 이리저리 돌아가며 모든 것을 눈여겨보았다.

"모티, 만나서 정말 반갑소." 맥스가 그녀의 작은 손을 양손으로 덥석 잡았다. "이렇게 도와줘서 정말 고맙소."

"나이가 드니 나도 점점 물러지나 봐요." 여자가 미소 지으며 말했다. "어차피 나도 로스앤젤레스에 있는 집에 가봐야 하고, 게다가 당신은 거부하기 어려운 남자잖아요, 맥시밀리언."

"하하!" 맥스 삼촌이 웃었다. "이 어린 친구들을 소개하겠소. 베르톨트 로버츠, 버지니아 월리스, 그리고 이 아이는 내 조카 다쿠스요."

"안녕, 젊은 친구." 그녀가 손을 내밀었다. "난 모티실라 브레이스웨이트란다." 그녀는 다쿠스가 살짝 균형을 잃을 만큼 잡은 손을 세게 흔들었다. "그냥 모티 아줌마라고 불러." 그녀가 손을 놓고 베르톨트의 손을 잡았다. "모두들 말이야."

맥스 삼촌이 여행 가방과 짐을 차에서 꺼낸 뒤 모두가 모티를 따라 허물어져 가는 건물로 들어갔다.

"이건 그냥 큰 헛간이네요!" 버지니아가 문으로 들어가며 말했다.

"뭐가 더 필요하니?" 모티가 대답했다.

"게다가 좀 오래됐어요." 버지니아가 코에 주름을 잡으며 말했다.

"'나도' 좀 오래된 사람이지만, 네가 내 이름을 외우기도 전에 네 주머니를 털 수 있는걸." 모티가 안경 너머로 버지니아를 보며 말했다.

버지니아는 모티의 멋진 응수에 놀라 걸음을 멈추었고, 다쿠스는 웃음을 억누르지 못했다.

"이렇게 도와줘서 정말 고맙소." 맥스 삼촌이 말했다.

"당신이 루크레시아 커터에 대해 말한 모든 것이 사실이라면, 당신을 미국으로 데려다주게 되어서 기뻐요." 모티가 말했다.

"아줌마가 조종사인가요?" 버지니아가 모티를 얼빠진 듯 바라보며 물었다.

"난 '내' 비행기를 다른 사람이 몰게 하지 않는단다." 모티의 눈이 짓궂게 반짝였다. 그녀는 다쿠스를 보았다. "네 삼촌이 여러 번 전화를 해서 자신을 부조종사로 써달라고 통사정을 하는 바람에 겨우 승낙했지."

다쿠스가 맥스 삼촌을 보았다. "비행기를 조종할 줄 아세요?"

"연습이 부족하긴 하지만, 아무튼 면허증은 있고 아직 비행기 추락으로 죽지 않았으니까." 맥스 삼촌이 말했다.

모티실라가 코웃음을 쳤다. "사막을 건너는 짧은 비행은 미국 서해안으로 날아가는 것과는 차이가 있죠."

"그러니 이번이 모든 손잡이와 버튼의 기능을 익힐 수 있는 기회가 될 거요." 맥스 삼촌이 대답했다.

모티가 아이들을 보았다. "걱정할 것 없어. 실제로 삼촌이 비행기를 조종하는 일은 없을 테니까. 원래 비행기는 한 명이 조종할 수 있어. 만약 나에게 무슨 일이 생길 때를 대비해서 부조종사가 필요할 뿐이지."

"불편하시지 않게 저희가 신경 쓸게요." 베르톨트가 진지하게 말했다.

"나르사수아크에서 연료를 채울 거요." 맥스 삼촌이 말했다.

"그린란드에 있는 곳이죠." 다쿠스가 덧붙였다. "거기서 유키 이시카와를 찾을 거예요."

"유키가 그린란드 수목원에 있으면 좋을 텐데." 맥스 삼촌이 말했다. "마지막으로 소식을 들었을 때, 거기서 물맴이들을 연구하고 있다고 했소."

"우릴 도와주실 거예요." 다쿠스는 짜릿한 흥분을 느꼈다. "그분은 그러실 거예요. 그리고 루크레시아 커터를 막을 방법을 아는 사람이 있다면, 틀림없이 그건 그분일 거예요."

"그러니까…" 모티가 목청을 가다듬고 말했다. "세 명의 아이들과 한 명의 어른 부조종사… 그리고 나르사수아크에서 승객을 한 명더 태워야 한단 말이지?"

"딱정벌레도 잊지 말아야죠." 다쿠스가 자신이 끌고 가는 여행 가방을 가리키며 말했다.

"딱정벌레라고?" 모티가 인상을 찌푸렸다.

다쿠스는 조심스럽게 여행 가방을 바닥에 눕히고 자물쇠를 젖혀 뚜껑을 열었다. 가방 안에는 플라스틱 컵들과 사이사이 뭉쳐 넣은 이끼와 신문지가 벌집 모양을 이루고 있고, 다양한 크기의 딱정벌레들이 구석구석에서 머리와 더듬이를 내밀고 있었다. "187마리예요."

"아까 잡은 것까지 188마리지." 버지니아가 노란 무당벌레가 들어있는 플라스틱 알약 통을 들어 올리며 말했다. 그녀는 다쿠스의 옆에 무릎을 꿇고 앉아 여행 가방 앞주머니에서 뚜껑에 숨구멍이 뚫린 잼 병을 꺼냈다. 병에는 아홉 마리의 무당벌레가 들어있었는데, 세 마리만 빼고 죽은 상태였다. 살아있는 세 마리는 겉날개에 11개의 점이 있었다.

다쿠스가 잼 병의 뚜껑을 돌려서 풀어만 놓고 열지 않은 상태로 버지니아가 알약 통 뚜껑을 손으로 잡을 때까지 기다렸다. 그러고는 단 한 번의 능숙한 움직임으로 뚜껑을 열었다가 버지니아가 잽싸게 노란 무당벌레를 병 안에 넣자마자 잽싸게 다시 뚜껑을 닫아 단단히 돌려막았다.

모티가 맥스 삼촌을 보며 물었다. "이게 당신이 말한 '문제의 화물'인가요?"

맥스 삼촌이 고개를 끄덕였다. "누구도 이 딱정벌레의 특별한 재능을 알아차리면 안 돼요. 안 그러면 납치당하거나 사살될 테니 말이요. 우린 아무도 모르게 저 딱정벌레들을 미국에 데리고 갔다가 데리고 나올 필요가 있소."

"좋아요. 그럼 들키지 말아야겠군요." 모티가 미소 지었다. "누가 묻거든, 너희들은 영국의 괴짜 백만장자 맥시밀리언 커틀의 가족과 친구들인 거다." 맥스 삼촌이 고개 숙여 인사했다. "그리고 맥스가 개인용 비행기로 디즈니랜드로 너희를 데려가는 거야. 알았지?"

"네!" 그들이 외쳤다.

"좋아. 이제 날아볼까?" 모티가 커다란 쌍여닫이문을 향해 성큼성큼 걸어갔다.

그 순간 뒤에서 들리는 우렁찬 쿵 소리에 모두 화들짝 놀라 뒤로 돌았다.

"아악, 안 돼!" 베르톨트는 거의 기절할 것처럼 보였다.

격납고 문가에 두 여자가 서 있었다.

"엄마! 여기서 뭐 하는 거야?" 버지니아가 비명을 지르듯 말했다.

"그건 내가 너한테 묻고 싶은 말이야, 버지니아." 월리스 부인이 양 손을 허리에 얹은 채 대답하고는 화가 나서 뿌루퉁해진 입술을 앙 다물었다.

"저, 월리스 부인..." 맥스 삼촌이 변명조로 말하기 시작했다.

"거짓말로 구슬릴 생각은 마세요." 월리스 부인이 손을 들었다. "우린 듣고 싶지 않아요. 저는 제 딸을 데려가기 위해 왔어요."

"엄마, 안 돼!" 버지니아가 소리쳤다.

"베르톨트." 칼리스타 블룸의 눈은 상처 입은 강아지 같았다. "내게 거짓말을 하다니."

"미안해요." 베르톨트의 얼굴이 자줏빛으로 물들었다.

"베르톨트를 너무 나무라지 말아요. 베르톨트가 아이리스 크립스에게 무슨 일인지 얘기하지 않았다면, 우린 절대 몰랐을 거예요." 월리스 부인이 칼리스타 블룸에게 상기시켰다.

다쿠스가 베르톨트를 쳐다보았다. "크립스 부인에게 얘기했니?"

베르톨트가 고개를 떨어뜨리고 끄덕였다. "부인이 너무 외로워하셔서 가끔 찾아갔었어." 그가 인정했다. "원래 말하려는 생각은 아니었는데 거짓말하는 게 너무 걱정이 돼서. 혹시 내게 무슨 일이 생기면 부인이 엄마에게 설명해줄 수 있을 거라고 생각했어."

"크립스 부인은 아이를 잃는다는 것이 어떤 기분인지 아는 엄마예요." 바바라 월리스가 맥스 삼촌에게 말했다. "그러니 당연히 우리에게 말해줬죠. 대체 무슨 생각을 하신 거예요?"

맥스 삼촌의 얼굴이 붉게 달아올랐다. "물론 부인 말씀이 옳습니다. 상황이 급박하다보디 제가 잠시 정신이 나갔었나 봅니다. 죄송합니다. 제가 정말 용서할 수 없는 짓을 저질렀습니다. 죄송합니다. 정말 죄송합니다."

"당신은 아이들만큼이나 나빠요." 바바라 월리스가 그를 나무랐다. "당신은 책임을 져야 하잖아요. 어른이라고요."

"베르톨트, 내 새끼." 베르톨트의 어머니가 두 팔을 뻗었고, 베르톨트는 종종걸음으로 걸어가 어머니의 품에 안겼다. 그녀가 베르톨트의 머리 너머로 다쿠스를 보았다. "이 애가 너를 나쁜 길로 이끈 거니?"

"아니에요, 엄마." 베르톨트가 고개를 저었다. 다쿠스는 베르톨트가 뒷걸음쳐서 엄마의 품에서 빠져나오는 것을 보고 놀랐다. "거짓말한 건 죄송해요. 정말이에요. 하지만 그럴 수밖에 없었어요. 엄마는 나를 보내줘야 해요. 나쁜 일들이 벌어지고 있어요. 우리 모두에게 영향을 미칠 일들이에요." 그가 눈을 깜빡였다. "크립스 부인의 아들이 실종되었고, 우리의 친구 노박은 위험에 처해있고, 다쿠스의 아빠는 사라졌어요. 루크레시아 커터가 영화제 시상식에서 뭔가 끔찍한 짓을 저지르려 하는데, 아마 그걸 막으시려는 것 같아요."

"영화제 시상식이라고?" 베르톨트의 어머니는 깜짝 놀란 것 같았다.

"어머 영화제 시상식이라면 나도 좋아하는데!" 그녀가 환하게 웃으며 손뼉을 쳤다. "하나같이 잘생긴 사람들에 드레스도 반짝반짝하고..."

"엄마." 베르톨트가 어머니의 주의를 끌기 위해 손을 잡았다. "난 가고 싶어요, 엄마. 가야 해요."

버지니아는 고개를 끄덕이며 엄마를 향해 걸어갔다. "거짓말한 거 미안해, 엄마." 그녀의 입에서 청산유수처럼 말이 흘러나왔다. "사실대로 말하면 엄마가 보내주지 않을 것 같아서 그랬어. 이건 내 인생에서 무엇보다 중요한 일이야. 사람들에게는 내가 필요해. 난 '가야 해.' 제발!"

윌리스 부인이 다쿠스를 보았다. "다쿠스 아버지가 병원에 있다고 했잖아."

"내가 거짓말한 거야." 버지니아가 인정했다.

"거짓말을 아주 밥 먹듯이 하네." 바바라가 혀를 쯧쯧 차며 말했다. "네 아버지가 우리 딸이 너하고 놀지 못하게 하라고 그러셨다."

"그건 버지니아를 보호하려고 그러신 겁니다." 다쿠스가 윌리스의 시선을 피하지 않고 대답했다.

"우리가 루크레시아 커터와 싸우려는 걸 알았기 때문에, 우리를 떼어놔서 막아야겠다고 생각하신 거죠."

"네 아버지 말씀이 옳은 것 같구나." 바바라 윌리스가 고개를 절레절레 흔들었다. "너희는 누구와도 싸워선 안 돼. 학교 공부나 잘해야지. 너희는 그냥 애들일 뿐이야."

"우리는 '그냥' 애들이 아닙니다." 다쿠스가 대답했다. "우리에게는 178마리의 특별한 딱정벌레와 어린아이도 어른처럼 열심히 싸울 수 있다는 것을 이해하는 삼촌이 있습니다."

월리스 부인이 맥스 삼촌에게 인상을 썼고, 삼촌은 미안함에 몸 둘 바를 몰라 상체를 살짝 뒤로 뺐다.

"버지니아, 이게 네가 해야 할 일이라고 믿니?" 바바라 월리스가 딸에게 물었다.

버지니아가 주먹을 꽉 쥐고 결연하게 입을 비쭉 내민 채 고개를 끄덕여 절대적인 긍정을 표현했다.

바바라 월리스는 한숨을 내쉬고 고개를 절레절레 저었다. "내가 따라갈 수 있다면 혹시 모르겠는데… 하지만 크리스마스인 데다 누군가 케이샤와 다넬을 돌봐야 하니 그럴 수도 없고."

"난 갈 수 있어요." 베르톨트의 엄마가 불쑥 말했다.

"네?" 베르톨트가 비명을 질렀다.

"내가 할리우드에 갈 수 있다고." 칼리스타 블룸은 자신이 말해놓고도 놀란 것처럼 보였다. 그녀가 피식 웃었다. "난 싸움에는 소질이 없고 벌레는 무서워하지만, 아이들을 제대로 먹이고 밤에 맛있는 코코아를 타주는 일은 할 수 있어."

"하지만 동화 연극은 어쩌고요?" 베르톨트가 정신없이 눈을 깜빡이며 말했다. "그 일을 그만둘 수는 없잖아요. 엄마는 좋은 요정인데."

칼리스타 블룸이 눈을 굴렸다. "어, 난 매년 크리스마스마다 그 역할을 하잖아. 대역 배우에게 맡기지 뭐. 이게 훨씬 더 신나는걸!" 그녀가 한 바퀴 돌았다. "난 항상 영화제 시상식에 가는 걸 꿈꿨어. 드레스하고 구두하고 핸드백을 사야겠어."

"정말 갈 거예요, 칼리스타?" 바바라 윌리스가 말했다. "그렇다면 내 마음이 한결 가벼워질 거예요."

"잠깐!" 버지니아는 혼란스러워 보였다. "그럼 나를 보내준다는 얘기야?"

"넌 언제나 싸움에는 소질이 있잖니." 바바라 윌리스가 버지니아에게 자랑스러운 미소를 보냈다. "네가 그 나쁜 여자와 싸우겠다는데 엄마가 막을 사람이니? 난 그냥 네가 안전하기만 바랄 뿐이야. 그건 칼리스타가 확실하게 책임져 주겠지. 칼리스타는 나처럼 엄마니까 말이야." 그녀는 맥스 삼촌을 보고 위협적으로 삿대질을 하며 말했다. "누가 우리 애를 건드렸는데 당신만 멀쩡히 돌아오면 알죠?"

"그… 그럼요!" 맥스 삼촌이 말을 더듬었다. "여부가 있겠습니까."

다쿠스는 자신도 모르게 바바라 윌리스를 바라보며 부러움을 느꼈다. 버지니아의 엄마가 버지니아를 믿어주듯이 아빠도 자신을 믿어주면 얼마나 좋을까.

"칼리스타, 저 사람을 잘 주시해요." 바바라 윌리스가 맥스 삼촌을 가리키며 칼리스타 블룸에게 말했다.

"하지만, 하지만..." 베르톨트가 말을 더듬었다. "엄만 여권도 없잖아요."

칼리스타 블룸의 눈이 반짝였다. "사실은 있단다." 그녀가 청록색 핸드백을 뒤져서 여권을 꺼내다가 립스틱과 열쇠를 바닥에 떨어뜨렸다. "어머!" 그녀는 몸을 숙여 물건들을 주워 담았다. "혹시라도 할리우드에서 불러줄 때를 대비해서 항상 넣고 다니거든." 그녀가 키키거렸다.

"음, 그럼 해결된 거군요!" 맥스 삼촌이 손뼉을 치며 말했다. "그럼 블룸 부인을 승객 명단에 추가하겠습니다."

"부인이 아니에요." 칼리스타 블룸이 지적했다.

"죄송합니다. 블룸 양." 맥스 삼촌이 사과의 표시로 허리를 숙였다.

베르톨트의 어머니가 베르톨트를 보며 두 손을 펄럭였다. "정말 신나지 않니, 베르톨트?"

베르톨트는 얼굴에 억지 미소를 지으며 고개를 끄덕였다.

"오늘 중으로 나르사수아크에 당도하려면 이제 탑승해야 합니다." 모티가 불쑥 말하고는 커다란 문을 열었다.

그들로부터 50미터 앞에 눈부신 겨울 햇살 속 활주로 위에 흰 바탕에 빨간색 줄무늬가 그려진 작은 비행기가 서 있었다. 날개에서 앞으로 뻗어 나온 한 쌍의 프로펠러가 뾰족한 앞부분에 높이 자리 잡은 조종석과 나란히 배치되어 있었다.

"이건 베르나데트란다. 비치크레프트 90 모델이지." 모티가 격납고에서 성큼성큼 걸어 나오며 말했다. 다쿠스는 비행기 꼬리에서 '베르나데트'라고 갈겨 쓴 빨간 글씨를 보았다.

"비행 중에 간식거리는 있나요?" 칼리스타 블룸이 물었다. "아침을 안 먹었거든요."

"도시락을 좀 싸 왔습니다." 맥스 삼촌이 그녀를 안심시켰다.

다쿠스는 베르톨트가 자신의 손을 잡는 것을 느꼈다. 그의 창백한 얼굴에는 불안의 기색이 역력했다. "비행이 무섭니?" 다쿠스가 물었다.

"아니." 베르톨트가 고개를 저었다. "비행기의 기계적 원리를 이해하면 무서울 리가 없지. 비행기는 현존하는 가장 안전한 운송 수단이야." 그가 잠시 머뭇거리다 다시 말을 이었다. "그냥 우리가 하려는 일이 어마어마한 일이라서."

"그래." 다쿠스가 말했다. "그건 그렇지."

"그리고 또 걱정스러운 건 누군가 일을 망치거나 혹시 다친다면..." 베르톨트가 인상을 찌푸렸다. "그건 아마 우리 엄마일 것 같아."

제22장

나르사수아크

"**이**건 우리가 지금까지 경험한 것 중에 가장 큰 모험이 될 거야." 두 개의 프로펠러가 푸득거리며 회전하기 시작할 때 버지니아가 말했다. 그녀는 앞으로 몸을 빼고 베르톨트와 다쿠스의 좌석 사이에 얼굴을 넣고는 씽긋 웃었다. "엄마가 당연히 나를 집에 데려갈 줄 알았는데. 게다가 너희 엄마가 오다니, 이걸 믿을 수 있니?"

다쿠스는 비행기 앞자리에 앉아 초조한 듯 맥스 삼촌에게 얘기를 하고 있는 칼리스타 블룸을 보았다. 그녀는 얘기를 하는 내내 알록달록한 치마를 쥐어뜯고 있었다.

"지겨워." 베르톨트가 다쿠스의 시선이 향한 곳을 눈으로 좇으며 말했다. "지금 같아서는 모험 따위는 안 하면 좋겠어."

"진심이 아니잖아!" 버지니아가 말했다.

"진심이야. 루크레시아 커터 따위가 없었으면 좋겠어. 모든 게 정상으로 돌아갔으면."

"그래, 음. 그런데 어떤 사람들에게는 정상이라는 게 별로 재미없는 일이야." 버지니아가 창밖을 내다보며 말했다. "정상이란 눈에 띄지 않는 것을 뜻하니까." 그녀가 활주로에 서있는 어머니에게 손을 흔들었다.

"너한테 눈에 띄지 않는다고 말할 사람은 없어!" 다쿠스가 이의를 제기했다.

"왜? 내가 꺽다리라서?" 버지니아가 날카롭게 물었다.

"네가 배짱이 좋다는 뜻이야." 다쿠스가 그녀와 눈을 맞추고 말했다. "그리고 입이 커서 웬만하면 무시하기 힘들지."

뾰로통 나온 버지니아의 입술이 쓴웃음으로 일그러졌다. 다쿠스로서는 좀 의외였다. 버지니아가 학교에서 불리는 별명을 신경 쓰고 있는 줄은 몰랐다. 남들이 뭐라고 하건 관심이 없어 보였는데.

"난 평범하게 살고 싶지 않아. 적성에 안 맞아." 버지니아가 씩씩거리며 말했다. "모험은 힘들지만 그게 바로 모험의 묘미 아니겠어?"

"우리가 하려는 건 힘든 것보다 좀 더 어려운 일이야." 베르톨트가 지적했다.

"우린 전에도 루크레시아 커터와 싸워서 이겼어." 버지니아가 상기시켰다.

"하지만 결국 딱정벌레들을 데려갔잖아. 안 그래?" 다쿠스가 창밖으로 바바라 윌리스를 보며 말했다. 그녀는 팔을 꼰 채 심각한 얼굴로 서 있었다.

"전부는 아니잖아." 버지니아가 말했다.

"이제 그 여자가 더 이상 한 마리도 해치게 놔두지 않겠어." 다쿠스가 말했다. "그리고 노박도, 아빠도, 그 누구도."

"그 여자는 모든 걸 가졌어. 권력도 돈도 과학도." 베르톨트는 커다란 안경 너머로 다쿠스를 보며 눈을 깜빡였다. "그 여자를 어떻게 막을 계획이니?"

"나도 모르겠어." 다쿠스가 말했다. "하지만 그 여자를 '반드시' 막을 거야. 이번에는 영원히."

"오, 패기 넘치는데!" 버지니아가 흡족해하며 다쿠스의 팔을 주먹으로 툭 쳤다.

칼리스타 블룸이 통로로 비틀비틀 걸어오더니 상냥하게 말했다. "다쿠스, 내가 우리 꼬맹이 베르톨트 옆에 앉아도 괜찮겠니?"

다쿠스는 칼리스타 블룸이 아들의 옆자리에 앉도록 자리를 비켜주기 위해 베르톨트를 지나쳐 나오며 그의 빨개진 얼굴을 보고 웃음이 나오려는 것을 참았다. 그는 버지니아의 옆 좌석으로 왔다. 비행기 엔진이 굉음을 내며 출력을 높이자 다쿠스와 버지니아는 서로를 보며 활짝 웃었다.

"애들아, 안전벨트 메야지." 칼리스타 블룸이 종소리처럼 낭랑한 목소리로 말하며 자신의 안전벨트를 조였다.

비치크래프트 90이 속도를 올리며 가파르게 하늘로 상승하자 다쿠스는 배가 등 쪽으로 쏠리고 머리가 머리 받침에 눌리는 것이 느껴졌다.

안전벨트 불이 꺼지자마자, 버지니아는 벌떡 일어났다. "난 조종실에 가볼 거야. 너도 갈래?" 그녀는 대답을 기다리지 않고 다쿠스를 넘어갔다.

다쿠스는 앞으로 몸을 숙여 베르톨트를 톡톡 건드렸다. "너도 갈래?"

"난 그냥 엄마랑 있을래." 그가 고개를 저으며 입 모양으로 말했다. "엄마가 좀 힘들어해."

다쿠스는 칼리스타 블룸을 보았다. 그녀는 눈을 감고 팔걸이를 꼭 붙잡고 있었다. 다쿠스는 고개를 끄덕이고 버지니아를 따라갔다.

객실에서 조종실을 가려주는 커튼을 걷으니 이미 버지니아가 부조종석에 앉아서 어떤 스위치와 손잡이가 무슨 기능을 하는지 모티에게 설명을 들으며 계기판을 두리번거리고 있었다. 제어반에는 두 개의 조종간이 튀어나와 있는데, 모티가 고개를 끄덕이자 버지니아가 경건하게 그중 하나를 잡았다.

"버지니아한테 내 자리를 빼앗겼단다." 맥스 삼촌이 부조종석 뒤에서 서성이며 말했다.

다쿠스는 앞 유리를 통해 밖을 내다봤다. 그들은 이제 구름 위로 올라와 있었다. 수평선은 더없이 맑은 파란색이었다. 그는 발 아래 지구의 표면에서 기어 다니는 수억 마리의 딱정벌레들을 머릿속에 그려보았다. 이 일이 끝나면 딱정벌레들을 연구하기 위해 평생을 바치리라. 그런 생각을 하면 할수록 파브르 프로젝트의 의도는 좋은 것이었다고 확신하게 되었다. 환경을 치유하는 데 딱정벌레를 이용할 수 '있을' 것이다. 쓰레기 매립지에서 일하며 쓰레기를 분해하는 딱정벌레들을 상상했다. 애플야드 교수의 책에 대해, 그리고 인간이 소가 아닌 곤충을 사육하는 세상에 대해 생각했다. 살기 좋은 세상처럼 보였다. 그것을 위해 싸울 가치가 충분히 있을 것 같았다.

그리고 다시금 루크레시아 커터의 유전자 이식 딱정벌레에 대해 궁금해지면서 아버지가 했던 말이 머릿속에 떠올랐다. '선한 목적으로 만들어진 힘도 악을 위해 이용될 수 있어. 그 힘을 어떻게 사용할지 선택하는 권한은 그 힘을 통제하는 자에게 있는 것이란다.'

루크레시아 커터가 연구실에서 어떤 곤충을 만들고 있는지, 또 그 곤충들로 무엇을 할 계획인지 누가 알겠는가? 그러나 다쿠스는 자신의 친구가 된 딱정벌레들도 사실은 그녀가 만든 것이었고, 그러니까 그녀가 결과적으로 딱정벌레 산을 만든 셈이라는 것도 생각했다. 이는 곧 악한 일을 하기 위해 만든 딱정벌레가 선한 존재가 될 수도 있음을 뜻했다.

그의 손이 어깨에 앉아있는 박스터에게 올라갔다. 이 장수풍뎅이
는 루크레시아 커터가 지금 하고 있는 일에서 선이 나올 수도 있다는
것을 보여주는 살아있는 증거였다. 아버지가 그것을 볼 수 있었으면
좋겠다는 생각이 들었다. 아버지를 생각하니 가슴이 아팠다. 어디에
계신 걸까? 루크레시아와 함께인 걸까? 아버지는 그녀와 싸우려는
것일까, 아니면 협력하려는 것일까?

박스터가 다쿠스의 손가락에 몸을 비볐다.

"배고프니, 박스터?" 다쿠스가 조종실을 나와서 딱정벌레가 들어
있는 여행 가방을 묶어둔 객실 끝 좌석으로 걸어갔다. 그는 좌석의
안전벨트를 풀고 가방의 지퍼를 열었다. 어떤 딱정벌레는 갑작스러
운 불빛을 피해 나와 찻잔 사이에 채워둔 참나무 부스러기 속으로 파
고드는가 하면, 또 어떤 딱정벌레는 뒷발로 서서 다쿠스에게 다리를
흔들었다.

"안녕." 다쿠스가 여행 가방 앞주머니에서 두 개의 봉지를 꺼냈
다. 하나에는 바나나와 멜론 조각이, 다른 하나에는 작은 젤리 통이
가득 들어있었다. "박스터가 저녁 시간이라네." 그가 딱정벌레들이
쉽게 찾아 먹을 수 있도록 젤리 통과 과일 조각을 여행 가방 주변에
늘어놓은 뒤 바나나 한 조각을 어깨 위에 얹었다. 박스터가 곧바로
바나나 위로 기어 올라가 갉아먹기 시작했다.

"이제 곧 너희를 다시 가방에 넣어야 해." 다쿠스가 딱정벌레들에

게 말했다. "비행기에서 사방으로 돌아다니게 놔둘 수는 없으니까. 우리가 루크레시아 커터와 대적할 때 너희 하나하나가 모두 필요할 거야."

그는 여행 가방 옆 좌석에 앉았다. 베르톨트의 엄마가 통로 맞은 편에서 박스터를 쳐다보았다.

"굉장히 크구나. 그렇지?" 그녀가 코에 주름을 잡으며 안전한 거리에서 징수풍뎅이를 관찰했다. "넌 솔직히 애들이 왜 벌레에 그렇게 집착하는지 모르겠더라." 그녀는 염색한 금발 곱슬머리를 이리저리 튕기며 고개를 절레절레 흔들었다. "예전에는 내가 베르톨트의 머리를 빗겨줬었는데, 그 작은 반딧불이가 거기서 살기 시작한 뒤로는 머리 근처에 손도 못 대게 한다니까. 더럽게."

"딱정벌레가 없다면, 엄마는 동물 똥에 무릎까지 잠겨 살게 될 거예요." 베르톨트가 대답했다.

"어머, 꼬꼬마 베르톨트. 너무 역겹구나!" 그녀가 아들을 보며 인상을 찌푸렸다. "응가 얘기는 대화 주제로 적당하지 않잖니?"

"엄마!" 베르톨트가 얼굴을 잔뜩 구기고 말했다. "제가 몇 번을 말했어요. 제발 절 그렇게 부르지 마세요."

"딱정벌레가 하는 일은 단지... 똥 제거만이 아니에요." 다쿠스가 미소 지었다. "먹이사슬에서 새와 작은 포유류에게 중요한 역할을 하죠. 온갖 식물들을 수분하거든요."

"그건 벌들이 하는 줄 알았는데." 칼리스타 블룸이 입술을 비쭉 내밀고 말했다. "난 벌은 좋더라. 벌꿀을 만들잖아."

"'벌도' 수분을 하지만, 딱정벌레도 해요." 다쿠스가 대답하고는 박스터의 겉날개를 쓰다듬고 자신의 장수풍뎅이가 저녁을 먹는 동안 창밖을 내다보았다.

다쿠스는 쿵쿵거리는 발소리에 잠에서 깼다. 맥스 삼촌이 버지니아를 앞세우고 통로로 걸어오고 있었고 스피커로 모티의 목소리가 나왔다. "승객 여러분, 딱정벌레들을 잘 챙기고 다들 의자에 앉으십시오. 우리 비행기는 곧 나르사수아크에 도착합니다."

"난 조종실로 돌아가서 착륙을 도와야 한다." 맥스 삼촌이 서둘러 돌아가며 변명조로 말했다.

"내가 하고 싶었는데 시켜주질 않아." 버지니아가 투덜댔다. "자동조종장치를 끈 건 내 잘못이 아니었어."

"착륙을 시도하기 전에 비행 수업을 들어보는 게 어때?" 다쿠스가 제안했다. 다쿠스와 버지니아는 함께 딱정벌레 여행 가방을 들어 올려 안전벨트에 묶고는 원래 좌석으로 급히 돌아왔다.

비행기가 진회색 빛 바다 위로 하강할 때, 다쿠스는 마치 물에 가라앉은 설산의 봉우리처럼 물속에 불쑥 솟아있는 하얀 빙산을 보았다. 그러더니 바다가 갑자기 끝나고, 나르사수아크의 항공 기지 '블루 웨스트 원'으로 통하는 길을 표시하는 흰색 줄이 그려진 활주로가 물 밖으로 나타났다.

비행기는 바퀴를 내리고 활주로를 살짝살짝 스치며 안정되게 착륙하여 서서히 멈춰 섰다.

"멋진 착륙이에요, 모티 아줌마!" 버지니아가 확성기처럼 두 손을 동그랗게 말아서 입에 대고 소리쳤다.

"저는 이 비행기의 기장입니다." 스피커로 모티의 목소리가 흘러나왔다. "이제 안전벨트를 풀고 비행기에서 내리셔도 좋습니다."

제 *23* 장
유키 이시카와 박사

미 군 군복을 입은 한 남자가 활주로에서 그들을 기다리고 있었다.

맥스 삼촌은 털 후드가 달린 패딩 재킷을 아이들에게 하나씩 나눠주고 칼리스타 블룸에게는 자신의 것을 건넸다.

그런 다음 문을 열고 뛰어 내려갔다. 맥스 삼촌이 군복 차림의 남자에게 몇 마디 이야기를 건네니, 남자는 트럭 뒤로 걸어가서 후드가 달린 표준 군용 재킷을 하나 꺼냈다. 맥스 삼촌은 고마워하며 옷을 입었고, 그동안 아이들은 작은 여행 가방과 딱정벌레가 담긴 가방을 전달했다.

다쿠스는 숨 쉴 때마다 하얀 입김이 나와서 윗입술이 쓰라렸다. 패딩 재킷을 입었는데도 정말 매섭게 추웠다.

그 군인은 시동이 켜져 있는 미니버스를 가리켰다. 베르톨트와 버지니아는 뒷좌석에 가방을 쌓고 옆에 앉았다. 다쿠스는 딱정벌레 가방을 들고 올라타서 자신의 옆에 내려놓았다. 모티는 비행기에 남아서 두 번째 구간을 비행하기 위해 연료를 채웠다.

그린란드 시각으로 오후 네 시일뿐인데도 한밤중처럼 캄캄했다. 맥스 삼촌은 여기는 극북 지역이어서 겨울에는 일조 시간이 두세 시간에 불과하다고 설명했다.

버스가 빨간색 페인트칠을 한 일련의 정사각형 단층 목조 건물을 지나쳐 텅 빈 도로를 달렸다. 건물의 아랫부분은 1미터 정도 깊이의 눈에 묻혀있었다. 버스 운전사는 나르사수아크에는 주민이 160명에 불과한데, 모험을 즐기는 관광객이나 과학자들이 찾아올 때는 인구가 두 배가 된다고 설명했다. 또한, 겨울에는 온도가 영하로 떨어지지만 긴 밤 시간 때문에 북극광을 경험하기에 완벽한 장소라고도 말했다.

"우리가 가려는 곳 말이야. 수-목-원? 거기가 뭐 하는 데야?" 버지니아가 다쿠스에게 속삭였다.

"나무들을 모아놓은 곳." 베르톨트가 추위로 온몸을 떨며 대답했다.

"코펜하겐 대학이 그린란드 수목원을 관리한단다." 맥스 삼촌이 설명했다. "거긴 150헥타르 규모에 달하는 숲이지. 또 온도와 토양 특성, 그리고 기후 변화에 관한 자료를 수집하는 기상관측소이기도 하단다."

"그리고 우리가 유키 이시카와 박사가 계실 거라고 기대하는 곳이기도 하고." 다쿠스가 몸을 떨며 덧붙였다.

버스가 멈춰 섰다. "버스는 여기서 기다리겠습니다." 운전사가 말했다. "눈밭에 빠지면 곤란하거든요."

"버스가 부럽네요." 칼리스타 블룸이 이를 덜덜 떨며 말했다.

다쿠스와 베르톨트, 버지니아는 내려서 얕게 쌓인 눈 때문에 폭신해진 자갈길을 열심히 성큼성큼 걸었다. 버스의 헤드라이트가 길을 비춰주었다. 왼쪽에는 피오르가 있었는데, 어둠 속에서 까맣게 보이는 물에 유령처럼 하얀 빙산들이 군데군데 튀어나와 있었다. 길 오른쪽으로는 바위로 덮인 산자락이 보였지만 산의 윗부분은 하얀 안개에 가려져 보이지 않았다.

"맙소사!" 뒤에서 칼리스타 블룸의 애처로운 푸념이 들렸다. "이 날씨에 이런 신발을 신고 오는 게 아니었는데."

다쿠스가 돌아보고는 코웃음이 나오려는 것을 억눌렀다. 핑크색 하트가 그려진 그녀의 빨간 하이힐이 눈 속에 박혀있었다. 얇은 스타킹을 신은 무릎이 추위를 이기지 못해 후들거렸다.

베르톨트는 한숨을 쉬고는 눈과 씨름하고 있는 어머니에게 다가가 손을 잡아주었다.

"저거 봐!" 다쿠스가 앞쪽에서 흘러나오는 불빛을 보고 소리쳤다. "수목원이다."

"이시카와 박사가 저기에 있으면 좋으련만." 맥스 삼촌이 말했다.

"'좋으련만'이라고요?" 칼리스타 블룸이 거의 울부짖다시피 했다. "그럼 우리가 여기 있는지 없는지도 모를 누군가를 깜짝 방문하기 위해 그린란드까지 날아와서 얼어붙은 눈밭을 걷고 있다는 건가요?"

"우리가 온다고 말씀은 하셨죠?" 다쿠스가 맥스 삼촌에게 물었다.

"시도는 했지." 맥스 삼촌이 변명하듯 미소를 지었다. "내가 수목원 관리자 앞으로 메시지를 보내놨단다. 우리가 방문할 테니 이시카와 박사가 동의하면 우리가 한번 만나보고 싶다고 말이야."

"직접 통화할 수는 없었나요?" 버지니아가 탐탁지 않은 얼굴로 말했다.

"이시카와 박사는 전화가 없어." 맥스 삼촌이 대답했다. "믿을만한 정보통에 따르면 그쪽에서 연락을 받고 싶을 때만 연락할 수 있다더군."

"왜 그런 신비주의를?" 다쿠스가 물었다.

"이시카와 박사는 사람보다 곤충과 함께 있는 걸 더 좋아하지." 맥스 삼촌이 말했다. "말하자면 은둔자야. 수목원 어딘가에서 살면서 대학을 통해서만 외부 세계와 접촉한단다."

"미생물학자는 정확히 무슨 일을 하는 건가요?" 베르톨트가 물었다.

"그들은 현미경의 달인들이지." 맥스 삼촌이 대답했다. "질병을 확인하고 의약품을 시험하고 미생물을 연구하는 일을 한단다. 이시카와 박사의 전문 분야는 미생물을 이용해 유독물질을 분해하는 일인데, 오염과 싸우기 위한 몇 가지 자연적인 방법을 발견했지."

"그런데 그분이 왜 파브르 프로젝트에 참여한 거예요?" 다쿠스가 물었다.

"당시에 이시카와 박사가 맡은 연구는 주로 음식물에 집중되었단다. 주로 음식물에 박테리아와 바이러스, 독소가 있는지 시험했지. 이시카와 박사는 식충성이 안전한 것인지 입증하는 데 흥미가 있었어. 식충성이라는 게 무슨 뜻이냐면─"

"벌레를 먹는 거죠." 버지니아가 불쑥 끼어들었다. "예. 우리도 알아요."

맥스 삼촌이 의외라는 듯 눈썹을 치켜세우며 말했다. "이시카와 박사는 네 엄마와 긴밀하게 협력했단다, 다쿠스."

"정말요?" 다쿠스는 가슴이 아려왔다. "그렇다면 더더욱 그분이 꼭 저기 계시면 좋겠어요."

네모난 창문이 일렬로 나 있는 긴 직사각형 건물이 어둠 속에서 나타났다. 시내에서 본 건물들과 똑같이 빨간색 페인트가 칠해져 있었다.

"다 왔다. 지구과학천연자원관리부." 맥스 삼촌이 주먹을 들어 문을 두드렸다. 두꺼운 파란색 점퍼 차림의 수염을 기른 장신의 남자가 문을 열었다.

"어서 오십시오, 커틀 교수님." 그가 맥스 삼촌의 손을 잡고 힘차게 흔들었다. "저는 비고라고 합니다. 오실 줄 알았어요."

맥스 삼촌이 안으로 들어서며 일행을 하나하나 소개하기가 무섭게, 한시라도 빨리 밤의 추위에서 따스한 온기로 탈출하고 싶은 사람들이 우르르 문지방을 넘었다.

비고는 그들을 이끌고 복도를 통과하여 화목 난로와 간이부엌이 있는 가운데 방으로 걸어가며 자신은 수목원 관리자라고 말했다. "겨울에는 보통 손님이 없습니다."

"저희는 유키 이시카와 박사님과 얘기를 하고 싶습니다." 맥스 삼촌이 말했다.

비고가 눈썹을 치켜세우며 말했다. "아마 오래 기다리셔야 할 겁니다. 커피라도 한잔하시겠습니까?"

"차—차—차요. 혹시 차가 있을까요?" 칼리스타 블룸의 전신이 오들오들 떨렸다. "제게는 차가 필요해요. 저체온증이 온 것 같아요. 혹시 제 살이 파랗게 변하지 않았나요?"

비고가 그녀의 구두를 내려다보았다. "슬리퍼를 가져다드릴까요?"

"폐를 끼치고 싶지는 않은데." 칼리스타 블룸은 수목원 관리자에게 속눈썹을 깜빡이며 훌쩍거렸다.

베르톨트가 나섰다. "슬리퍼를 주시면 좋을 것 같습니다. 감사합니다. 운동복 바지와 담요도 있으면 좋을 것 같은데, 혹시 여분이 있을까요?" 그가 어머니를 난롯가로 데려가 앉힌 뒤 하이힐을 벗기고는 비고가 옷가지를 한 아름 챙겨올 때까지 손으로 어머니의 발을 문질렀다.

맥스 삼촌이 주전자를 올려놓고 찬장 문을 여닫으며 컵을 찾았다.

버지니아는 다쿠스를 보았다. "유키 박사님이 나타날 거라고 생각하니?"

"모르겠어." 그가 어깨를 으쓱했다. "그보다 박스터가 더 걱정이야. 이것 봐." 다쿠스가 손을 들어 버지니아에게 자신의 장수풍뎅이를 보여주었다. "자는 것처럼 보이지만 사실은 아니야." 그가 손가락으로 박스터의 머리 아래쪽을 문질렀다. 평소에 그 곤충을 깨우는 동작이었다. "마빈은 괜찮니?"

버지니아가 후드를 뒤로 젖히고 한쪽으로 머리를 기울여 마빈이 매달린 머리가 얼굴에서 떨어지게 했다. 그러고는 엄지와 검지로 땋은 머리를 훑으면서 다른 손을 밑에 댔다. 마빈이 그녀의 손바닥 위로 떨어졌다. 마빈은 조금 놀란 것 같았지만 박스터보다는 정신이 초롱초롱해 보였다.

"베르톨트." 다쿠스가 그를 불렀다. "뉴턴은 괜찮니? 박스터는 많이 졸려 하고, 마빈은 조금 둔해졌는데."

"뉴턴?" 베르톨트가 자신의 은발 곱슬머리에 대고 속삭였다. "일어나."

갑자기 윙 소리와 함께 날아오르던 반딧불이가 공중에서 뚝 떨어지더니 다시 어설프게 위로 떠 올랐다. 베르톨트가 두 손을 뻗어 뉴턴을 잡았다.

다쿠스가 자신이 애지중지하는 장수풍뎅이가 꼼짝 않고 있는 모습을 걱정스럽게 내려다보았다. "뭐가 문제인지 모르겠네."

"추워서 그런 거다." 복도에서 낯선 목소리가 속삭였다.

다쿠스는 눈을 들었다. 남자의 윤곽이 보였다.

"추워서요?" 다쿠스가 똑같이 되물었다.

"내 생각엔 그렇다. 딱정벌레는 어디서 왔을까? 눈과 얼음의 땅은 아니야."

두꺼운 외투를 입은 그 남자는 다쿠스와 키 차이가 그리 크지 않았다.

"너희의 딱정벌레들은 아주 덥고 공기 중에 습기가 많은 땅에서 왔단다."

다쿠스는 박스터를 내려다보았다. "다쿠스가 추울까요?"

"그리고 목도 마를 거야."

"그럼 어떻게 해야 하죠?"

그 낯선 남자가 손짓을 하자 다쿠스는 그가 누구인지도 모른 채복도로 따라 나갔고 버지니아와 베르톨트도 뒤따라 나갔다. 남자는 외투에 달린 막대 모양 단추를 풀고 안에 입은 보온 재킷의 지퍼를 내렸다. 목에 걸린 목걸이에는 격자 세공으로 만든 필통 크기의 곤충 케이지가 매달려 있었다. 케이지의 바닥에는 잎사귀 달린 식물의 줄기가 깔려있고 아주 작은 급수대도 있었다. 케이지 안에는 다쿠스가 지금껏 본 것 중 제일 예쁜 사마귀가 있었다.

"이건 악마꽃사마귀란다. 나는 이 녀석을 아키오라고 부르지. 에티오피아에서 온 녀석인데 추위를 좋아하지 않아서, 이렇게 외투 안의 내 심장 가까이에서 따뜻하게 해줘야 한단다."

다쿠스는 남자의 눈을 들여다보았다. 검고 고요한 눈이었다. 날씨 때문에 얼굴 피부는 가죽처럼 거칠었고 눈썹이 희끗희끗했다. 미소를 지을 때면 눈가에 친절해 보이는 주름살이 잡혔다. "네 장수풍뎅이를 위한 케이지가 있니?"

다쿠스가 고개를 저었다. "박스터는 자유로운 걸 좋아해요."

"따뜻하고 안락한 케이지에 있는 편이 자유롭지만 추운 것보다 나을걸. 그렇게 생각지 않니?"

다쿠스가 고개를 끄덕였다.

"네 친구를 위해 뭔가를 찾을 수 있을 게다." 그가 주머니에 손을 넣어 골풀을 엮어 만든 작은 바구니를 꺼냈다. 남자가 뚜껑을 열자, 다쿠스는 그것이 안경집이라는 것을 알아차렸다. 남자는 다른 주머니에서 옷핀을 꺼냈다. 그는 뚜껑을 연 채로 다쿠스에게 외투를 벌리게 한 뒤 다쿠스의 심장 높이에서 외투 안감에 골풀 바구니를 능숙하게 옷핀으로 고정시켰다. 그리고 박스터를 가리켰다. "네 친구를 바구니에 넣고 밖에 나갈 때마다 외투를 여미고 있으렴."

"유키 이시카와 박사님이시죠?" 다쿠스가 박스터를 새 침대에 넣고 외투를 여미며 말했다.

남자는 두 손을 모으고 머리를 숙였다. "그리고 그쪽은 저명한 커틀 박사와 더없이 훌륭한 마르탱−피에라 박사의 아드님이시겠지?"

다쿠스는 유키 이시카와 박사의 동작을 흉내 내며 고개를 숙였다. "저는 다쿠스라고 합니다."

버지니아와 베르톨트는 머뭇거리며 앞으로 나갔다.

"저희를 도와주러 오신 겁니까?" 베르톨트가 물었다.

"너희에게도 추위에 떠는 딱정벌레가 있니?" 유키 이시카와의 눈썹이 올라갔다.

"예, 하지만…" 버지니아가 말했다. "우리는 루크레시아 커터를 막기 위해서 박사님의 도움이 필요해요."

"루크레시아 커터를 막는다고?" 유키 이시카와가 고개를 갸웃거렸다. "그게 무슨 뜻이지?"

"루시 존스턴이 루크레시아 커터예요. 그 여자가 사람들을 납치했어요. 스펜서 크립스라는 소년과 우리 아빠를요. 그리고 유전자 이식 딱정벌레도 만들고 있고요." 다쿠스가 말했다.

"뭔가 나쁜 짓을 하려고 계획하고 있어요. TV에서, 세상 앞에서, 영화제 시상식에서 말이에요." 베르톨트가 덧붙였다.

"애들아, 난 과학자란다." 유키 이시카와가 이마를 찡그렸다. "내게는 연구가 중요해." 그가 고개를 저었다. "납치와 텔레비전 같은 것들 때문에 연구할 시간을 낭비할 수는 없단다. 기후가 변하고 있어. 그것도 빠르게 말이야." 그가 고개 숙여 인사한 뒤 한 발 뒤로 물러났다. "만나서 반가웠다, 다쿠스 커틀. 난 네 엄마를 깊이 좋아하고 존경한단다. 딱정벌레들을 잘 보살피렴."

"잠깐만요!" 다쿠스가 외쳤다. "아빠는 루크레시아 커터가 끔찍한 뭔가를 저지르는 걸 막으려 하고 있어요. 아빠 혼자서는 그 여자와 싸울 수 없어요. 박사님이 '꼭' 도와주셔야 해요."

"네 아빠가 루시 존스턴과 함께 있니?" 유키 이시카와의 눈썹이 올라갔다.

다쿠스가 고개를 끄덕였다.

"난 싸우지 않아. 싸움에 소질도 없고." 그는 배를 만지며 피식 웃었다. "내 체격만 봐도 알 수 있잖니. 아니, 내 관심사는 가장 작은 형태의 자연을 관찰하는 거야. 인간이 만든 불균형을 발견하면, 자연 속에서 대항 세력을 찾지."

"하지만 꼭 도와주셔야 해요." 다쿠스는 상실감을 느꼈다. "맥스 삼촌은 루크레시아 커터가 박사님을 두려워한다고 하셨어요."

"하하! 내겐 과분한 칭찬인걸." 그가 미소 지었다.

"하지만 박사님은 저희의 유일한 희망이에요." 다쿠스는 심장이 내려앉았다. "애플야드 박사님은 그 여자의 딱정벌레에 물려서 의식 불명 상태고, 아빠는 사라졌어요." 그의 목소리가 떨렸다. "제가 사랑하는 사람들이 다치고 있어요. 아무것도 하지 않고 가만히 앉아있을 수만은 없잖아요."

"내게 뭘 시키려고 그러시나요, 커틀 주인님?"

"저도 모르겠어요." 다쿠스가 인정했다. "다만... 그 여자는 인간이 아니에요."

"우리 모두 살과 뼈일 뿐이지."

"그 얘기가 아니에요!" 다쿠스가 고개를 저었다. "루크레시아 커터는 부분적으로 곤충이에요."

유키 이시카와의 고개가 뒤로 홱 젖혀졌다. "부분적으로 곤충이라고?"

"그 여자의 눈은 겹눈이에요." 버지니아가 열심히 고개를 끄덕이며 말했다.

"그리고 키틴질 다리에는 가시가 나 있고 발에는 갈고리발톱까지 있고요." 베르톨트가 덧붙였다.

유키 이시카와 박사의 눈이 커졌다. "그걸 직접 봤니?"

세 아이가 고개를 끄덕였다.

"곤충으로 변신하기 위해..." 그의 눈썹이 올라갔다. "인간에서 탈바꿈을..." 그가 고개를 절레절레 저었다. "하지만 그건 너무 복잡한 과학이 필요한 일이야."

"거짓말이 아닙니다." 다쿠스가 주장했다.

유키 이시카와 박사가 미소 지었다. "이런 정도의 거짓말을 꾸며내는 건 어리석은 짓이지. 거짓말은 최소한 그럴싸해야 하거든. 네가 본 것을 사람들에게 말하면 몇 사람이나 믿겠니?"

"아무도요." 다쿠스가 인정했다.

"바로 그래서 난 그 말이 사실이라고 믿는다. 하지만... 그렇더라 도 여전히 난 널 도울 수가 없구나." 그가 한 손을 다쿠스의 어깨에 올려놓았다. "네가 가진 가장 큰 무기는 지식이야. 생각해보렴, 다쿠 스. 넌 그녀의 정체를 알고 있고, 모든 생물은 천적이 있기 마련이란 다. 그래서 균형이 유지되는 거지."

"오늘 밤 우린 블루 웨스트 원에서 묵을 겁니다." 뒤에서 맥스 삼 촌의 목소리가 났다. 다쿠스가 고개를 돌려보니 맥스 삼촌이 조금 떨어진 거리에 서 있었다. "항공 기지 말이에요. 내일 아침에 비행기 를 타고 로스앤젤레스로 떠날 계획이니까, 혹시 마음이 변하면 연락 줘요." 그가 덧붙였다.

"미안하구나." 유키 이시카와 박사가 세 아이를 보며 말했다. "내 가 너희가 찾는 전사가 아니어서." 그가 다쿠스의 심장을 가리키며 말했다. "너희의 딱정벌레들은 그린란드 기후를 좋아하지 않으니 따 뜻하게 해줘라."

그는 고개 숙여 인사를 하고 가버렸다.

제 *24* 장

천사 찬송하기를

로스앤젤레스는 모순적인 곳이었다. 곳곳에 인공 눈이 쌓여있고 반짝이는 조명이 쏟아지지만, 날씨는 따뜻하고 하늘은 파랗고 구름 한 점 없었다. 입이 떡 벌어지는 크리스마스 설치물과 번쩍번쩍한 장식들이 레스토랑 앞뜰과 건물 지붕을 뒤덮고 있었다. 맥스 삼촌이 공항에서 차를 몰고 가는 내내 상점과 카페에서 크게 틀어놓은 다양한 크리스마스 캐럴 소리가 오픈카 창문으로 흘러들어왔다. 베르톨트의 엄마는 나오는 노래마다 즐겁게 콧노래로 따라 불렀다. "크리스마스 캐럴은 정말 좋지 않아요? 베르톨트와 저는 크리스마스이브 때마다 캐럴 봉사를 간답니다." 그녀가 한숨을 쉬었다. "정말 황홀해요."

그들은 영화제 시상식이 열릴 장소를 확인하기 위해 할리우드 극
장을 향해 내륙으로 가고 있었다. 모티는 맥스 삼촌과 함께 앞 좌석
에 앉았고, 칼리스타 블룸은 뒷좌석에서 다쿠스와 베르톨트 사이에
끼어 앉아있었다. 야자수 나무가 줄지어 선 바닷가 옆 가로수 길을
따라 자동차가 달릴 때 베르톨트와 버지니아는 강아지들처럼 자동차
창문 밖으로 머리를 뺐다.

"우린 이제 비 오는 회색빛 영국에 있지 않아!" 버지니아가 반짝
이는 눈으로 활짝 웃으며 소리쳤다. "LA는 너무 멋져. 마치 노란색
필터를 통해 보는 것 같아."

다쿠스는 희미하게 미소 지었지만, 버지니아가 느끼는 흥분을 함
께 느낄 수 없었다. 유키 이시카와 박사가 도움을 거절한 순간부터
줄곧 영화제 시상식이 걱정스러웠던 것이다. 그 과학자가 모든 해답
을 가지고 있으며 자신들의 비밀 무기라고 굳게 믿었는데, 이제 모
든 것이 자신과 딱정벌레들에게 달려있음을 깨닫게 되었다.

'너희는 애들일 뿐'이라는 월리스 부인의 말과 '너와 네 친구들은
이걸 아이들의 탐정 놀이쯤으로 생각한다.'는 아빠의 말이 자꾸만 떠
올랐다. 여전히 아빠가 어디에 있는지, 또 어떻게 아빠를 도울 수 있
는지 모르기 때문에 마음이 불편했다. 루크레시아 커터의 계획이 무
엇인지도 몰랐고, 딱정벌레를 불태워 죽인 것에 대한 대가를 치르게
하겠다는 자신의 호언장담이 공허하고 무의미하게 느껴졌다.

할리우드 극장 밖에는 비계를 설치하여 레드카펫에서 유명인사 게스트를 맞이하기 위한 거대한 황금색 임시 외벽을 건물 정면에 세우고 있었다. 시끌벅적한 관광객들이 사진을 찍는 동안 무전기와 이어폰을 착용한 검은 정장 차림의 남자들이 현장 주변을 어슬렁거렸다.

"초대장이 없는데 어떻게 들어가죠?" 다쿠스가 물었다.

"노박의 도움이 필요한 거야." 베르톨트가 대답했다.

"그리고 엄청난 운도." 버지니아가 고개를 끄덕였다.

"내 실력으로 사람들을 현혹시킬 수 있어!" 칼리스타 블룸이 금발 곱슬머리를 뒤로 쓸어넘기며 입술을 내밀고 말했다.

"음, 내 생각엔 안 통할 것 같아요." 베르톨트가 웅얼거렸다.

"어쩌면 할리우드 에이전트가 나를 발견하고 시상식에 게스트로 초대할지도 몰라!" 칼리스타는 벅차오르는 가슴으로 그런 순간을 상상했고 머릿속에서 시나리오를 펼치며 갖가지 표정을 지었다.

"우리가 이곳에 온 목적은 다쿠스의 아빠를 찾아서 루크레시아 커터와 싸우는 걸 돕기 위해서가 아닌가요?" 모티가 직설적으로 말했다.

"아, 예. 물론이죠." 칼리스타가 대답했다. "내 말은 에이전트가 나를 알아본다면... 물론 구출하고 싸우는 게 먼저겠지만, 나중에 시간이 되면, 캐스팅이 될 수도 있고..." 모티의 얼굴에서 못마땅한 표정을 읽자 그녀의 목소리가 점차 가늘어졌다.

"텔레비전에서 많이 봤는데." 베르톨트가 극장 앞에서 창밖을 내다보며 말했다. "실제로 보니 별거 아니네요."

그들은 할리우드 극장을 응시하며 자신들의 앞에 놓인 도전을 실감했다. 그들이 건물에 대한 세부적인 정보를 꼼꼼히 기록하고 나니, 모티가 이제 집에 갈 시간이라고 선언했다. 정말 긴 하루였다.

모티의 집은 시내를 가로질러 달리다 보면 나오는 링컨 하이츠라는 로스앤젤레스의 오래된 교외 지역에 있었는데 그 지역의 남쪽에는 같은 이름의 공원도 있었다. 모차르트 거리는 사방으로 퍼져있는 단층 주택 사이사이에 빅토리아풍 저택들이 점처럼 박혀있는 것이 특징이었다. "저기야." 모티가 현관문까지 계단이 이어진 하늘색 물막이판자 주택을 가리켰다. 군데군데 페인트가 벗겨지고 지붕 기와가 한두 장 빠져 있었지만 어쩐지 정겹게 느껴지는 집이었다.

맥스 삼촌은 차를 주차했고, 사람들은 긴 여행으로 인해 지치고 뻐근한 몸으로 차에서 우르르 내렸다. 다쿠스는 삼촌이 가방을 내리는 것을 돕고 딱정벌레 가방을 챙겼다.

"여기 사세요?" 모티가 주머니에서 열쇠를 꺼내 현관문을 열 때 베르톨트가 물었다.

"아니." 모티가 대답했다. "난 카이로에 살아. 로스앤젤레스 자연사박물관에서 일할 때 이 집을 샀는데 주로 세를 주고 있어. 그런데 이번에는 오랫동안 와보지 못했네. 집이 비어있을 때는 이웃인 발렌티나가 무슨 일이 없나 지켜봐 주지." 그녀가 개방형 거실로 들어가

260

서 커튼을 열자 잠자고 있던 먼지가 뽀얗게 피어올랐다.

베르톨트가 콜록거리며 물었다. "얼마 만에 오신 거예요?"

"3년."

"정말 멋지지 않니?" 맥스 삼촌이 가방을 내려놓으며 말했다.

"근사해요." 버지니아가 장식이 없어 휑한 집을 둘러보며 동의했다.

"이 먼지 좀 봐." 칼리스타 블룸이 소매를 걷어붙이고는 부엌 개수대로 성큼성큼 걸어가서 걸레를 찾았다.

모티는 눈을 굴리며 콧잔등 위로 동그란 안경을 밀어 올렸다. "애들과 딱정벌레는 큰 침실을 쓰면 되겠고, 맥스 당신은 소파에서 주무세요. 칼리스타는 나랑 같이 자면 돼요."

"같이 잔다고요?" 칼리스타가 돌아보았다.

"내 침대를 같이 쓰자고요."

"아, 예." 칼리스타가 내키지 않는 얼굴로 말했다. "고마워요."

"훌륭해요!" 맥스 삼촌이 박수를 치며 말했다. "이제 우리 커피를 좀 마시면 어떻겠소? 신발을 좀 벗어야겠소. 몹시 피곤하군."

다쿠스는 바닥에 책상다리를 하고 앉아 여행 가방을 열고 긴 여행을 마친 딱정벌레들이 모두 무사한지 꼼꼼히 확인했다. 베르톨트의 어머니가 방을 닦으며 먼지나 나올 때마다 쯧쯧 혀를 차고 있는 동안 버지니아와 베르톨트는 다쿠스 옆에 앉았다.

"모두 괜찮니?" 베르톨트가 여행 가방 위로 몸을 숙이며 말했다.

다쿠스가 고개를 끄덕였다. "전부 무사해."

"무슨 일이야?" 버지니아가 고개를 갸우뚱하며 물었다. "그린란드를 떠난 뒤부터 넌 말을 거의 안 하고 있어."

"아빠가 걱정돼서 그래." 다쿠스가 인정했다. "우리가 이 먼 길을 왔는데 극장에 들어가지 못하거나 아니면..." 그가 잠시 말을 멈췄다가 다시 이었다. "우리를 보고 화를 내면 어쩌지?"

"다쿠스." 버지니아가 머리를 숙여 그의 눈을 보며 말했다. "너희 아빠가 루크레시아 커터의 딱정벌레들과 싸울 수는 없어. 어떤 인간도 그럴 수 없지. 같은 종류끼리 싸워야 해. 딱정벌레 대 딱정벌레의 싸움이지." 그녀가 여행 가방을 가리키며 말했다. "루크레시아 커터를 제외하면 넌 딱정벌레 군단을 가진 유일한 사람이야. 너희 아빠는 네 도움이 필요할 거야."

"그리고 노박이 우리가 극장에 들어가도록 도와줄 거야. 내가 알아." 베르톨트가 끄덕이며 말했다. "우린 노박을 찾기만 하면 돼."

"하지만 시상식이 이틀 뒤인데 우린 루크레시아 커터의 집이 어딘지도 모르잖아." 다쿠스가 말했다. "어떻게 노박을 찾지?"

"루크레시아 커터가 어디 사는지 내가 알아." 베르톨트의 엄마가 밝게 말했다.

"엄마가요?" 베르톨트가 인상을 찌푸렸고, 모두들 놀란 표정으로 그녀를 올려다보았다.

"물론이지. 힐크레스트 227번지 집이 루크레시아 커터의 소유야.

7년 전에 톰 생크스에게 구입했지. 톰 생크스는 페이 피터스와 이혼해서 집을 팔 수밖에 없었거든. 『시즐』 잡지에 나왔어."

"엄마, 멋져요." 베르톨트가 어머니에게 미소 짓자, 그녀는 기쁨에 얼굴을 붉히고는 즐겁게 크리스마스 캐럴 '천사 찬송하기를'을 흥얼거리며 다시 걸레질을 시작했다.

"그거야! 방금 좋은 생각이 떠올랐어!" 버지니아가 거실 바닥을 손으로 치며 말했다. 그녀는 짓궂게 눈을 반짝이며 다쿠스와 베르톨트를 보았다. "내가 노박을 만날 방법을 아는데, 그러려면 변장이 필요해."

"어머! 어머! 그건 내가 할게! 내가!" 베르톨트의 엄마가 팔짝팔짝 뛰었다. "엿들으려고 한 건 아닌데―음, 조금은 그러기도 했지만― 아무튼 내가 그거라면 도울 수 있어." 그녀가 제자리에서 빙그르 돌았다. "난 분장이라면 자신 있어. 극장에서는 만날 분장을 하잖아."

"변장이요." 버지니아가 바로잡았다.

"그래, 변장." 칼리스타 블룸이 피식 웃었다.

제 *25* 장
호산나 인 엑스-다쿠스

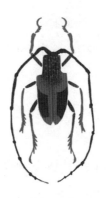

"**지** 금이 기회야. 서둘러!" 배달용 트럭이 정문 앞에 멈춰서 트럭에 탄 젊은이가 창문을 열고 인터폰을 누를 때 다쿠스가 낮게 소리 죽여 말했다.

세 친구는 한 시간 전부터 변장한 차림으로 힐크레스트 227번지의 길 건너편 덤불숲에 숨어서 기회를 기다리고 있었다. 셋 중에 가장 들킬 확률이 높은 다쿠스는 최대한 얼굴을 가리기 위해 야구모자와 큼지막한 베르톨트의 안경을 쓰고 위장 무늬 재킷의 깃을 세워 입었다. 버지니아는 남장을 하기로 결정하고 긴소매 셔츠 위에 벙벙한 반소매 스케이트보드 티셔츠를 덧입고 청바지에 비니 모자를 썼다.

베르톨트의 엄마는 아들의 머리를 양옆으로 빗어 넘기고 서핑 반바지와 지나치게 큰 하와이 셔츠를 입혔다.

다쿠스와 버지니아, 베르톨트는 덤불숲에서 후다닥 튀어나와 배달 트럭 뒤로 달려가서 문이 닫히기 직전에 재빨리 안으로 들어갔다. 그런 다음 으리으리한 집 건물을 둘러싼 길게 휘어진 진입로를 조심조심 걸어서 호화로운 분수대 주위에 물결 모양으로 둘러쳐진 다소 과도하게 손질된 키 작은 회양목 울타리 정원으로 진입했다.

"저 수영장 좀 봐." 버지니아가 휘파람을 불며 집 저쪽에 한없이 펼쳐진 청록색 수영장을 가리켰다.

"난 겁이 나." 베르톨트가 웅얼거렸다.

"겁난다고 나쁠 건 없지." 버지니아가 비니 모자 밖으로 삐져나온 땋은 머리를 다시 쑤셔 넣으며 말했다. "그럼 더 빨리 뛰게 될 테니까."

식료품을 배달하러 온 남자가 집 뒤쪽으로 사라진 뒤였고, 주변에 아무도 없는 것 같았다. "이제 뭘 하지?" 베르톨트가 속삭였다.

"곧바로 현관문에 가서 초인종을 눌러보자." 다쿠스가 말했다.

"좋은 생각이야." 버지니아가 고개를 끄덕였다.

"사나운 개가 있으면 어쩌지?" 베르톨트가 하와이 셔츠를 쥐어뜯으며 말했다. "공격용 딱정벌레나?"

"빨리 갈수록 더 좋아." 다쿠스가 베르톨트의 안경을 코끝까지 끌어내리고 모자를 눈까지 푹 눌러쓰며 대답했다. "커터 저택에 축제

분위기를 돋우러 갈 시간이야." 그가 두 손을 청바지 주머니에 찔러 넣고 어깨를 귀까지 올린 구부정한 자세로 싱긋 웃었다.

노박은 이마에서 땀방울이 흘러내리는 것을 느꼈다. 오후의 더운 열기에 방안의 위협감이 더욱 고조되는 것 같았다. 그녀는 멍한 표정으로 커다란 검은색 가죽 소파의 한쪽 구석에 앉아있었다.

미국은 노박을 위축되게 만들었다. 모든 것이 너무 컸다. 길도 넓고 방도 크고 가구마저도 거대했다. 그녀는 한시라도 빨리 동쪽 부속 건물에 있는 자신의 단조로운 방으로 무사히 돌아가고 싶었지만, 메이터는 저녁 식사 전에 술을 한잔해야겠다고 주장했다.

"영화제 시상식에 흥분되어 있을 테지?" 다쿠스의 아빠가 말했다. "여우주연상 후보에 오르는 건 아주 특별한 일이니까."

노박은 뺨을 붉히며 고개를 끄덕였다.

"쓸데없는 감상적인 말들이 가득한 따분한 영화야." 메이터는 크리스털 술병에서 그의 잔을 가득 채웠다. "이 애가 후보로 지명된 건 내가 뇌물을 줬기 때문이야."

"어머!" 노박이 의기소침해져서 말했다. "전 제가 연기를 잘했기 때문인 줄 알았어요."

루크레시아 커터가 웃었다. "흥, 네가 연기로 돈을 벌 필요가 없는 걸 다행으로 여기렴."

다쿠스의 아버지는 바닥에 가라앉은 얼음이 아주 흥미로운 것이

라도 되는 양 유리잔을 뚫어지게 들여다보았다. "당신이 이 시상식
에서 뭘 하려는 건지 모르겠어, 루시." 그가 솔직히 말했다. "당신은
이런 식의 행사를 싫어했잖아. 그건 그냥 건너뛰고 곧바로 당신의
바이옴으로 가면 안 될까?" 그가 눈을 들어 그녀에게 다정하게 미소
지었다. "거기가 어딘지 한 번도 말해주지 않았지?"

"그래." 루크레시아 커터가 손가락으로 유리잔 테두리를 훑으며 말했다. "당신은 앞으로도 거기가 정확히 어디인지 모를 거야. 눈을 가리고 갈 테니까."

"알았어." 바솔로뮤 커틀이 쓴웃음을 지었다. "그런 파티용 놀이를 하기에는 우리가 너무 늙었다고 생각하지 않아?"

"내가 비밀을 숨겨둔 곳을 온 세상이 다 알게 하고 싶지는 않으니까."

"그럴 테지." 그가 한쪽 눈썹을 치켜세웠다. "적어도 시상식에 대해서는 내게 설명 좀 해주지그래."

"당신은 원래부터 쇼맨십이 있는 사람은 아니었지, 바솔로뮤." 루크레시아 커터가 대답했다. "하지만 난 화려한 행사의 위력을 알고 있어. 위대한 왕과 여왕은 그것을 이용해 자신들의 권위를 확인하지. 시상식은 내가 세계무대에 등장하기로 선택한 순간이야." 그녀가 다이아몬드 반지를 잔뜩 낀 손을 공중에 들며 말했다. "일종의 지도자로서 말이지."

침묵이 흘렀다. 노박은 끔찍한 불편함을 느끼며 바닥을 응시했다.

"찬물을 끼얹고 싶지는 않지만, 어째서 사람들이 당신의 등장에 주목할 거라고 생각하지?" 바솔로뮤 커틀이 말했다.

"아, 물론 주목할 거야." 루크레시아 커터가 키가 커 보이도록 최대한 몸을 쭉 펴고 말했다. "세상이 내 앞에 무릎을 꿇고 전율할 거야."

"좋아. 알겠어." 그는 어깨를 살짝 으쓱하고 말했다. "다른 질문이 있어."

"그래?" 그가 별로 큰 감흥을 보이지 않자 메이터가 짜증스러운 듯 내뱉었다.

"우린 연구실에 언제 가지?" 다쿠스의 아버지가 잔을 내려놓으며 말했다. "자가용 제트기를 타고 와서 호텔 방에서 유명한 여배우를 만나고 세계를 접수하려는 건 다 멋진 일이지. 하지만 그런 건 내스타일이 아니잖아. 당신은 내게 유전자 이식 딱정벌레 연구의 첨단에서 일하게 해주겠다고 약속했어. 그래서 내가 여기 있는 거고. 어서 시작하고 싶어서 몸이 근질근질할 지경이라고." 그가 체스판이나 다른 흥미로운 무언가를 찾는 것처럼 주변을 두리번거리며 말했다. "솔직히, 조금 따분해지고 있어."

메이터의 얼굴에 떠오른 표정을 보고 노박이 할 수 있는 일이라고는 터져 나오는 웃음을 간신히 억누르는 것이 고작이었다.

"따분하다고?" 그녀가 내뱉듯 말했다.

"음, 그래." 다쿠스 아빠가 고개를 끄덕였다. "아주 조금."

루크레시아 커터는 갑자기 벌떡 일어섰다. "그럼 하는 수 없지." 그녀가 날카롭게 말했다. "날 수 있는 시토필루스 그라나리우스를 소개할게."

"뭐라고?" 바솔로뮤는 의자에서 일어났다. "곡물바구미는 날지 못하잖아!"

269

"음. 하지만 내 건 날아." 루크레시아가 활보하며 방에서 나갔다. "걔들은 신선한 밀을 좋아하지."

다쿠스의 아빠가 그녀를 따라 나갔고 노박은 갑자기 혼자가 되었다. 그녀는 한동안 가만히 앉아서 혹시 들어오는 사람이 없는지 확인한 뒤 손목 위로 머리를 숙였다.

"헵번." 그녀가 팔찌의 비밀 공간의 뚜껑을 열며 속삭였다.

연약한 두 개의 더듬이가 그녀를 향해 신호를 보내자 노박은 밀물처럼 밀려오는 따뜻한 안도감을 느꼈다.

"자, 어서 가서 저녁 먹자."

다쿠스는 벨을 눌렀다. 멀리서 벨이 울리는 소리가 들렸다. 아버지가 이 집 어딘가에 있을지 궁금했다. 다쿠스는 눈을 꼭 감고 노박이 문을 열어주기만을 간절히 바랐다.

문이 활짝 열렸다. 제라르였다. 다쿠스는 집사가 얼굴을 보지 못하도록 머리를 푹 숙였다.

"무슨 일로 찾아왔니?" 집사가 세 아이를 보며 말했다.

"위 위시 유 어 메리 크리스마스…" 다쿠스가 노래인지 고함인지 모를 소리를 질러댔다.

버지니아와 베르톨트도 귀에 거슬리는 캐럴을 함께 부르기 시작했다. "위 위시 유 어 메리 크리스마스, 위 위시 유 어 메리 크리스마스 앤 어 *다쿠스* 뉴 이어!"

"안녕하십니까, 선생님." 버지니아가 집사의 손을 잡고 흔들며 말했다. "저희는...어..."

"자선 단체 '로스앤젤레스의 고아들'을 위해 모금 중입니다." 베르톨트가 완벽한 미국 남부의 느린 말투로 말했다. "저희의 캐럴을 들으시고 크리스마스에 가난한 고아들을 돕기 위한 모금에 동참해주시면 합니다."

"사일런트 나이트." 다쿠스가 고래고래 노래를 불렀다. "*다쿠스 나이트. 올 이즈 카암, 올 이즈 브라이트...*"

"예, 예, 예, *다쿠스!*" 버지니아가 래퍼 흉내를 내며 폴짝거리며 소리쳤다.

"얘들아, 제발!" 제라르가 중지시켰다. "이건 끔찍한 소음이로구나. 물론 크리스마스이긴 하지만, 도와주기가 힘들 것 같다. 우린 자선단체에 기부를 하지 않아서 말이야."

"하지만 선생님의 집을 보세요!" 버지니아가 베르톨트의 유도에 따라 크게 소리치며 역할에 몰입했다. "돈을 쌓아놓고 사시는 것 같은데요." 그녀가 이 사이로 휘파람을 불며 문간에서 깨금발을 하고 앞뒤로 깡충거렸다.

제라르가 그녀를 집에서 몰아내자, 다쿠스가 다시 최대한 큰소리로 노래를 부르기 시작했다. 노박이 노래를 들어야 했다. "가드 레스트 예 메리 젠틀맨 렛 나씽 유 디스메이, 코스 *다쿠스* 해즈 어 메시지 포유 디스 크리스마스 데이."

베르톨트가 크게 심호흡을 하고 울부짖었다. "글로오오오오오오오오오오오오리아, 호산나 인 엑스-*다쿠스*!"[딩동 즐겁게 높이(Ding Dong! Merrily on High)라는 캐럴에서 'Gloria, Hosanna in excelsis'라는 구절을 개사한 것]

"이제 그만!" 제라르가 소리쳤다. "지금 가지 않으면 경찰에 전화를 걸겠다."

"아니 이분이!" 베르톨트가 소리쳤다. "경찰에 전화를 건다고요? 경찰에게 뭐라고 말하시려고요? 이 세 아이들이 불우한 이웃을 돕기 위해 선생님을 위해 노래를 했다고요? 그건 살인이나 강도질이 아니잖아요? 저희는 목소리와 선의 말고는 아무런 무기도 갖고 있지 않아요. 틀림없이 경찰은 이 좋은 축제에 로스앤젤레스의 불우한 고아들에게 기부를 하시라고 말할 걸요."

다쿠스가 베르톨트의 훌륭한 연기에 놀라 그를 뻔히 쳐다봤다. 그때 곁눈으로 노박이 문가에 나타나는 것이 보였다. 그는 안경과 모자를 벗고 노박에게 손을 흔들었다.

그녀가 비명을 질렀다.

다쿠스는 얼른 모자와 안경을 다시 쓰고 그 자리에서 촐랑대며 랩을 했다. "옛날 임금 *다쿠스*의 성에 낮은 딱정벌레 마구간이 있었다네. 어! 허! 호! 허! 그렇다네. 나는 죽지 않았다네!"[옛날 임금 다윗 성에(Once in roya David's city)라는 찬송가를 개사한 것]

"아레테!"[arrêtez: '그만 멈춰요'를 뜻하는 불어] 제라르가 두 손을 번쩍 들고 말했다. "그만! 이제 충분해! 이제 그만 둬! 아가씨가 무서워하시잖아!"

"난 무섭지 않아요, 제라르." 노박이 서둘러 앞으로 나왔다. "그냥 조금 놀랐을 뿐이에요."

"저희는 로스앤젤레스의 고아들을 위해 모금을 하고 있습니다." 베르톨트가 말했다. "크리스마스에 고아들에게 선물을 주려고요."

"어, 그거 훌륭한 자선 활동 같네." 노박이 미소 지었다. "나도 기부를 하고 싶어."

"마드무아젤." 제라르가 낮은 목소리로 말했다. "하지만 이 아이들이 여기 있는 걸 보시면 어머님이 좋아하지 않으실 겁니다."

"나도 알아요." 그녀가 고개를 끄덕였다. "내가 얘들을 대문까지 배웅하면서 거기서 기부를 할게요."

"아닙니다. 제가 하도록 하죠."

"제라르." 노박이 속눈썹을 깜빡이며 그를 올려다보았다. "내가 하고 싶어요. 내 또래 애들을 만날 기회가 거의 없잖아요."

"정 그러시다면…" 제라르가 고개를 숙이고 속삭였다. "하지만 마담이 보시면 안 됩니다, 마드무아젤."

"고마워요." 노박이 신이 나서 얘기하고는 눈을 반짝이며 다쿠스에게 돌아섰다. "따라와." 그녀가 그의 앞을 지나치며 말했다.

다쿠스가 따라가며 어깨너머를 한번 돌아보았다. 제라르가 지켜보고 있었다.

273

"난 네가 죽은 줄 알았어!" 노박이 낮은 소리로 얘기했다. "엄마가 널 쐈다고 했는데, 살아있었구나! 살아있었어! 넌 어떻게 내가 그렇게 생각하도록 만들 수 있니? 얼마나 끔찍했는지 알아? 내가 얼마나 울었는데. 물론 곧바로 찾아올 순 없었겠지. 하지만 거의 두 달이 지났잖아. '두 달'이야! 메시지 정도는 전달해줄 수도 있었잖아."

집사는 더 이상 그들의 말을 들을 수 없는 거리에 있었지만 여전히 그들을 지켜보고 있었다.

"네 엄마가 날 쏜 건 사실이야." 다쿠스가 말했다. "총알이 어깨를 정확하게 관통했지."

"맙소사." 노박의 발걸음이 흔들렸지만 그래도 계속 걸었다. "미안해."

"아니, 내가 미안하지. 네 말이 맞아. 병원에서 나오자마자 네게 메시지를 보냈어야 하는 건데. 널 곤란하게 만들까 봐 걱정했어." 다쿠스가 이렇게 말하고는 위험을 감수하고 그녀를 보며 미소 지었다. "노박, 혹시 우리 아빠를 봤니? 아빠를 찾아야 해."

"어머! 그래, 여기 계셔. 하지만…" 노박이 잠시 멈추었다가 다시 말을 이었다. "엄마와 함께 일하고 있어."

"아, 그래!" 다쿠스가 말하면서 버지니아가 베르톨트에게 시선을 보내는 것을 알아차렸다. "그럼 아빤 무사하니?"

"그래. 메이터는 네 아빠를 좋아해." 노박이 고개를 끄덕였다. "네 아빠가 메이터에게 동의하지 않아도 눈감아줄 정도인걸!"

다쿠스는 무슨 말인지 알 수 없었다. 속이 울렁거렸다.

진입로가 회향나무 울타리의 잔디 주위로 곡선을 그리며 돌자, 그들은 마침내 제라르의 시선에서 가려졌다. 베르톨트가 종종걸음으로 다가와 다쿠스의 얼굴에서 안경을 벗겨 자신이 쓰고는 노박의 손을 잡고 위아래로 흔들었다.

"만나서 반가워." 그는 인사를 한 뒤에도 손을 놓지 않았다. "넌 너무 멋진 것 같아. 난 베르톨트라고 해. 다쿠스의 친구지. 평소에는 이런 모습이 아니야. 옷을 훨씬 잘 입지. 네가 입은 옷은 샤넬이니? 아주 근사해 보인다."

"안녕, 베르톨트." 노박이 손을 빼며 피식 웃었다. "다쿠스한테 얘기 많이 들었어. 하지만 네가 그렇게 놀라운 미국식 억양을 쓸 줄 안다는 얘기는 못 들었는데."

"나도 몰랐어." 다쿠스가 말했다.

"고마워." 베르톨트가 기쁨에 얼굴을 붉혔다. "엄마가 오디션 연습할 때 옆에서 도와줘서 그래. 너처럼 타고난 재능이 있는 건 아니고."

"어머, 난 재능이 없어." 노박이 고개를 숙이며 대답했다. "사실은 그래."

"그렇게 말해선 안 돼." 베르톨트가 헉 하고 숨을 쉬며 말했다. "네가 다쿠스를 어떻게 도와줬는지 봐. 그날 이후 너는 분명 문제에 휘말리지 않기 위해 날마다 열심히 연기를 해야 했을 거야."

"얘 말이 맞아." 버지니아가 앞으로 나와 고개를 끄덕였다. "넌 틀림없이 좋은 배우야. 안녕, 난 버지니아야."

노박은 기쁨으로 얼굴이 빛났다. "만나서 정말 반가워. 너희 둘 다." 그녀가 다쿠스를 보았다. "그런데 미국에서 뭐 하고 있는 거니? 삼촌이 내 편지를 받았니? 딱정벌레들은 무사하니?"

"편지를 받았어." 다쿠스가 말했다.

"어머, 하느님 감사합니다!" 노박이 박수를 치며 말했다. "딱정벌레 산은 구했니?"

다쿠스가 고개를 저었고, 끔찍한 침묵이 흘렀다.

노박이 손을 떨어뜨렸다. "이런, 안 돼!"

"하지만 모두 죽은 건 아니야." 베르톨트가 말했다. "일부는 구할 수 있었어."

"미안해." 노박의 아랫입술이 떨렸다. "어떻게든 해보려 했는 데..."

"그건 네 잘못이 아니야." 다쿠스가 말했다. "네 편지를 받지 못 했다면, 피해가 훨씬 더 컸을 거야."

"네가 내 목숨을 살렸어." 베르톨트가 고개를 끄덕이며 말했다. "네가 아니었으면 나도 타죽었을 거야."

"노박." 다쿠스가 말했다. "우린 루크레시아 커터가 영화제 시상 식에서 뭔가 끔찍한 일을 저지를 계획이라는 걸 알아. 혹시 그게 뭔 지 아니?"

"오, 맙소사." 노박이 아랫입술을 깨물었다. "음, 메이터가 네 아버지에게 화려한 행사와 지도자가 되는 것에 대해 얘기하는 걸 들었는데 대체 무슨 말을 하는 건지 알아듣지 못했어."

"우리 아빠는 뭘 했니?" 다쿠스가 상체를 앞으로 기울이며 물었다.

"좀 웃겼어." 노박이 피식 웃었다. "메이터의 계획을 좀 따분해하는 것 같았고, 메이터에게 약속한 과학 작업은 언제 하러 갈 거냐고 물었어."

"네 엄마를 막으려 하지 않았어?" 다쿠스는 충격을 받았다.

"음, 아니." 노박은 고개를 저었다. "메이터가 날 수 있는 바구미를 만들었다니까 무척 당황한 것처럼 보였어."

다쿠스는 인상을 찌푸렸다. 아빠는 대체 뭘 하고 있는 것일까? 설마 정말로 루크레시아 커터와 '함께' 일하고 있는 것일까?

"루크레시아 커터가 시상식을 어떻게 하려는 건지 아니?" 버지니아가 물었다.

"아니. 하지만 엄마가 나랑 같은 부문 후보에 오른 여배우들의 옷을 만들었다는 건 알아. 내 옷은 아직 못 봤지만 스텔라 매닝의 드레스는 온통 초록색 비단벌레로 덮여있었어. 전에 본 적이 없는 종류였는데. 가뢰랑 교배를 한 것 같았어."

"스텔라 매닝을 만났다고?" 베르톨트가 꺅 비명을 질렀다.

노박이 고개를 끄덕였다. "그녀의 드레스는 정말 멋졌어."

"참을 수 없을 만큼 보고 싶어." 베르톨트가 박수를 쳤다. "참, 네게 줄 게 있어." 그가 주머니를 뒤져서 종이 한 장을 꺼냈다. "이건 모스 부호야. 우린 우리 딱정벌레들에게 가르쳤어. 네가 헵번에게 가르칠 수 있다면, 우리에게 메시지를 전달할 수 있을 거야."

노박이 팔찌 뚜껑을 열자 헵번이 나와서 공중제비를 돌고는 그녀의 손에 앉았다.

"네 딱정벌레도 있니?" 그녀가 베르톨트에게 물었다.

"응." 베르톨트가 위를 올려다보았다. "뉴턴, 나와서 인사해."

뉴턴이 베르톨트의 머리 꼭대기에서 까딱거리고 나와서 노박에게 반짝이는 배를 보여주었다.

"어머, 너무 예쁘다!" 노박이 숨을 헉 들이쉬었다.

"밤에 깜깜할 때 보면 더 예뻐."

"노박, 영화제 시상식이 내일인데, 네가 우리를 극장에 들여보내 줄 수 있을 것 같니?" 다쿠스가 물었다. "루크레시아 커터가 무슨 꿍꿍인지 모르지만 아빠가 막으려 할 때 우리가 돕고 싶어."

"네 아버지가 막는다고?" 노박이 의외라는 듯 말했다.

"난 그렇게 확신해." 다쿠스가 고개를 끄덕였다.

대머리의 근육질 그림자가 루크레시아 커터의 집 앞 잔디밭으로 걸어 나왔다.

"몰링이야!" 노박은 겁에 질린 것 같았다. "그건 나한테 맡겨. 어떻게든 시상식에 들여보내 줄게." 그녀가 약속하며 뒷걸음질 쳤다. "최대한 극장 가까이에 있어. 내가 헵번에게 메시지를 보낼 테니까."

그녀가 잔디밭 건너편의 몰링을 살피며 말했다.

"여섯 명이야." 다쿠스가 말했다. "우리랑 어른 세 명."

"미안. 가봐야겠어." 그녀가 뒤돌아서 걸어가며 어깨너머로 그들을 돌아보았다. "와줘서 고마워." 그녀가 말했다. "내가 혼자라고 생각했었거든."

제 *26* 장

수하물

험프리 갬블은 사람들의 따가운 시선을 아랑곳하지 않고 수하
물 찾는 곳 표지판을 찾아 로스앤젤레스 공항을 쿵쿵거리며
활보했다. 그는 공항 주차장 옆에 있는 의류수거함에서 건진 몸에
맞지 않는 온갖 옷가지를 걸치고 있었다. 그가 입은 옷들은 하나같
이 너무 작았다. 바지 지퍼가 잠기지 않아서, 허리띠 대신 벨트 고리
에 묶은 화려한 색상의 페이즐리 무늬 넥타이는 바지가 흘러내리지
않게 잡아주는 역할이 아니라 바지가 벌어지지 않도록 잡아주는 역
할을 했다. 나팔처럼 벌어진 초록색 바짓단은 정강이까지밖에 내려
오지 않았고, 요란한 분홍색, 노란색 줄무늬의 셔츠는 제일 위의 단

추 두 개를 잠그지 않았는데도 그의 목을 옥죄었다. 거기에다 셔츠가 배를 덮지 못하는 것을 나름 숨긴답시고 초대형 탱크톱까지 입었다.

원형 컨베이어 벨트를 찾은 그는 자신을 런던에서 미국으로 태우고 온 비행기의 항공편명이 표시된 벨트를 향해 걸어갔다. 그는 커다란 남색 여행 가방을 찾다가 컨베이어 벨트 위에 얼마나 많은 남색 가방이 있는지를 보고 경악했다. 그의 것은 '백화점' 뒤의 타다 남은 잔해에서 거우 건진 낡고 거뭇거뭇한 가방이었다. 그는 플라스틱 커튼이 매달린 사각형 출구를 통해 가방이 하나하나 벨트로 떨어지는 모습을 넋을 잃고 쳐다보았다.

"그거 들었어요?" 한 여자가 남편에게 말했다. "저 가방에서 이상한 소리가 났어요!"

그 여자가 가리키는 것은 험프리의 가방이었다. 험프리는 사람들을 밀치고 컨베이어벨트로 갔다. 가방 손잡이를 잡고 힘껏 가방을 들어서 바닥에 내려놓았다.

"아얏!" 가방에서 소리가 났다. "조심해!"

"저기예요!" 여자가 남편의 팔을 잡았다. "또 소리가 났어요."

"입 좀 다물어!" 험프리가 가방에 대고 낮은 목소리로 말했다. "사람들이 다 듣잖아." 그가 서둘러 여행 가방을 끌고 자신을 쳐다보는 사람들에게서 멀찌감치 떨어져 걸어갔다.

"여기저기 부딪치지 않게 좀 살살해봐!" 피커링이 낮은 목소리로 받아쳤다. "아프잖아."

험프리는 무시하고 '신고 물품 없음'이라고 적힌 표지판을 향해 가방을 끌고 갔다. 그는 계속 눈을 출구 표지에 고정시킨 채 쿵쿵거리며 흰색 통로를 통해 앞으로 돌진했다.

"실례합니다, 선생님." 깔끔한 제복 차림의 미국인 세관원이 한 손을 들고 그의 앞을 가로막았다.

"소지하신 가방을 확인하고 미국 방문과 관련해 몇 가지 질문을 하고 싶습니다."

"오, 물론이죠. 그러세요. 저는 휴가를 보내러 왔습니다." 험프리가 주변을 둘러보았다. 복도에서 어떤 방으로 들어가는 출입구 양쪽에 두 명의 세관원이 더 서 있었다. "제 가방은 옷이 가득 차 있습죠."

"이리 오십시오." 세관원이 그를 그 방으로 인도했다.

"아, 예." 험프리의 이마로 구슬땀이 흘러내려 눈에 들어갔다. 그는 눈을 깜빡이며 애교 있게 웃으려 했다. "무슨 문제라도 있습니까, 세관원님?"

"아닙니다. 그저 통상적인 절차일 뿐이죠." 세관원이 그를 안심시켰다.

험프리는 여행 가방을 두고 걸어갔다.

"선생님, 가방을 가져오셔야죠."

험프리가 고개를 끄덕인 뒤 가방을 끌고 방으로 들어갔다. 방에는 테이블 하나와 의자가 있었다.

"선생님 여행 가방을 테이블 위에 올려서 열어봐 주시겠습니까?"
세관원이 지시했다.

험프리는 다른 두 세관원을 흘긋 보았다. 한 명은 남자, 한 명은
여자였다. 모두 덩치가 크지 않았다. 그는 가방을 들어 피커링이 낼
지도 모를 소음을 가리기 위해 일부러 큰소리로 기침하며 테이블 위
에 쿵 하고 얹었다.

조 사 실

"여행 가방을 열고 벽 쪽을 보시겠습니까?"

험프리는 세 명의 세관원 모두 허리 벨트 권총집에 총을 가지고 있음을 감지했다. 그는 천천히 몸을 숙여 뚜껑의 지퍼를 열고 테이블에서 떨어져 벽을 향해 섰다.

한 세관원이 그의 어깨에 손을 올리고 말했다. "다리 벌리세요."

험프리가 지시대로 다리를 벌리자 부욱 소리와 함께 바지가 찢어졌다. 그가 어깨너머를 보는 순간, 여자 세관원이 여행 가방 뚜껑을 열어젖혔다.

"안녕들 하쇼, 세관원 나리?" 피커링이 날카롭게 소리치며 양손에 페퍼 스프레이 통을 쥐고 튀어나와 그들의 얼굴에 분사했다.

세관원들이 비명을 지르며 비틀비틀 뒷걸음질 쳤다. 험프리를 지키던 세관원이 뒤로 돌아 총으로 손을 가져갔지만, 험프리가 주먹으로 세관원의 머리를 가격하여 기절시켰다.

"튀어! 어서 튀라고!" 피커링이 소리치며 테이블에서 바닥으로 얼굴부터 떨어졌다.

험프리는 사촌의 겨드랑이를 잡아 어깨에 들쳐 메고 문을 향해 뛰어갔다. 그는 힘차게 달려 세관 복도를 통과해 공항으로 나갔다. 피커링은 그를 쳐다보는 모든 사람에게 페퍼 스프레이를 조준했다. "그들이 와." 그가 험프리에게 날카롭게 소리쳤고, 뒤에서 한바탕 소동이 벌어졌다.

바지가 찢어진 덕에 자유롭게 뛸 수 있게 된 험프리는 입국장을 쿵쿵거리며 통과해 택시 정거장 대기 줄로 뛰어나갔다. 한 노부부가 여행 가방을 택시 기사에게 전달하자 기사가 가방을 받아서 트렁크에 싣고 있었다. 험프리는 노신사를 밀쳐서 넘어뜨린 뒤 운전석으로 뛰어갔다. 문은 열려있고 열쇠는 꽂혀있고 시동이 걸려있었다. 그는 피커링을 조수석에 던져 넣었다. 조수석 앞 사물함에 피커링의 머리가 부딪치며 비명이 터져 나왔다.

험프리가 운전석에 올라타 문을 닫았다.

택시 기사가 차에서 내리라고 소리치며 앞으로 달려왔다.

험프리가 열린 창문으로 주먹을 뻗어 택시 기사의 눈을 때렸다. 그는 차의 기어를 넣고 액셀을 꽉 밟고 공항을 떠나 자동차들이 달리는 도로를 향해 쏜살같이 달렸다. 운전을 하며 백미러를 보니 트렁크가 아직 열려 있었다. 속도를 올리며 과속 방지턱을 넘자 트렁크가 쿵 하며 닫혔다. 백미러를 통해 경찰과 공항 직원들이 모두 노부부와 의식을 잃은 택시 기사 주위로 몰려드는 것도 보였다.

피커링이 똑바로 앉아 창문을 내다보며 손을 흔들었다. "안녀어어어엉!"

"최대한 빨리 이 차를 버리고 새 옷으로 갈아입어야 해." 험프리가 말했다. "사람들이 많은 곳에 갈 필요가 있어. 우리가 숨을 수 있게 말이야."

"우리이이이가!" 피커링이 손뼉을 쳤다. "우리가 해냈어! 우리가 미국에 왔다고!"

"닥치고 지도나 꺼내." 험프리는 멀리서 울리는 사이렌 소리를 들었다. "다시 감옥에 가려고 이 먼 길을 온 게 아니란 말이야."

그들은 로스앤젤레스 지도를 챙겨왔었다. 빨갛게 X 표시된 곳이 영화제 시상식이 열리는 할리우드 극장이었다. 시상식은 내일이고, 그러니 그들은 하룻밤 머물 곳을 찾아야 했다. 그리고 아침에 현장에 가서 루크레시아 커터를 기다릴 셈이었다.

"할리우드 극장에 최대한 가까이 가서 이 차를 버려야 해."

"그럼 더 세게 밟아, 험프리!" 피커링이 꽥꽥거렸다. "그들이 우릴 잡으러 오고 있다고!"

제 **27** 장

아인슈타인의 공방

할리우드 극장에 들여보내 주겠다는 노박의 약속에 한껏 고무
된 다쿠스와 버지니아, 베르톨트는 영화제 시상식 전날 저녁
을 맥스 삼촌, 모티와 함께 루크레시아 커터와 싸울 때 도움이 될 만
한 물건을 찾기 위해 모티의 차고를 뒤지며 보냈다. 차고 바닥에는
모티가 처음 집을 세주면서 치워둔 각종 물건이 채워진 상자와 가방
이 가득했다.

"이게 뭐예요?" 베르톨트가 두 개의 얇은 호스가 달린 투명한 플
라스틱병을 상자에서 꺼내며 물었다.

"그건 흡충관이야." 맥스 삼촌이 대답하고는 다쿠스를 보았다.

"네 아빠는 이런 걸 크기 별로 트렁크에 가득 채워 뒀었지."

"뭐에 쓰는 건데요?"

"곤충을 채집하는 도구란다." 맥스 삼촌이 관 하나를 가리키며 말했다. "이 호스를 입으로 빨아들이면 여기가 진공 상태가 되지." 그가 손가락을 병으로 움직였다. "그런 다음 잡으려는 곤충에 다른 호스를 갖다 대면 곤충이 호스로 빨려 올라가면서 병에 갇히게 돼. 이 작은 망은 곤충을 삼키지 않도록 막아주는 역할을 하는 거고." 그가 미소 지었다. "표본을 꺼내려면 위에 있는 뚜껑을 열면 된단다."

"멋진데요." 베르톨트가 흡충관을 들여다보며 눈을 깜빡였다.

"이건 어디서 났어요?" 다쿠스가 모티에게 물었다.

"예전에 콘퍼런스에 참석하러 박물관에 온 스미터즈라는 곤충학자에게 얻었지." 모티가 큰 상자에서 물건들을 빼내며 말했다. "내가 그 사람한테 거미를 좋아하지 않는다고 솔직하게 말했거든."

"거미가 무서우세요?" 버지니아가 믿을 수 없다는 듯 물었다.

모티가 고개를 끄덕였다. "그 남자가 이걸로 거미를 모아서 밖으로 가져가면 된다며 줬지만, 여간 번거로운 게 아니었어. 그냥 유리컵과 마분지를 이용하는 편이 더 쉽지."

"제가 가져도 돼요?" 베르톨트가 물었다.

"그러렴." 그녀가 고개를 끄덕였다. "이제 사용할 일이 없을 테니까."

"고맙습니다." 베르톨트가 흡충관을 가슴에 안았다.

"그걸로 뭘 하려고?" 다쿠스가 물었다.

"분해하려고." 그가 대답했다.

"우린 무기가 필요해." 버지니아가 램프 스탠드를 집어서 도끼처럼 휘두르며 말했다. "무장도 하지 않고 루크레시아와 싸우러 갈 수는 없잖아."

"하지만 무기를 가지고 있으면 안에 들여보내지 않을 텐데." 다쿠스가 지적했다.

"그러니까 내일 계획은 일단 할리우드 극장에 가서 헵번이 우리가 어떻게 안으로 들어갈지를 알리는 메시지를 가져올 때까지 기다리는 거야. 그런데 일단 안으로 들어가게 되면 '우리'는 뭘 하면 되겠니?" 맥스 삼촌이 자신과 모티를 가리키며 물었다.

다쿠스는 잠시 생각했다. "우리의 가장 큰 무기는 베이스캠프 딱정벌레예요. 우린 딱정벌레를 이용해서 루크레시아 커터와 그 여자가 데려오는 딱정벌레들을 상대로 싸울 거예요." 그가 맥스 삼촌에게서 모티에게로 시선을 돌렸다. "하지만 그 여자에게는 경호원이 있어요. 크레이븐, 댄키시, 몰링, 링링. 적어도 네 명이죠."

"그자들은 우리에게 맡겨라." 모티가 말했다. "인간들은 우리가 맡으마."

"우린 어떻게든 딱정벌레를 안으로 몰래 들여가야 해요." 다쿠스가 말했다.

"내가 생각해봤는데." 베르톨트가 대답했다. "사람들의 이목을 끌지 않을 뭔가가 필요해. 우리가 어딜 가든 항상 가지고 다닐 수 있는 게 뭐가 있을까?"

"풍선껌?" 버지니아가 램프 스탠드를 내려놓으며 제안했다.

"배낭." 베르톨트가 자신의 배낭을 가리키며 말했다.

"설마 딱정벌레를 배낭에 넣어가려는 거야?" 다쿠스가 물었다.

"아니, 우리 배낭을 기계로 바꿀 거야." 그가 미소 지었다.

"무슨 기계?" 버지니아가 갑자기 흥미를 보이며 물었다.

"벌레 잡는 기계." 베르톨트가 흡충관을 들어 올리며 말했다. "난 대형 흡충관을 만들 생각이야."

"와우." 버지니아가 다쿠스를 쿡쿡 찔렀다. "아인슈타인[학교에서 불리는 베르톨트의 별명]의 저 눈빛 좀 봐."

"빈 정수기 물통 세 개랑 배터리로 작동하는 공기 펌프 세 개, 그리고 소용돌이 소리가 나는 호스 세 개가 필요해요." 그가 맥스 삼촌을 보며 말했다.

"소용돌이 소리가 나는 호스?" 버지니아가 한쪽 눈썹을 치켜세웠다.

"그래." 베르톨트가 단호히 고개를 끄덕였다. "진공청소기 호스나 세탁기 배수 호스도 좋고. 그 비슷한 기능을 하는 아무거나. 그리고 강력 테이프가 필요해. 아주 많이."

"좋아." 맥스 삼촌이 손가락으로 자동차 열쇠를 돌리며 말했다. "금방 다녀오마."

"저도 갈래요." 버지니아가 그를 따라 차고에서 나갔다. "미국 가게들이 좋아요."

"벨트쌕도 세 개 부탁해." 베르톨트가 그들의 뒤통수에 대고 말했다.

"알았다, 오버." 버지니아가 경례를 하며 말했다.

"그런데 엄마는 어디 있는 거지?" 베르톨트가 다쿠스를 보며 말했다.

"에헴!" 모티가 머리를 잔뜩 뒤로 빼서 삼중 턱을 만들어 보이며 못마땅한 표정으로 말했다. "이 층에서 새 옷을 입어보고 있더구나." 그녀가 한쪽 눈썹을 치켜세웠다. "소성단처럼 번쩍거리던걸."

"아이 참!" 베르톨트가 얼굴을 붉혔다.

"난 저녁을 준비하러 가야겠어." 모티가 집 뒤쪽으로 통하는 문으로 나가며 말했다. "여기서 쓸 만한 게 있으면 마음대로 쓰고 내가 필요하면 소리쳐 불러라."

"엄마는 순전히 영화제 시상식에 가기 위해서 우릴 따라온 걸까?" 베르톨트가 입을 삐죽거리며 말했다.

다쿠스가 옆에 앉으며 말했다. "너희 엄마가 오시지 않았으면, 지금 너랑 버지니아는 런던에 있고 여기엔 나 혼자 있게 되었을걸."

"그야 그렇지." 베르톨트가 고개를 끄덕였다.

"적어도 우린 너희 엄마가 왜 여기 있는지 알잖아." 다쿠스가 턱을 무릎을 댔다. "난 아빠가 뭘 하고 있는지 전혀 몰라. 난 루크레시아 커터를 막기 위해서라고 생각하지만, 만일 내 생각이 틀리면 어쩌지?"

"그게 무슨 뜻이야?"

"노박의 얘기를 들었잖아. 아빠가 정말로 그 여자를 위해서 일하는 거라면? 정말 그 여자의 편이라면?"

"다쿠스, 네 아버지는 수십만 마리의 무고한 딱정벌레에게 불을 지르는 사람의 편일 리가 없어. 제아무리 하찮은 미물도 함부로 죽여서는 안 된다고 하셨다며. 네 입으로 직접 말했잖아."

"그건 사실이야." 다쿠스가 말했다.

"난 네가 아버지를 믿어야 한다고 생각해." 베르톨트가 눈을 깜빡였다.

"내일이 되기 전에 아버지와 얘기를 할 수 있으면 좋을 텐데." 다쿠스가 한숨을 쉬었다.

베르톨트가 그의 등을 토닥였다. "우리가 할 수 있는 건 우리가 믿는 것을 위해 싸우는 것뿐이야."

다쿠스가 고개를 끄덕이고 친구에게 미소 지었다. "자 그럼, 대형 흡충관을 어떻게 만들 거니?"

제 *28* 장

클레오파트라의 딸

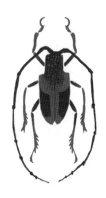

노크 소리가 났다. 제라르였다.

"일어나시지요, 마드무아젤."

노박이 눈을 깜빡거리며 떴다.

"아침입니다." 제라르가 다가와서 침대 옆에 섰다. "드레스를 입을 시간입니다. 제가 아침 식사를 가져왔습니다."

"드레스요?"

"그래요. 설마 잊은 건 아니시죠? 오늘이 영화제 시상식이지 않습니까." 제라르가 커튼을 열어 로스앤젤레스의 태양이 방안으로 흘러들어오게 했다. "이른 시간이지만 할 일이 많습니다. 식사 후에 얼

굴 마사지를 한 다음 발에 감긴 붕대를 풀어야 합니다. 발 관리사가
이미 와있습니다. 헤어드레서와 메이크업 전문가는 열한 시에 올 거
고요. 간단한 점심 전에 파운데이션을 바르고 나머지 일정이 진행되
지만, 일단 어머님이 아가씨가 와서 드레스를 입어보라십니다."

"음, 허."

"듣고 계십니까?"

"잠은 깼어요." 노박이 신음하듯 말했다. "5분만 시간을 주세요."

제라르가 고개 숙여 인사하고 조용히 방에서 빠져나갔다.

노박은 눈을 깜빡이며 그가 다시 오지 않는지 확인했다. 그런 뒤
침대 옆 화병 안에 손을 넣어 종 모양의 흰색 칼라릴리 속에서 헵번
을 꺼냈다.

"자, 이제 시작이야, 헵번." 침대에서 일어나 앉을 때 심장이 고
동쳤다. 그들은 간밤에 모스 부호를 익히고 계획을 세우는 데 대부
분의 시간을 보냈다. 다쿠스가 살아있다는 것을 알고 나니 한결 용
기가 났다. 다쿠스와 친구들을 할리우드 극장에 들어가게 할 묘안이
있었고, 이번에는 그를 보면 자신을 영국으로, 어머니에게서 멀리
데려가 달라고 부탁할 참이었다.

"오늘은 중요한 날이야." 그녀가 헵번을 가슴에 안으며 말했다.

제라르가 계속 노크를 했다.

"들어오세요!" 노박이 헵번을 다시 칼라릴리에 넣고 슬리퍼를 신
으며 소리쳤다. 제라르는 평소에 출입이 금지된 구역으로 노박을 인

도했고, 그녀는 사뿐사뿐 뛰어서 그를 따라갔다. 제라르가 자물쇠에 비밀번호를 입력하고 복도를 따라 걷다가 어느 문 앞에 멈춰 서서 흰 장갑을 낀 손을 올리고 검지 마디로 문을 똑똑 두드렸다.

"들어와." 루크레시아 커터의 목소리가 들려왔다.

제라르가 문을 열고 노박을 안으로 안내했다.

"드레스 피팅을 위해 마드무아젤을 데려왔습니다."

노박이 문으로 들어갔다. 만일 이 방으로 순간이동을 해서 왔어도 이곳이 메이터의 침실이라는 것을 한눈에 알아봤을 것이다. 어두운 실내와 황금색 테두리가 둘린 검은색 가구들. 바닥은 검은색 대리석이었고 침대 앞에는 두툼한 검은색 곰 가죽 러그가 깔려있었다. 방 한쪽 끝에는 검은색과 금색이 섞인 화려한 일본 병풍이 서 있었다.

메이터의 목소리는 병풍 뒤에서 났다. "드레스는 옷장에 걸려있어."

황금색 옷걸이에 걸려있는 검은 색 드레스를 제외하면 옷장은 텅 비어 있었다. 수많은 작은 들쭉날쭉한 깃털로 만든 바닥까지 끌리는 홀쭉한 드레스였다. 아름다웠다.

"제가 좋아하는 분홍색 드레스를 입고 시상식에 갈 줄 알았어요." 노박이 대담하게 말했다. "제가 특별히 산 거요."

루크레시아 커터의 머리가 병풍 위로 불쑥 올라왔다. 어두운 실내에서도 그녀는 선글라스를 끼고 있었다.

"안 돼." 황금색 입술이 으르렁거리듯 움직였다. "넌 오늘 내가 만든 옷을 입을 거야. 인도의 어린아이 백 명이 한 땀 한 땀 꿰매서 만든 옷이야. 그 애들이 레드카펫에서 자신의 작품을 보기를 기대하고 있어. 그 애들에게 그 순간을 빼앗아선 안 되지. 안 그러니?"

"예. 전 그냥..."

"세 명의 여우주연상 후보자는 내가 만든 드레스를 입을 거야."

"예, 메이터."

"내가 어떻게 입었는지 한 번 볼래?" 메이터의 목소리에서 유쾌함이 뚝뚝 떨어졌다.

"아, 예." 노박이 웅얼거렸다. "좋아요."

루크레시아 커터가 병풍 뒤에서 성큼성큼 걸어 나왔다.

노박은 인상을 찌푸렸다. 메이터의 드레스는 좀 이상해 보였다. 허리를 잘록하게 동여매고 골반을 강조한 길이가 바닥까지 오는 하이넥 이브닝가운이었는데 마치 뽁뽁이로 만든 것처럼 보였다. 다만 공기로 부풀어있어야 할 자리가 안으로 들어가 있어서 사탕 크기의 움푹 팬 자국이 생겼다. 루크레시아 커터가 자신의 모습을 볼 수 있도록 제라르가 전신 거울을 가져왔다.

"좋아." 루크레시아 커터가 거울을 보고 고개를 끄덕였다. "완벽해."

"어! 멋져요." 노박이 혼란스러워하며 말했다. "정말이요."

"이건 속옷이야, 멍청아." 루크레시아 커터가 날카롭게 말했다.

노박이 뒤를 돌아보았다. 옷장에 자신의 옷을 제외하면 다른 옷은 없었다.

그 순간 방문이 열리더니 몰링이 바퀴 달린 커다란 캐비닛을 끌고 들어왔다.

"거기 두고 나가도록 해." 메이터가 바로 앞쪽의 방바닥을 가리키며 말했다.

몰링이 지시대로 하고 나갔다. 제라르가 걸어와 캐비닛 문을 열었다. 그 안에는 곤충 표본 서랍들이 줄지어 있었다. 제라르가 첫 번째 서랍을 열었다. 둥근 모양의 황금색 풍뎅이들이 가득했다.

루크레시아 커터는 목구멍 뒤에서 오싹한 딸깍 소리를 냈다.

노박은 팔에서 소름이 돋는 것을 느꼈다. 서랍 속에서 황금색 풍뎅이들이 움직이기 시작한 것이다. 이 풍뎅이들에는 핀이 꽂혀있지 않았다. 그 생경한 소음의 부름을 받은 풍뎅이들은 겉날개를 펴고 공중으로 날아올라 루크레시아 커터의 속옷에 있는 움푹 팬 자국으로 날아갔다. 제라르가 서랍을 차례차례 하나씩 열자, 수백 마리의 살아있는 황금색 풍뎅이가 루크레시아 커터에게 날아가 겉날개의 짙은 황금색으로 바닥에서 목까지 드레스를 빈틈없이 채웠다. 불과 몇 초 만에 메이터는 아름다운 황금색 가운을 입고 영화제 시상식 동상보다도 더 빛나는 모습으로 노박의 앞에 서 있었다.

"제라르, 왕관을 써봐야겠어."

집사가 화장대로 가서 열쇠를 꺼내 속이 깊은 서랍을 열고 두툼한 금관을 꺼냈다. 금관의 중앙에는 외골격에 상형문자가 표시된 황금색 풍뎅이가 있었다.

"이 왕관은 클레오파트라의 것이었어." 루크레시아 커터가 제라르에게 왕관을 받으며 말했다. "내가 개조를 좀 했지. 클레오파트라는 독사를 좋아해서 원래는 여기 뱀이 있었어." 그녀가 손가락으로 왕관 가운데를 가리키며 말했다. "내가 독사 대신에 네페르티티 여왕의 석관을 지킨 황금색 풍뎅이를 박아 넣었지."

"아름다워요." 노박이 속삭였다.

"이집트 사람들이 딱정벌레를 숭배한 거 아니? 그들은 태양신이 하늘에서 태양을 굴리는 쇠똥구리라고 믿었지." 그녀는 금관을 머리 위로 들었다. "그리고 이제 세상은 나를 숭배할 거야." 그녀가 금관을 머리에 썼다.

"메이터를 숭배한다고요?" 노박은 목이 말라붙어 겨우 내뱉었다.

루크레시아 커터가 그녀를 향해 얼굴을 돌리자, 노박은 숨조차 쉬기 힘들었다.

황금색 드레스에 풍뎅이 금관을 머리에 쓰고 상상할 수 없이 큰 키로 끔찍한 천사처럼 검은 날개를 활짝 펼친 루크레시아 커터는 선글라스를 벗고 깜빡임 없는 검은 눈으로 노박을 내려다보았다. "그래. 나를 숭배해."

노박의 시선이 바닥을 향했다. 두려움으로 전신이 떨렸다. 메이터가 시상식에서 자신이 신이라고 만천하에 선언할 셈일까?

"이제 옷을 입어봐." 루크레시아 커터가 명령했다.

노박은 옷장으로 갔고 제라르가 옆에 서서 그녀가 잠옷을 벗고 검은 드레스로 갈아입는 것을 도왔다. "스와 쿠라줘즈." 그가 속삭였다.

"네 눈썹을 검게 칠하고 입술은 황금색으로 칠할 거야." 제라르가 풍뎅이 보석이 박힌 작은 금관을 꺼낼 때 루크레시아 커터가 말했다. "넌 완벽한 액세서리가 될 거야."

제라르가 금관을 머리에 씌웠다. 노박은 거울 속에 비친 자신의

모습에 오싹함을 느꼈다. 자신이 깃털이라고 생각했던 검은 술이 사실은 거대한 폭탄먼지벌레의 달랑거리는 다리와 턱과 촉수였다.

루크레시아 커터가 그녀의 옆에 와서 섰다.

노박은 울음을 터뜨릴 것만 같았다. 메이터가 가까이 있다는 사실, 그리고 까맣고 깊은 겹눈이 몹시도 무서웠다.

"이걸 보렴." 루크레시아 커터가 거울을 보며 말했다. 그녀는 뱀처럼 옆에서 옆으로 머리를 이상하게 움직여 목구멍 뒤에서 딸깍 소리를 냈다. 노박은 자신의 드레스가 떨리는 것을 느꼈다. 살아있는 딱정벌레들의 까만 다리가 움직이기 시작했다. 딱정벌레들이 다리를 돌리며 기묘한 춤을 추었고, 드레스가 살아 움직였다. 노박은 마치 물속이나 무중력 공간에 있는 것처럼 느껴졌다. 최면에 걸린 기분이었다.

"아름다워." 루크레시아 커터가 혼잣말을 했다. 그리고 자신의 딸을 내려다보았다. "이제 네가 진짜 누구인지 세상에 알릴 시간이다, 노박."

제**29**장

쓰레기통 모텔

험프리는 쓰레기통 뚜껑을 머리로 밀어 올리고 골목 안을 살폈다. 근처에 아무도 없었다. "나가도 될 것 같아." 그가 사촌에게 낮은 소리로 바깥 동태를 전했다. 그의 팔꿈치 옆으로 쥐처럼 생긴 얼굴이 나타나서 살그머니 주변을 두리번거렸다.

그들은 경찰에게 따라잡히기 일보 직전에 훔친 택시를 버리고 몇 블록을 달렸다. 중국음식점이 있는 골목에 쓰레기통이 일렬로 서있었다. 그들은 그중 하나로 들어가 경찰이 물러갈 때까지 숨어있기로 했다.

험프리는 쓰레기통에 버려진 엄청난 양의 음식에 놀랐지만, 놀라

움은 곧 기쁨으로 바뀌었다. 여기저기 뒤져서 스프링 롤과 반쯤 먹다 버린 매운 국수 그릇, 바삭바삭한 오리 구이 반 마리를 찾았다. 중국 음식은 그가 제일 좋아하는 음식이었다. 그는 허겁지겁 모든 음식을 먹어치웠다.

검은 쓰레기 봉지가 제법 푹신한 침대 노릇을 하겠다고 지적한 것은 피커링이었다. 루크레시아 커터를 찾을 때까지 어차피 돈이 없었으므로, 그들은 쓰레기 봉지를 최대한 안락하게 정리하고 먹을 수 있는 것은 모두 건져서 실컷 먹다가 잠이 들었다.

그들은 지도를 펼쳐보았다. 그들이 있는 골목은 할리우드 극장에서 불과 한 블록 떨어진 곳이었다.

험프리는 쓰레기통에서 기어 나와 몸을 털었다.

"피커링. 가방 이리 내."

택시를 버리면서 험프리는 순발력을 발휘해 트렁크에서 가방을 꺼내서 달아났다. 쓰레기 냄새가 나는 찢어진 재활용 옷을 입고 시상식에 갈 수는 없었기 때문이다. 그랬다간 루크레시아 커터가 그들과 말도 섞지 않을 것이 분명했다. 그는 가방 안에 갈아입을 만한 깨끗한 옷이 있기를 바랐다.

피커링은 가방을 쓰레기통 밖으로 밀어냈다. 가방이 바닥에 떨어지며 활짝 열렸다. 험프리는 몸을 숙여 안을 뒤졌다. 재활용 수거품들은 모두 그의 덩치에는 너무 작았지만, 그래도 다행히 검은색 정장 한 벌이 있었다. 그는 바지를 집어서 화재 대피용 사다리의 제일 아래 칸에 걸쳤다. 그리고 흰 셔츠를 입었다. 단추는 하나밖에 채울 수 없었고 커프스가 피둥피둥한 손목에서 달랑거렸다. 아무리 긴 커프스단추로도 잠그는 것이 거의 불가능한 수준이었다. 재킷은 꼭 끼고 소매가 깡똥 올라가 한참 짧아졌지만 어쨌거나 찢어지지 않고 입을 수 있었다. 정장의 원래 주인은 단신이지만 허리둘레는 펑퍼짐했던 모양이다. 그리고 바지로 말할 것 같으면, 험프리가 깊이 숨을 들이쉬고 바지를 한껏 추켜올려 봐도 기장이 장딴지를 넘지 못했다. 몸통과 발목, 손목이 드러났지만, 그래도 전보다는 한결 나아진 것에 만족하며 험프리는 고개를 끄덕였다.

"어때 보여?"

"헐크의 병든 사촌 같군." 피커링이 뚜껑을 밀어 올리는 동시에 쓰레기통에서 기어 나오려고 낑낑거리며 내뱉었다.

험프리는 콧방귀를 뀌고 쓰레기통 뚜껑을 붙잡아 주었다. 피커링이 땅으로 떨어졌다. "넌 이걸 입어야 해!"

"뭐?" 피커링이 벌떡 일어섰다. "이건 안 입을 거야. 우스꽝스러워 보일 거라고."

"하지만 남은 건 이것뿐이니 별수 없어." 험프리가 활짝 웃었다.

"뭔가 다른 게 있을 거야." 피커링이 속바지와 수영복, 수건, 세면도구를 꺼냈다. "그 옷을 내가 입으면 왜 안 되지?"

"왜냐하면 이게 내게 맞는 유일한 옷이니까." 험프리가 껄껄 웃었다.

"좋아." 피커링이 그의 손에 있는 옷을 낚아챘다. "입는 동안 돌아서 있어."

해가 뜨자마자 일어나서 겨우 한 블록을 걸었는데도, 할리우드 극장 앞은 벌써부터 사람들로 장사진을 이루었다. 할리우드 극장 영화제 시상식장 밖에서 명당을 차지하기 위해 길가에서 밤을 새우거나 잠을 잔 사람들이 많았던 것이다. 레드카펫 옆의 저지선 뒤에서 사람들이 무리 지어 자신이 좋아하는 영화배우를 직접 보고 매혹적인 드레스와 말쑥한 정장을 감상하기 위해 기다리고 있었다. 극장 입구는 큼직한 렌즈를 장착한 필름 카메라를 들고 서 있거나 의자나 사다리에 앉아있는 사진사들로 빈틈없이 둘러싸여 있었다.

험프리는 사람들을 밀치며 군중들 틈으로 파고들려 했지만, 미국인들은 영국인들처럼 호락호락한 사람들이 아니라는 것을 알게 되었다. 그들은 순순히 옆으로 밀려나 주지 않고 그를 밀어냈다. 또한, 사람들은 우스꽝스러운 분홍색 꽃무늬 원피스를 입은 피커링을 빤히 쳐다보았다. 피커링은 한 손으로 머리에 쓴 밀짚모자를 붙잡고 다른 손으로는 자꾸만 발목에 엉키는 치맛자락을 끌어 올리고 있었는데, 치마가 너무 위로 올라가는 바람에 털이 숭숭 난 무릎이 다 드러나 있었다.

"당신은 어느 부문 후보요?" 누군가 소리쳤다. "최악의 드레스 추남 부문이신가?"

군중들이 요란하게 웃음을 터뜨렸다.

스타들을 태운 차들이 도착하기 시작할 무렵, 험프리와 피커링은 더 이상 앞으로 갈 방법도, 그렇다고 뒤로 갈 마음도 없어서 군중들 한가운데 갇혀있었다. 기다란 검은색 차가 레드카펫 한쪽에 멈춰 설 때마다, 험프리는 혹시 루크레시아 커터가 내리는지 보려고 목을 길게 뺐다. 분위기에 한껏 도취된 피커링은 흥분해서 미친 듯 헛소리를 지껄었고, 험프리는 자신의 앙상한 사촌과 관계없는 사람처럼 보이려고 고개를 옆으로 돌렸다. 별수 없이 피커링은 혼잣말을 하고 가끔은 킬킬거리며 도착한 사람들에게 손수건을 흔들어댔다.

사촌 형제는 딱 떨어지는 정장을 차려입은 조각상 같은 미남들이 마치 화려하게 치장한 종마처럼 그들의 앞을 성큼성큼 지나가며 여자들에게 손 키스를 날리는 모습을 보고 얼이 빠졌다. 지금껏 그런 꽃미남들을 본 적이 없었다. "저 이빨 좀 봐." 피커링이 헉 소리와 함께 험프리의 팔을 건드리며 말했다. "정말 고르잖아! 너무 하얗고!"

험프리는 여자들을 보고 수줍어했다. 하나같이 너무 예뻤다. 그들은 마치 천상의 피조물처럼 우아하고 사랑스러운 모습으로 번쩍번쩍한 광채를 내며 얼굴에 미소를 띠고 살랑살랑 미끄러지듯 그의 앞을 지나쳤다.

갑자기 군중들이 웅성거리며 앞으로 몰려갔다. 험프리와 피커링도 기를 쓰고 모두들 무엇을 보고 있는지 확인하려 했다.

"'백설 공주'다!" 흥분한 한 여자가 환성을 질렀고, 군중들도 그녀를 따라 연호했다.

"백설 공주! 백설 공주! 백설 공주!"

옅은 금발 머리를 틀어 올려 핀으로 고정하고 곱슬머리를 이마에 납작하게 붙인 관능적인 얼굴과 체리처럼 빨간 입술을 가진 앙증맞은 여자가 정장 차림의 신사가 내민 손을 잡고 검은 리무진에서 내렸다.

"루비! 루비! 여기 좀 봐주세요!" 사진사들이 소리쳤다.

"미소 한 번 지어주세요, 루비!"

빛이 루비 히솔로 주니어의 드레스에 반사되면서 플래시전구가 터지자 관중들은 숨도 제대로 쉬지 못했다. 험프리는 너무나 눈이 부셔서 그녀를 제대로 보지도 못했지만 그러면서도 시선을 뗄 수 없었다. 그가 초점을 맞추고 볼 수 있는 것은 완벽한 선홍색 입술뿐이었다. 그녀는 그야말로 순수한 빛의 살아있는 프리즘이었다.

군중들은 마치 천상에서 천사가 강림한 것처럼 경외감을 느꼈다.

그리고 그녀가 극장 안으로 들어가 버리자 세상은 다시 회색빛으로 변했다. 험프리는 그녀가 돌아와 주기를 갈망했다.

다른 여배우들이 나타났지만, 사람들은 크게 관심을 보이지 않았다. 루비 히솔로 주니어의 눈부신 모습이 모두의 안구에 각인되어 사람들은 온통 그 얘기뿐이었다.

험프리는 인내심을 잃기 시작했다. 군중들 틈에 갇혀 있는 것이 싫었고 배도 고팠다.

"그 여자는 어디 있지? 오긴 오는 거야?" 그가 투덜거렸다.

"그래, 그래. 신문이라는 신문에는 죄다 났다니까. 루크레시아 커터는 시상식에 절대 가지 않는데 이번에 처음으로 참석한다고 말이야." 피커링이 정신없이 고개를 끄덕이며 말했다. "올 거야. 내가 알아. 내가 '느낄' 수 있어."

험프리가 눈알을 굴렸다.

리무진이 또 한 대 도착했다.

"그녀가 왔다!" 누군기 외쳤고 사람들이 또 우르르 몰려나왔다.

"누군데 그러쇼?" 험프리가 주변 사람들에게 물었다. "누가 도착한 거요?"

"스텔라 매닝이에요." 한 여자가 너무 흥분한 나머지 자신이 누구에게 얘기하는지 돌아보지도 않고 대답했다. "역사상 가장 위대한 여배우예요." 그녀가 두 손을 가슴에 대고 격앙된 목소리로 꽥꽥거렸다. "카멜레온 같은 배우, 기적을 행하는 배우예요. 제가 열렬한 팬이랍니다."

험프리는 좌절감에 한숨을 내쉬었다. 그러나 이왕 이렇게 된 마당에 루크레시아는 아니지만 역사상 가장 유명하다는 여배우의 얼굴이라도 봐야겠다는 생각이 들었다.

자동차 문밖으로 숲을 연상시키는 초록색 치맛자락이 스르르 나오더니 허리까지 오는 숱진 붉은색 웨이브 머리를 어깨 위로 늘어뜨리고 이마에 반짝이는 금관을 쓴 위풍당당한 여자가 나타났다.

"'레이디 맥베스'다!" 한 젊은 남자가 손을 두 뺨에 갖다 대고 숨을 헐떡이며 말했다. "세상에! 이렇게 근사할 수가!" 그가 졸도하려는 듯한 제스처를 취했다.

"스텔라 매닝이라고 하지 않았소?" 험프리가 조금 전 그 여자에게 물었다. 그녀는 이제 손에 펜과 사인지를 필사적으로 움켜쥐고 있었다.

"맞아요. 저 드레스가 '레이디 맥베스'라는 거죠. 루크레시아 커터가 디자인한 옷이에요."

"루크레시아 커터라고요? 어디요?"

"저 드레스요. 저걸 그 여자가 디자인했다고요."

험프리는 눈살을 찌푸렸다. 대체 왜 드레스에 이름 따위를 붙이는 것일까? 그는 레드카펫을 밟으며 자신을 향해 근엄하게 걸어오고 있는 스텔라 매닝을 보았다. 드레스는 매혹적이었다. 살이 투명하게 비치는 정교하게 재단된 안감은 스텔라 매닝의 몸의 모든 곡선과 윤곽을 강조하며 그녀를 마치 하일랜드 부족의 여족장처럼 보이게 했고, 바닥까지 내려오는 예쁜 초록색 비늘로 장식된 겉감은 각도에 따라 색이 변하며 언뜻언뜻 푸르스름한 자줏빛을 띠기도 했다. 험프리는 루크레시아가 옷을 상당히 잘 만든다는 것을 인정할 수밖에 없었다.

플래시가 터지고 스텔라 매닝이 잠시 멈춰서 마이크를 든 한 여성에게 뭐라고 말을 했다.

"루크레시아는 어디 있지?" 피커링이 사탕을 너무 많이 먹은 아이처럼 깡충깡충 뛰었다. 그 순간 드디어 그 차가 도착했다. 험프리가 넬슨 퍼레이드에 있는 자신의 집 앞에서 처음 보았던 그 차. 강력한 엔진을 숨기고 있지만 어떤 리무진보다 멋스럽고 유행을 타지 않는 클래식한 디자인의 차였다. 그가 마지막으로 루크레시아 커터를 보았을 때, 운전기사가 그녀를 저 차에 태우고 사라졌었다. 어떻게 그녀가 그 차를 미국에 가져온 것인지 궁금했다. 어쩌면 그녀가 그 차종을 몽땅 다 소유하고 있을지도 모른다는 생각이 들었다.

운전기사가 운전석에서 내려 각도에 따라 색이 달라 보이는 자동차의 뒤쪽으로 돌아가서 뒷좌석 문을 열었다. 험프리는 기대감에 입술을 핥으며 상체를 앞으로 뺐다. 갈고리처럼 생긴 발톱이 달린 앙증맞은 발이 나타나더니 레드카펫을 밟았다. 플래시 플래시가 터지고 작은 소녀가 차에서 내렸다. 갈고리발톱이 달린 발은 소녀의 것이었다. 소녀는 검은색 옷을 입었고 머리를 흰색 단발로 잘랐다. 눈은 검은색 아이라인으로 칠했고 입술은 금빛으로 빛났다. 그러나 험프리를 뚫어지게 쳐다보게 만든 것은 그 이상한 신발이었다. 그것은 어떤 발에도 맞지 않을 것처럼 보였고, 신발이라기보다 까만 갈고리발톱에 더 가까워 보였다. 그런데 그 순간 훨씬 더 크고 위협적인 갈고리발톱이 레드카펫을 밟고 내렸다. 루크레시아 커터는 짙은 청록색 정장을 입은 잘생긴 남자의 도움을 받아 차에서 내리고 있었다.

군중들은 숨을 고르다가 일제히 환호성을 터뜨렸다.

루크레시아 커터는 머리끝에서 발끝까지 금을 두르고 있었다. 그녀가 몸을 쭉 펴고 서니 믿을 수 없을 만큼 키가 컸다. 그녀가 팔짱을 낀 남자보다도 머리가 한참 위에 있었다. 지팡이와 연구실 가운은 없었지만, 특유의 선글라스와 검은 단발머리는 여전했으며 머리에는 묵직한 금관이 자리 잡고 있었다. 그녀가 왼쪽으로건 오른쪽으로건 눈길 한번 주지 않고 딸과 함께 레드카펫을 유유히 걸어갈 때 군중들 사이에는 경건한 침묵이 흘렀다.

"우후!" 정적의 한가운데서 피커링이 목소리를 한껏 높여 외쳤다. "루크레시아, 저기요. 나예요, 나. 피커링!"

"나도 있어요!" 험프리가 우렁찬 소리로 고함쳤다. "여기요!"

"루크레시아!" 피커링이 외쳤다. "우리 여신, 사랑해요!"

아주 잠시 험프리는 루크레시아 커터가 발끈한 것 같다고 생각했지만, 그녀는 계속 앞으로 걷기만 할 뿐 그들이 있는 곳을 쳐다보지

않았다.

"어이!" 험프리가 으르렁거리듯 외쳤다. "약속한 돈을 주쇼!" 그러나 지금은 사진사들이 모두 소리치고 있어서 그의 외침은 묻혀버렸다. "우리 돈을 줘요! 당신이 우리 집을 불태워버렸잖소!"

루크레시아 커터는 단 한 번도 멈춰 서서 사인을 해주거나 인터뷰에 응하지 않았다.

"우리말을 들은 걸까?" 피커링이 쓸쓸히 물었다. "적어도 나한테 손 키스 정도는 날려줬어야지."

"제기랄." 험프리가 레드카펫에서 등을 돌렸다. "난 더 이상 기다리지만은 않겠어. 들어가서 우리 돈을 받아오자."

"하지만 어떻게?" 피커링이 험프리를 따라 터벅터벅 걸으며 징징거렸다.

"여긴 극장이야." 험프리가 구석진 곳으로 걸어가며 말했다. "분명 다른 문이 있을 거야." 그들은 무대 출입구로 통하는 골목을 들여다보았다. 골목에는 검은 정장 차림의 보안요원들이 줄지어 서 있었다. 손수레를 끄는 한 남자가 무대 출입구로 들어가고 있었다. 손수레에는 쉴 새 없이 지저귀는 화려한 색의 새들이 가득한 황금색 새장이 잔뜩 쌓여 있었다.

"우린 저 방법으로 들어가지 못할 거야." 피커링이 말했다.

"그럼 다른 방법을 찾아봐야지." 험프리가 위를 올려다보며 대답했다.

제 30 장

무대 출입구

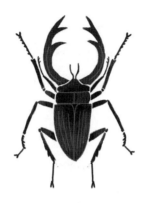

객석으로 들어갈 때 노박은 기쁨으로 숨이 막힐 것만 같았다. 할리우드 극장 내부는 붉은색 벨벳과 크리스털 샹들리에, 번쩍이는 금빛 테두리로 이루어진 호화로운 궁전 같았다. 그녀는 세계에서 가장 유명한 극장에 서 있었다. 그 건물의 정기를 받았는지 갑자기 결의가 솟아났다. 이제 그녀가 인생에서 최고의 연기를 펼칠 때였다.

노박은 그 자리에서 몸을 비비 꼬기 시작했다.

"화장실에 가고 싶어요."

메이터가 그녀의 말을 무시하자, 노박은 바솔로뮤를 간절한 눈빛으로 쳐다보았다. "정말 급해서 그래요."

"긴장해서 그런가 보군." 다쿠스의 아빠가 메이터에게 말했다.
"시작하기 전에 보내주지그래."

"시상식이 시작되기 전에 네 자리에 앉도록 해. 후보 여배우들의
좌석은 맨 앞줄이야." 메이터가 앞으로 걸어가며 스텔라 매닝이 건
네는 손 키스와 드레스와 관련하여 쏟아내는 감사의 인사를 받았다.

노박은 고개 숙여 인사한 뒤 다시 로비로 달려가며 자신을 도와
줄 누군가를 애타게 찾았다.

"실례합니다, 선생님."

한 나이 든 좌석 안내원이 그녀를 내려다보며 다정하게 미소 지
었다.

"무엇을 도와드릴까요, 커틀 양?"

"제 이름을 아시네요!" 노박이 속눈썹을 깜빡이며 수줍게 기뻐하
는 시늉을 했다.

"그럼요. 모두들 아가씨의 이름을 알죠. 여우주연상 후보시잖습
니까."

"그래요!" 그녀는 두 손을 맞잡고 말했다. "정말 믿을 수가 없어
요. 꿈이 이루어졌네요." 그녀가 그를 향해 미소 지으며 말했다. "저,
혹시 저를 좀 도와주실 수 있을까요?"

"최선을 다해보죠." 그가 노박의 키에 맞추어 무릎을 숙였다. "뭘
도와주면 될까요? 아이스크림을 사다 줄까요?"

"아니에요. 사실은 제가 로스앤젤레스 고아들을 위한 자선활동을 하거든요. 음, 그 고아들은 정말 가난해요. 그 애들은 시상식에 와본 적이 없고, TV에서조차 본 적이 없죠. 너무 가난하거든요."

"이런, 정말 착하네요."

"그런데 제가 이 정말 가난한 고아들에게 무대 옆에서 시상식을 보게 해주겠다고 약속했지 뭐예요. 그러면 안 되는 거였는데, 제가 후보로 지명되었다니까 너무 흥분들 하는 바람에 그만." 그녀가 입술을 깨물고 한참 동안 바닥을 보았다. 그런 다음 슬픔을 가득 담은 커다란 눈으로 늙은 좌석안내원을 똑바로 쳐다보며 말했다. "차마 그 아이들을 실망시킬 수가 없어요. 지금까지 부모를 포함해서 모든 사람들에게 실망하며 살아온 아이들이에요. 초콜릿도 맘껏 먹지 못하는 아이들이죠."

"이를 어쩌나." 안내원이 머리를 긁으며 말했다. "여기 보안은 선거일에 백악관보다 철통같은데."

"알아요." 노박이 눈을 깜빡여 눈물을 짜냈다. "제가 너무 멍청한 거죠 뭐. 조금 전에 도착해서 모든 보안요원들을 볼 때까지는 그게 불가능한 일이라는 걸 깨닫지 못했으니까요." 그녀가 훌쩍였다. "내가 오라고 했으니까 그 애들이 올 텐데, 이제 어떻게 해야 할지 모르겠어요." 그녀의 입술이 떨리더니 한 줄기 눈물이 뺨을 타고 흘러내렸다.

"아이고, 울지 말아요. 화장을 망치면 안 되잖아요."

"화장 따위 상관없어요." 노박이 흐느꼈다. "시상식도 아무래도 좋아요. 그냥 저 가엾은 아이들에게 평생 기억할만한 놀라운 경험을 하게 해주고 싶었는데, 이제 그 애들의 기억에는 정장을 입은 무서운 남자들에게 내쫓기는 장면만 남겠죠. 너무 끔찍해요!"

"자, 자." 늙은 안내원이 조끼에서 손수건을 꺼냈다. "눈물 닦아요. 나를 따라와 봐요. 조카에게 한번 얘기해볼 테니까."

노박이 딸꾹질을 하며 말했다. "조카요?"

"무대 출입구에서 경비를 서고 있지." 안내원이 윙크를 했다.

노박이 안내원을 따라 커튼 뒤에 숨겨진 문으로 가서 그가 비밀 번호를 누르는 것을 지켜보았다. 그들은 텅 빈 탈의실과 또 다른 문을 통과한 뒤 복도를 걸어서 로비로 나왔다. 그곳에는 접수계가 있고, 그 뒤에 혼자서 카드놀이를 하고 있는 여자가 앉아있었다.

"안녕 낸시, 이쪽은 노박 커터야."

노박이 사랑스럽게 미소 지으며 손을 흔들었다. "안녕하세요."

"대니얼은?"

낸시는 카드에서 눈을 떼지 않고 말했다. "밖에 있어요."

"커터 양이 로스앤젤레스 고아원에서 온 고아들의 이름을 알려줄 거야." 그가 낸시에게 윙크했다. "오늘 진행되는 자선 활동의 일환인데. 무대 옆에서 시상식을 보는 것을 허락받았지. 그 문제는 대니얼이 알아서 처리할 거야."

낸시가 펼쳐진 공책 위에 펜을 던져주고 다시 카드놀이에 집중했다. "여기에 이름을 쓰세요."

노박은 눈을 크게 뜨고 늙은 좌석 안내원을 올려다봤다. "정말이요?"

"내가 조카에게 그 애들을 무대 옆으로 데려오라고 말하기만 하면 되니까." 그가 눈을 반짝이며 친절하게 대답했다.

"고맙습니다." 노박이 감사의 인사와 함께 속사포처럼 말을 쏟아 냈다. "여자애 하나랑 남자애 둘, 이렇게 애들 세 명하고 보호자 세 명이 있어요."

"알았어요. 내가 대니얼에게 전할게요. 이 공책에 그 사람들 이름을 써요. 낸시가 처리해줄 테니까."

노박이 고개를 끄덕이고 펜을 들었다. 그녀는 짜릿한 흥분에 휩싸여 다쿠스와 베르톨트, 버지니아의 이름을 써 내려가다가 잠시 멈칫했다. 어른들 중에 이름을 아는 사람은 맥시밀리언 커틀 뿐이었고, 다른 두 명은 몰랐다. 그래서 그냥 '맥스'와 '박스터', '헵번'이라고 썼다.

친절한 안내원이 5분 뒤 대니얼과 함께 돌아왔다. 그는 다른 보안요원들과 다름없어 보였다. 검은 정장과 흰 셔츠, 검은 넥타이, 선글라스.

"대니얼이 고아들을 안내할 겁니다."

"네. 하지만 그들이 누구에게 와야 할지 어떻게 알죠?" 노박이 핸드백을 열어 뒤적거리다가 가느다란 분홍색 머리끈을 꺼냈다. "대니얼 씨, 무릎을 꿇는 친절을 베풀어 주실 수 있을까요?" 그녀가 보안 요원에게 속눈썹을 깜빡이며 예의 바르게 물었다.

대니얼이 웃으며 한쪽 무릎을 굽히고 선글라스를 벗었다. 대니얼도 그의 삼촌처럼 다정한 눈빛을 가지고 있었다. 노박은 그의 재킷 맨 위 버튼에 얇은 분홍색 머리끈을 두르고 나비 모양으로 묶었다.

"정말 좋은 일을 하시는 거예요. 정말 가슴 깊이 감사드려요." 노박이 말했다.

"저도 기쁩니다, 커터 양." 대니얼이 고개를 끄덕이고 일어섰다.

"다쿠스가 분홍 머리끈을 알아볼 거예요." 이렇게 말하며 노박은 안도감과 자부심이 밀려오는 것을 느꼈다.

"이제 걱정하지 마세요." 대니얼이 말했다. "아이들은 제가 돌보죠."

"고마워요." 그리고 노박이 친절한 좌석안내원을 돌아보며 말했다. "고맙습니다, 선생님." 그녀는 그를 끌어안으며 말했다. "고맙습니다. 고맙습니다. 정말 고맙습니다."

"자, 자, 커터 양 그럴 필요 없어요." 그가 노박을 떼어내며 미소지었다. "시상식이 시작되기 전에 자리에 돌아가야죠."

"화장실이 어디 있는지 먼저 알려주시겠어요?" 노박은 민망한 표정을 지으려고 최선을 다했다. "제가 급해서요."

"물론이죠. 따라와요."

노박은 재킷 단추에 분홍색 리본을 묶은 대니얼에게 손을 흔들었

고, 친절한 안내원은 그녀를 극장 앞쪽으로 데려가서 화장실을 가리
켰다. 노박은 감사 인사를 하고 급히 안으로 들어가 문을 잠갔다. 그
리고 핸드백을 열어 작은 지갑을 꺼낸 뒤, 지갑의 지퍼를 열고 헵번
을 꺼냈다.

"괜찮니?" 그녀가 속삭였다.

헵번은 작은 털실 방울 같은 머리를 흔들었다.

"좋아. 이게 메시지야. '무대 출입구로 가서 분홍 리본을 찾아. 아
이 셋. 어른 셋. 이름은 맥스, 박스터, 헵번.'"

헵번이 반짝이는 겉날개를 무지개처럼 펼쳤다. 그러고는 날개를
길고 짧게 연속으로 퍼덕여 노박이 말한 메시지를 모스 부호로 보여
주었다.

"아, 정말 똑똑하구나!" 노박은 새끼손가락에 입을 맞춘 뒤 손가
락을 헵번의 배에 댔다. "이제 다쿠스와 박스터를 찾아서 메시지를
전해. 무사히 돌아와야 해."

극장에서 종이 다섯 번 알렸다. 시상식 시작 5분 전을 알리는 신
호였다.

그녀는 밀폐된 창문 위로 난 좁은 환풍구로 손을 들어 올렸다.

"서두르라고 전해, 헵번."

예쁜 비단벌레는 공중으로 뛰어올라 노박을 남겨두고 극장 밖으
로 날아갔다.

제 *31* 장

딱정벌레들의 반란

노박은 조명을 줄이기 직전 맨 앞줄로 가서 스텔라 매닝과 메이터의 사이에 앉았다. 하프의 마법 같은 선율이 펼쳐지고 스포트라이트가 원을 그리며 천장을 휩쓸자 가슴이 쿵쾅거렸다. 커튼이 올라가고 시상이 이루어질 무대 중앙으로 조명이 집중되었다. 왼쪽과 오른쪽에 관객석에서 무대로 통하는 계단이 하나씩 있었고 무대 앞 아치는 반짝이는 일련의 조명으로 장식되어 있었는데, 그 모습이 반딧불이를 연상시켰다. 노박은 뉴턴과 베르톨트, 다쿠스를 떠올리며, 헵번이 무사히 그들을 찾기를 조용히 기도했다.

스피커를 통해 우렁찬 목소리가 들렸다. "안녕하십니까, 신사 숙녀 여러분, 92회 영화제 시상식에 오신 것을 환영합니다. 오늘은 홍분되는 밤이 될 것입니다. 그럼 시상식의 진행자인 리어노라 래비쉬를 무대에서 맞이하며 시상식을 시작하겠습니다!"

오케스트라의 연주가 터져 나오고 반짝이는 조명이 파문처럼 퍼지자, 청중들은 눈부신 크리스털처럼 화려한 옷을 입은 신장 180센티미터 정도의 수염 기른 미남자에게 박수갈채를 퍼부었다. 그는 한참 동안 혼자서 뭐라고 얘기를 하여 모든 어른을 웃게 만들었지만, 노박은 너무 긴장한 나머지 잘 듣지 못했다. 그러더니 그 남자는 노래를 부르기 시작했다. 후보로 지명된 모든 영화를 짧게 소개하는 메들리였다. 그의 목소리는 달콤하면서도 힘이 있었다. 리어노라가 거대한 용의 친구가 되어주는 노박이 맡았던 역할을 흉내 내자, 그녀는 얼굴을 붉히며 피식 웃었다. 카메라가 무대 옆 트랙을 따라 이동했다. 그 순간 노박은 자신이 카메라에 찍히고 있으며, 세계 사람들이 자신을 볼 수 있다는 것을 깨달았다. 갑자기 두려움에 가슴이 요동쳤다. '메이터가 원하는 게 바로 이거였어!' 그녀는 깨달았다.

그녀는 오른쪽을 훔쳐봤다. 메이터가 마치 목표물을 덮치기 위해 똬리를 틀고 있는 뱀처럼 미동도 없이 집중해서 무대를 노려보고 있었다. 다쿠스의 아버지는 그녀의 옆에 앉아 리어노라 래비쉬의 농담에 웃는 시늉을 했지만 몹시 불안한 듯 전신이 팽팽히 긴장된 모습이었다. 노박은 그에게 다쿠스가 올 거라고 말해야 하나 잠시 고민했지만, 어차피 그것은 불가능했다. 그의 곁에는 항상 메이터가 붙어

있었다.

시상이 이루어질 때마다, 노박은 점점 더 초조해졌다. 음악과 농담이 점점 더 원색적이고 재미없게 느껴졌다. 남우주연상과 여우주연상은 큰 상이어서 시상식 말미에 시상이 이루어졌다. 기다리기가 너무 힘들었다. 노박은 다쿠스가 보이기를 기대하며 계속 상체를 앞으로 빼고 무대 양옆을 보려 했다. 그녀는 바솔로뮤 커틀을 훔쳐보았지만, 그의 얼굴에는 아무런 표정이 없었다. 이 사람은 대체 무슨 생각을 하고 있는 걸까?

팡파르가 울렸다. "어서 오세요, 빌리 배니티."

사람들이 일어나서 작년에 남우주연상을 수상한 남자에게 박수갈채를 보냈다. 그는 손에 순금 트로피와 봉투를 들고 있었다. 노박은 숨을 들이쉬었다. 때가 되었다. 무슨 일이 일어날지 모르지만, 이제 곧 그 일이 벌어질 것이다. 그녀는 눈을 감고 다쿠스를 생각했다.

빌리 배니티가 마이크 앞에 섰다.

"곧바로 본론으로 들어가겠습니다." 그가 카메라를 보고 미소 지으며 말했다. "여우주연상 후보는 18세기 교량 건설의 시대를 배경으로 펼쳐지는 비극적인 짝사랑 이야기 《심장 위의 다리》에서 사라 레인으로 열연한 루비 히솔로 주니어." 그는 사람들이 박수갈채를 보내는 동안 잠시 기다렸다. "결혼 생활의 속박을 깬 한 정열적인 여인에 대한 입센의 고전 희곡을 각색한 《헤다 가블레르》에서 헤다 테스만 역을 열연한 스텔라 매닝." 그는 시끌벅적한 박수가 쏟아지는 동안 또 한 번 멈추었다. "그리고 맹인 소녀와 그녀의 애완용 용에 관한 서사 판타지 《드래곤 길들이기》에서 릴리아 역을 열연한 노박 커터." 그는 잠시 멈추었다. 가끔 예의상 치는 박수 소리가 들려왔다. "그리고 수상자는..." 그가 봉투를 열었다.

"《드래곤 길들이기》의 노박 커터."

모두 놀란 듯 잠시 정적이 감돌더니 파문처럼 갈채가 퍼져나갔다.

노박은 로봇처럼 일어섰다. 루크레시아 커터가 옆에 서서 노박의 손을 잡고 무대로 인도했다.

노박 커터에게 트로피를 건네는 동안 빌리 배니티는 얼굴에서 놀란 기색을 숨길 수 없었다.

"죄송합니다." 노박이 악수를 하며 속삭였다. 그는 그녀에게 고개 숙여 인사를 하고 한쪽으로 물러났다.

루크레시아 커터는 무대 중앙에 서서 미소를 지으며 마이크를 향해 얼굴을 기울였다.

"많은 분들이 우리가 왜 여기 서 있는지 의아하게 생각하실 겁니다. 그도 그럴 것이 《드래곤 길들이기》는 얼빠진 판타지 영화고 이 아이는 끔찍한 배우니까요." 그녀가 웃었다.

노박은 속이 얼어붙는 느낌이었다. 공포감이 밀려왔다.

"세계의 모든 TV 화면이 이 무대에 맞춰진 오늘 밤, 저는 이 자리에 서기 위해 꽤나 많은 돈을 지불했습니다. 그래서 저는 《드래곤 길들이기》에 투표한 탐욕스럽고 고분고분한 바보들에게 이 상의 영광을 바치고 싶습니다."

관중석에서 불편한 웅얼거림이 들리더니 갑자기 스피커에서 시끄러운 음악이 흘러나왔다.

"그런다고 제 입을 막을 수는 없어요." 루크레시아 커터가 고개를 저으며 쯧쯧 혀를 찼다. "댄키시! 음향 담당자를 처리해."

잠시 후 비명 소리와 함께 음악이 갑자기 멈췄다. 청중들 사이에 걱정스러운 웅얼거림이 퍼졌다.

"이제 한결 낫군요. 제가 어디까지 얘기했죠?"

보안 요원 두 명이 무대 위로 뛰어 올라왔다. 그 순간 두꺼운 붉은 커튼을 헤치고 나타난 몰링이 주먹을 휘둘러서 두 요원을 한 방에 때려눕혔다. 두 남자 모두 일어나지 못했다. 몰링은 권총을 뽑아 깜짝 놀란 배우들이 앉아있는 관중석에 겨눴다. 빌리 배니티가 겁에 질린 얼굴로 뒷걸음질 쳐 무대에서 내려갔다.

"링링, 보안 요원들은 처리했나?"

모자를 쓰지 않은 운전기사가 루크레시아 커터가 서 있는 무대 바로 아래에서 합장하고 머리를 숙였다.

"좋아. 그럼 이제 더 이상 중단될 일은 없겠군." 그녀가 관중을 가리키며 말했다. "내가 여기 있는 목적이 여러분은 아니지만, 누구든 움직이는 사람이 있으면 몰링이 가차 없이 쏠 겁니다." 그녀가 빨간 불이 들어와 있는 카메라 렌즈를 내려다보았다. "전 세계의 시민 여러분, 안녕하세요. 헬로, 봉주르, 올라, 헤이, 니하오, 메르하바,

곤니찌와. 따분한 영화제 시상식을 즐기시고 계신데 방해해서 죄송합니다만, 저는 현재 진행 중인 역사적 사건에 관한 생방송 다큐멘터리 영화를 가지고 이 자리에 나왔습니다." 그녀가 두 팔을 활짝 펴자 뒤에 있는 붉은 커튼이 열리며 대형 화면이 나타났다. "이 영화는 여러분의 비참한 삶을 변화시켜줄 것입니다."

완만한 구릉을 이룬 밀밭 풍경의 영상이 화면에 나타났다.

"참 아름답죠?" 그녀가 화면을 가리키며 말했다. "내년에 수확할 밀밭입니다. 이것으로 여러분이 드실 빵과 파스타, 햄버거 빵과 베이글을 만들 겁니다." 그녀가 보이지 않는 주머니에서 전화기를 꺼냈다. "여러분은 인식하지 못하시겠지만, 세상에는 돈보다 더 위력적인 것이 있습니다." 그녀가 전화기를 얼굴로 가져갔다. "크레이븐, 내 말 들리나? 전 세계 시민들에게 손을 흔들어봐." 카메라에 대고 손을 흔들며 능글맞게 웃고 있는 크레이븐의 얼굴이 화면에 나타났다. "크레이븐은 지금 미국의 밀 산출지대 텍사스에 있습니다. 미국이 세계에서 세 번째로 큰 밀 생산국이라는 거 아셨나요? 밀 생산 산업 규모는 약 90억 달러로 평가되고 있습니다." 루크레시아 커터가 다시 전화기를 들었다. "크레이븐? 딱정벌레를 풀어 놔."

카메라가 뒤로 빠지면서 트럭 위에 탑재된 원통형 탱크 뒤에 서 있는 크레이븐을 비추었다. 그가 레버를 비틀자 탱크가 열렸다. 윙윙 소리가 크게 들리더니, 수백만 마리의 작고 검은 딱정벌레가 주변을 온통 뒤덮어 카메라와 밭의 경치를 가렸다.

시상식장 여기저기에서 헉 하고 숨을 들이켜는 소리와 억눌린 작은 비명이 들렸다.

"생방송 TV입니다, 여러분!" 루크레시아 커터가 몸짓으로 화면을 가리키자 작은 박수가 나왔다. "저런, 나의 딱정벌레들이 배가 고픈가 봅니다." 카메라가 딱정벌레 떼가 밀의 이삭을 먹어치우는 장면을 클로즈업으로 확대했다. "여러분 중에는 내년에 아침 식사로 토스트를 드시지 못하는 분도 계실 것 같군요. 빵값이 아주 비싸질 테니까요." 그녀가 귀에 거슬리는 낮은 후두음을 내며 웃었다. "플로리다의 과일 수확이 괜찮기를 기도해야 할 것 같군요. 딱정벌레들은 과일을 아주 좋아하거든요." 그녀가 마치 걱정스러운 시늉을 하며 손가락을 황금색 입술에 대더니 그 손가락으로 허공을 찔러 연극적인 동작을 연출했다. "틀림없이 여러분은 보잘것없는 딱정벌레를 연구하기 위해 시간을 들인 적이 없을 겁니다. 그런데 여러분, 딱정벌레가 지구상에서 가장 성공적이고 적응력이 좋고 진화적으로 정교한 생물이라는 사실을 아셨나요? 아니라고요? 지구에는 우리가 셀 수 없을 만큼 많은 딱정벌레 종들이 있습니다. 그들은 가장 척박한 땅과 물에서 살고, 개체 수에서도 우리를 훨씬 능가합니다." 그녀가 미소 지었다. "하지만 지금까지 그들에게 부족한 것이 있었으니, 바로 지도자였습니다. 그런데 그것이 이제 바뀌려 합니다." 그녀 뒤의 화면이 한때 황금빛이었던 밀밭이 딱정벌레들로 까맣게 덮인 장면을 보여주었다. "오늘은 인간의 시대가 끝나고 새로운 딱정벌레의 시대가 시작되었음을 기념하는 날입니다."

정적이 감도는 강당에서 누군가의 웃음소리가 들렸다.

"웃을 수 있을 때 실컷 웃어두세요." 루크레시아 커터가 으르렁 거렸다. "이 혁명은 이미 시작되었지만 아주 미세한 차원에서 일어 나고 있어서 잘 보이지 않죠. 여러분의 농사가 망하고 여러분의 나 무가 죽어갈 겁니다. 제 명령에 따라 쇠똥구리들이 파업이라도 하 면 여러분의 목초지가 동물의 배설물로 가득해지고 그로 인해 질병 이 퍼지게 될 겁니다. 불과 두어 달 이내에 여러분은 서로를 공격하 고 남은 음식을 두고 싸우게 될 것이고, 사람들이 굶주림에 죽어가 기 시작하면 그제야 여러분은 제가 하는 말이 사실임을 알게 될 겁니 다." 그녀의 목소리가 점점 더 커져서 겁먹은 관중들의 웅성거림을 덮어버렸다.

"딱정벌레들이 떨쳐 일어나고 있습니다!"

그녀의 드레스 자락이 빛을 받아 잔물결을 일으키며 흔들리더니 갑자기 짝 갈라지면서 황금색 풍뎅이들이 대오를 이루어 허공에서 맴돌았고, 이와 함께 루크레시아 커터의 네 개의 검은 딱정벌레 다 리와 시커먼 복부가 드러났다. 그녀가 앞으로 몸을 숙이자 두 개의 황금색 겉날개가 퍼덕이며 올라감과 동시에 두 개의 검은 날개가 펼 쳐져 진동과 함께 그녀를 공중으로 띄웠다. 그녀는 인간 팔을 위로 뻗어 왕관을 벗고 머리를 흔들어 가발과 선글라스를 털어냈다. 그리 고 두 개의 더듬이가 솟아 있는 번들거리는 검은 두개골 위에 다시

왕관을 썼다. 그녀가 보철 턱을 뜯어내서 검은 턱을 드러내는 순간 그녀의 겹눈이 번뜩였다.

"난 비틀 퀸이다. 그리고 너희는 모두 내게 굴복할 것이다."

제32장

야회복 전투

다 쿠스는 루크레시아 커터가 공중에 떠 있는 섬뜩한 광경으로 부터 시선을 돌렸다. 발이 마치 무대에 용접된 것처럼 느껴졌지만, 그의 몸은 달려가야 한다고 외치고 있었다. 그는 버지니아와 베르톨트의 손을 붙잡았고, 그들은 공포 때문에 커진 눈으로 그를 보았다. 그들이 서 있는 무대 옆에서는 관중석이 보이지 않았지만 혼란스러워 헉 하고 내뱉는 숨소리와 억눌린 비명 소리를 들을 수 있었다. 한 남자는 이것이 쇼의 일부라고 생각하고 박수를 치며 "의상이 놀랍군! 저 보철 좀 봐!" 하고 소리치다가 몰링에게 경고 사격을 받았다.

"지금이야. 지금이 아니면 기회는 없어." 다쿠스가 속삭였다.

"그래, 지금." 버지니아가 말했고, 베르톨트는 고개를 끄덕였다.

"딱정벌레에게 물리지 않도록 조심해." 그가 말했다. "노란 무당벌레를 기억해."

그리고 다쿠스는 친구들과 나란히 무대를 향해 달렸다.

"안 돼!" 다쿠스가 목소리를 한껏 높여 외쳤다. "우린 절대 당신에게 굴복하지 않아!"

루크레시아 커터가 시커먼 입을 크게 벌린 채 고개를 돌렸다. "너!" 그녀가 내뱉었다. "죽은 줄 알았는데!"

"다쿠스!"

말쑥한 짙은 청록색 턱시도 차림의 그의 아버지가 뒤로 넘겨 빗은 머리에 깔끔하게 면도한 얼굴로 객석 앞줄 한가운데 서 있었다.

"그녀에게 가까이 가지마!"

"아빠!" 다쿠스가 멈칫거렸다.

"그렇다면 널 다시 죽여야겠구나." 루크레시아 커터가 객석으로 고개를 돌리고 말했다. "이건 너희들에 대한 경고야." 그런 뒤 카메라를 보았다. "너희들 모두에 대한." 그녀는 머리를 뒤로 빼고 섬뜩하게 드드득득득거리는 소리를 냈다.

"안 돼!" 바솔로뮤 커틀이 소리쳤다.

그 순간 노박이 비명을 질렀다. 그녀의 드레스가 진동하더니 수많은 검은 구슬이 공중으로 폭발하며 그녀는 검은색 캣슈트 바람으로 남겨졌다.

루크레시아 커터가 연속으로 딸깍 소리를 냈고, 그러자 노박이 입고 있던 폭탄먼지벌레들이 다쿠스의 얼굴을 향해 날아갔다.

"다쿠스! 달아나!" 다쿠스는 아버지의 외침을 들었다.

그것은 시상식 게스트들이 감당하기 힘든 광경이었다. 그들은 두려움 때문에 좌석에서 꼼짝도 못한 채 서로를 부여잡고 울부짖었다.

다쿠스가 쪼그리고 앉아 배낭 옆에 묶어둔 호스를 움켜쥐고는 자신을 위해 날아오는 먼지폭탄벌레들을 조준한 상태로 스위치를 켰다.

"버지니아! 베르톨트!"

"여기야!" 그들이 동시에 대답하며 배낭 흡충관의 스위치를 켜고 앞으로 달려나갔다.

박스터는 다쿠스의 어깨 위에 뒷발로 서서 다쿠스의 호스를 피해 가는 폭탄먼지벌레를 제압할 태세를 갖추었다. 몇 초 만에 다쿠스는 공격하는 폭탄먼지벌레를 흡충관으로 빨아들이고 다시 일어났다. 그는 딱정벌레가 뿜어내는 산 성분이 흡충관의 병을 녹여버릴까 걱정하며 통을 내려다보았지만, 일단 루크레시아 커터의 명령이 들리지 않는 통 안에 들어가니 폭탄먼지벌레들은 진정이 되었는지 그냥 보통 딱정벌레들처럼 행동했다.

"보안 요원!" 한 남자가 소리쳤다. "대체 뭘 기다리는 거요? 저 여자를 잡아요! 루크레시아 커터를 잡아!"

한 여자가 비명을 지르며 자리에서 벌떡 일어났다. 전 세계 극장에서 울려 퍼진 바 있는 익숙한 비명이었다. 극장 좌석 위의 허공이 갑자기 어른거리는 하얀 딱정벌레들로 뒤덮였다.

갑자기 발가벗겨진 루비 히솔로 주니어를 모두들 믿을 수 없는 눈으로 바라보았다. 그녀의 머리 위로 딱정벌레 떼가 모여 있었다. 그녀의 드레스가 분해되며 공중에 떠 있는 곤충들의 부대가 된 것이다.

또 한 차례의 비명이 들렸다. 조금 전보다 깊고 굵직한 목소리였다. 스팽스 보정 속옷과 코르셋 외에는 아무것도 걸치지 않은 스텔라 매닝이 루비 히솔로 주니어의 옆에 서서 얼굴에서 곤충을 쫓아내고 있었고, 위협적인 에메랄드빛 비단벌레 떼가 날아올라 풍뎅이들과 합류했다.

청중들의 머리 위에서 맴돌던 흰색과 녹색, 금색 딱정벌레들이 급강하하여 배우들을 깨물고 할퀴기 시작하자, 수상자가 발표되는 순간 유명 여배우들이 환호하거나 실망하는 모습을 포착하기 위해 이미 방향이 맞춰져 있던 카메라가 이제 반라의 루비 히솔로 주니어와 스텔라 매닝이 혼비백산하여 허둥대는 모습을 전 세계에 생중계했다. 수천 쌍의 딱정벌레 날개가 만들어내는 윙윙거리는 진동 소리를 배경으로 잇따른 비명과 외침, 울부짖음이 터져 나왔다. 스텔라 매닝의 드레스에서 떨어져 나온 비단벌레들은 가뢰의 강한 턱과 이를 가지고 있었고, 그것들에 물리기만 해도 피가 뚝뚝 흘렀다.

"아빠!" 사람들이 서로를 밀치고 좌석을 타고 넘으며 달아날 때,

다쿠스는 아버지가 보이지 않자 소리쳤다. 누군가는 루크레시아 커터와 싸우기 위해 무대 위로 기를 쓰고 올라가려 했고, 누군가는 탈출하기 위해 무대 출입구를 향해 앞다투어 달려갔다. 공황 상태에 빠진 벌거벗은 루비 히솔로 주니어가 통로를 달리며 허겁지겁 다른 사람이 입은 옷의 등판을 찢어 자신의 헐벗은 몸을 가렸다. 그녀는 속옷을 입지 않고 시상식에 온 것을 후회했고, 사진기자들은 기회를 놓치지 않고 경쟁적으로 그녀의 모습을 찍어댔다.

한 여자가 가터벨트에서 권총을 뽑아 한 발을 발사했다. 순간적으로 아득한 정적이 흘렀고 모두들 공중에 떠 있는 딱정벌레 여인이 쓰러졌는지 보기 위해 고개를 돌렸다. 총알은 루크레시아 커터의 외골격을 슬쩍 스치고 뒤로 튕겨 나가 황폐해진 밀밭을 보여주는 대형 화면의 한쪽을 지탱하던 와이어를 끊어놓았다. 화면의 한 귀퉁이가 바닥에 떨어져 앞으로 기우뚱 쏠리는 바람에 이국적인 앵무새가 가득한 황금색 새장들의 피라미드가 드러났다. 새들은 새장을 벗어나려고 꽥꽥거리고 몸부림쳤다.

루크레시아 커터는 후두에서 꼴깍꼴깍 소리와 쉭쉭 소리가 섞인 섬뜩한 웃음소리를 내며 눈앞에 펼쳐진 아수라장을 한껏 즐겼다. 몇 발의 총성이 더 울렸다. 한 남자는 딱정벌레 떼에게 주먹을 휘두르다가 그만 균형을 잃어 애먼 유명 배우를 때렸고, 얻어맞은 배우는 뒤로 돌아 그의 얼굴에 주먹을 날렸다. 극장 곳곳에서 싸움이 벌어졌다. 루크레시아 커터는 빨간 불이 들어온 카메라를 향해 고개를 돌렸다.

"나는 여러분의 정부가 내게 주권을 이양하는 헌장을 작성할 것을 요구합니다." 그녀가 상체를 앞으로 빼며 말했다. "신속하게 조치하면, 여러분은 굶어 죽지 않을지도 모릅니다."

다쿠스는 루크레시아 커터의 시선을 쫓다가 카메라 뒤에서 링링을 발견했다. 이 쇼는 모두 카메라를 위한 것이었다. 루크레시아 커터의 방송을 중단시켜야 했지만, 사람들을 공격하는 딱정벌레를 멈추게 하는 것 역시 급선무였다. 그는 객석을 훑어보다가 맥스 삼촌과 모티가 댄키시와 싸우고 있는 것을 발견했다. 그 와중에도 그들 뒤에서는 칼리스타 블룸이 딱정벌레의 공격을 받는 유명 인사들과 사진을 찍고 있었다.

다쿠스의 시선이 극장 뒤쪽 삼각대 위에 장착된 커다란 스포트라이트에 닿았다. 그는 버지니아와 베르톨트에게 손을 흔들며 스포트라이트를 가리켰다.

"이걸 멈춰야 해." 그가 소리쳤다. "조명! 조명을 이용해."

베르톨트는 인상을 찌푸렸지만 버지니아는 눈을 반짝이며 고개를 끄덕였다. 그녀는 베르톨트를 떠밀었고, 그들은 무대에서 뛰어내려 루크레시아 커터의 딱정벌레들을 빨아들이며 객석을 향해 달렸다.

"박스터." 다쿠스가 어깨에서 딱정벌레를 떼어내며 물었다. "저 카메라로 날아가서 스위치 끄는 곳을 찾을 수 있겠니?" 그 장수풍뎅이는 머리를 끄덕이고 날아갔다. "노박, 너는 무대 옆쪽으로 들어가 있어."

"넌 뭘 하려고?"

"내 걱정은 마." 그가 대답하고는 벌떡 일어나서 무대에서 뛰어내려 살인 병기 운전기사를 향해 돌진했다.

링링은 스프링처럼 튀어 올라 상체를 획 젖히고 가위질하듯 다리를 휘저어 허공에서 몸을 비틀었다. 다쿠스는 그녀가 서 있었던 공간으로 미끄러져 들어갔다. 링링이 착지하며 한 발로 다쿠스의 머리를 밟았다.

"안 돼!" 노박이 비명을 지르며 무대가 끝나는 곳까지 허겁지겁 달려갔다.

"안녕하세요!" 다쿠스가 싱긋 웃었다.

링링이 다리를 뒤로 뺐다가 다쿠스의 얼굴을 걷어차려는 순간 그는 공기 펌프 스위치를 켜서 흡충관의 호스에서 링링의 얼굴로 폭탄먼지벌레를 연속으로 발사했다. 그녀는 혼비백산한 딱정벌레들이 발사한 산 때문에 지글거리며 타들어 가는 얼굴을 손으로 가리고 비틀비틀 뒷걸음질 쳤다.

다쿠스는 서둘러 뒤로 물러나 TV 카메라에서 분전함으로 연결되는 케이블을 찾았다.

루크레시아 커터는 더듬이를 이리저리 움직여 폭탄먼지벌레들에게 링링에게 떨어져서 객석에 있는 인간들을 공격하는 딱정벌레 군단에 합류하도록 지시했다.

다쿠스는 벨트쌕에 묶어둔 플라스틱 통 두 개를 열었다. 각각의 통에는 타이탄하늘소가 네 개씩 들어있었다.

"전기 장치로 들어가서 전선을 갉아 먹어버려." 그가 베이스캠프 딱정벌레들에게 속삭였다. "방송을 중단시켜야 해."

타이탄하늘소들은 두 번 들을 필요가 없었다. 그들은 일사불란하게 종종거리며 전기 장치로 가서 전선을 갉아대기 시작했다.

다쿠스는 갑자기 몸이 공중에 뜨는 것을 느끼고 카메라를 꽉 붙잡았다. 링링이 그의 배낭을 벗겨 옆으로 내던졌다. 다쿠스는 발버둥 쳤지만 그녀는 놀랍도록 힘이 셌다.

다쿠스는 맥스 삼촌이 "내 조카에게 손 떼!" 하고 소리치고 소매를 걷어붙이며 달려오는 것을 보았지만, 그 순간 몰링 또한 그를 발견하고 마치 증기기관차처럼 무대 계단 아래로 돌격했다.

안전을 위해 맥스 삼촌 곁에 붙어있던 칼리스타 블룸이 발을 삐끗해 루크레시아 커터의 멍청한 하수인 앞에 쓰러지며 비명을 질렀다.

"엄마!" 베르톨트가 절규하며 스포트라이트 스탠드 위로 뛰어내려 몰링을 향해 라이트의 방향을 돌렸다. 순간적으로 앞을 보지 못하게 된 몰링은 불빛에 이끌려온 딱정벌레들에게 공격을 당했다.

칼리스타 블룸은 허둥지둥 일어나 하이힐을 신다가 이번에는 뒤로 자빠졌는데, 그러면서 공중에 쳐든 다리가 우연히 몰링의 가랑이 사이의 급소를 가격하게 되었다.

몰링은 한동안 손으로 소중한 부분을 부여잡고 레몬 씹은 얼굴로 어쩔 줄 모르고 발만 동동 굴렀다. 그때 맥스 삼촌이 몸을 회전하며 주먹을 날렸고, 몰링은 그대로 바닥에 주저앉았다.

링링이 한쪽 팔을 뒤로 뺐다. 다쿠스는 그녀가 자신을 치려는 것으로 생각했지만, 사실 그녀는 누군가 자신의 머리를 향해 휘두른 마이크 스탠드를 막으려는 것이었다. 그녀는 충돌을 피해 떨어지는 스탠드를 붙잡고 몸을 획 돌렸다. 스탠드의 다른 쪽 끝을 붙잡고 있는 것은 노박이었다.

링링은 자유로운 한 손을 스탠드 봉에 두르고 회전하며 노박을 공중에 붕 띄웠다. 노박이 스탠드를 놓고 후방으로 몸을 날려 연달아 옆으로 재주를 넘고 공중제비를 돌아 공격 자세로 착지했다.

다쿠스는 깜짝 놀랐다. 그가 환호할 겨를도 없이, 노박은 앞으로 달려 나와 링링에게 눈을 떼지 않고 발끝으로 돌며 한 발 돌려차기를 했다.

링링이 다쿠스를 옆으로 밀어내는 순간 노박의 발이 그녀의 뺨을 후려쳐 이미 부어오른 피부가 터지면서 사방으로 피가 튀었다.

다쿠스는 노박의 발을 멍하니 쳐다보았다. 그것은 갈고리발톱이었다. 그녀의 엄마와 똑같은 검은 키틴질의 갈고리발톱.

링링이 정신을 수습하고 노박에게 달려들었다. 노박은 그녀의 주먹과 발길질을 막았지만, 살인 병기 운전기사의 상대가 되지 못했다. 노박은 뒤로 튕겨 나가 비틀거리며 무릎으로 쓰러졌고, 그 앞으로 얼굴이 부어터지고 피투성이가 된 링링이 다가와 그녀를 내려다보았다.

다쿠스는 잽싸게 앞으로 달려가서 버려진 마이크 스탠드를 쥐고 링링의 다리를 후려쳐 균형을 잃게 했다. "도망쳐!" 다쿠스가 노박에게 소리쳤다.

그는 극장 좌석 위로 뛰어 올라갔다. 버지니아와 베르톨트가 극장 뒤쪽의 커다란 크롬 스포트라이트 뒤에서 방향을 조정하고 있는 것이 보였다. 다쿠스는 사람들의 머리 위에서 소용돌이치고 있는 딱정벌레 떼의 한가운데를 가리켰다. "저기 조명을 비춰!" 그가 소리쳤다. "저 위쪽에!"

버지니아가 다쿠스의 손가락을 보고 고개를 끄덕인 뒤 불빛이 딱정벌레 떼를 향하도록 움직였다. 그리고 베르톨트에게도 똑같이 하라고 소리쳤다. 두 개의 광선이 만나 하나의 집중된 빛의 공을 만들었다.

딱정벌레들은 스스로를 주체하지 못하고 불빛으로 빨려들었다. 그들은 인간과의 전투에서 벗어나서 마치 최면에 걸린 듯 빛 속으로 날아들어 그 주위를 휘젓고 다녔다.

제 *33* 장
포식자와 먹잇감

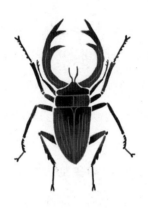

"**다**쿠스, 내 말 좀 들어봐."

다쿠스는 노박의 목소리에 고개를 돌리고 극장 좌석에서 뛰어내렸다.

"네가 날 도와줘야 해." 노박이 그의 손을 붙잡고 불쑥 말했다. "메이터가 날 다시 용화실에 넣을 거야."

"용화실이 뭔데?"

"끔찍하게 고통스러운 곳이야. 난 무서워." 노박은 피가 날 만큼 세게 입술을 깨물었다. "나를 자기처럼 딱정벌레로 만들려 하고 있어."

"안 돼, 노박. 내가 그렇게 하도록 내버려 두지 않을 거야." 다쿠스가 고개를 저었다.

"고마워." 노박이 두 팔로 그를 끌어안았다. "이해해줄 줄 알았어. 고마워. 정말 고마워."

"앗! 놔줘." 다쿠스가 웃으며 몸을 뺐다.

"링링에게 가까이 가선 안 돼." 노박의 눈이 걱정으로 커졌다. "사람들을 죽이는 여자야. 그것도 별로 힘들이지 않고."

다쿠스의 눈이 순간적으로 링링을 에워싼 근육질 배우와 스턴트맨들에게 향했다. 링링은 그들 한가운데 서서 조용히 싸울 준비를 했다.

"헵번이 널 찾은 거니? 헵번은 괜찮아?" 노박이 물었다.

"헵번은 정말 대단해." 그가 벨트쌕에서 파우치 하나를 열었다. "모스 부호를 정확하게 구사하더라고."

"오, 우리 헵번. 여기 있네." 노박이 예쁜 비단벌레를 들어서 안으며 달콤하게 속삭였다.

다쿠스는 위를 올려다보았다. "그런데 왜 스포트라이트가 저 위를 비추지 않는 거지?"

그때 뒤쪽에서 다급한 외침이 들렸다. 딱정벌레들이 또다시, 이번에는 더욱 더 사납게 공격하고 있었다. 하얀 딱정벌레의 발톱이 사람들의 얼굴과 목을 사정없이 긁었다.

다쿠스는 무대를 보았다. 루크레시아 커터가 객석에 서서 눈앞에서 펼쳐지는 아수라장을 뿌듯하게 지켜보고 있었다. 그녀의 옆에는 다쿠스의 아버지도 있었다.

다쿠스가 소리쳐 부르려 했지만, 노박이 팔을 붙잡았다. "안 돼, 다쿠스. 네 아버지는 메이터와 한 편이야."

다쿠스는 속이 뒤틀렸다. 그는 고개를 저으며 말했다. "그럴 리가 없어."

"네 아버지는 용화실에 대해 알아. 메이터가 나를 변신시키려는 걸 묵인하고 있다고."

"아니. 아빠는 그런 사람이 아니야." 다쿠스가 노박을 보았다.

"다쿠스, 두 사람이 얘기하는 걸 내가 들었어."

"난 믿지 않아." 그가 그녀에게 멀어지며 말했다. "대체 보안 요원들은 어디 있는 거지?" 그가 신경질적으로 두리번거렸다. "밖에는 잔뜩 있더니만."

"링링이 건물 안의 보안요원을 전부 밖으로 내몰고 문을 잠갔어. 밖에 있는 사람들은 여기서 무슨 일이 벌어지고 있는지도 모를 거야."

"TV도 안 보나?" 다쿠스가 날카롭게 말했다. "어서 사람들을 안으로 들어오게 해야 해. 지금."

"하지만 어떻게?"

다쿠스는 벽에 있는 유리 상자를 가리켰다. "화재경보기야."

그들과 화재경보기 버튼 사이에서 링링이 남자 열 명의 코를 납

342

작하게 만들고 있었다.

"박스터!" 다쿠스가 부르자 카메라 위에서 딱정벌레들과 싸우고 있던 장수풍뎅이가 그의 손으로 날아왔다. "뿔로 저 유리를 깨고 버튼을 누를 수 있을까?"

박스터는 대답을 기다리지 않고 그대로 돌아서 싸우는 사람들의 머리 너머로 날아갔다.

"우리가 밀리고 있어." 다쿠스가 불안하게 두리번거리며 말했다. "보안 요원이 필요해. '지금'."

"내가 들여보낼게." 노박이 말하며 껑충껑충 뛰었다.

"노박, 네 발!" 다쿠스가 그녀의 갈고리발톱을 내려다보았다. "왜 말하지 않니?"

"싫지? 보기 흉하지?" 그녀가 물었다.

"농담하니?" 다쿠스가 그녀를 보았다. "정말 멋져! 벽이랑 물건들을 타고 달릴 수 있니? 딱정벌레처럼?"

"모르겠어." 노박이 인상을 찌푸렸다. "시도해본 적이 없어."

"뭐라고?" 다쿠스가 탄성을 질렀다. "만약 내가 딱정벌레의 발을 가졌다면, 제일 먼저 그것부터 해봤을 거야."

노박은 자신의 까만 발을 내려다보고 한 바퀴 회전한 뒤 달리기 시작했다. 강력한 갈고리발톱 덕분에 그녀는 앞으로 힘껏 달려나갈 수 있었다. 벽에 가까워지자 그녀는 한발씩 차례로 들어 올려 날카롭게 갈라진 발톱을 벽돌에 박으며 천장까지 달려갔다가 모퉁이를 돌아 무대 출입구로 갔다.

귀청이 떨어질 것 같은 경보음이 울렸다. 박스터가 해낸 것이다!

다쿠스는 좌석 위로 다시 뛰어 올라갔다. 칼리스타 블룸이 댄키시에게 소리를 질러대는 동안, 맥스 삼촌이 댄키시를 벽에 밀어붙이고 한쪽 손으로 그 악당의 목을 잡고 있는 것이 보였다. 하지만 이제 두 사람 모두 딱정벌레의 공격을 받고 있었다. 방을 훑어보았지만, 버지니아와 베르톨트는 보이지 않았다.

배낭을 집어서 다시 등에 멨다. 이 싸움이 끝나려면 멀었다. 그는 무대를 향해 몸을 돌렸다. 루크레시아 커터와 열띤 토론 중인 아버지를 보노라니 의심과 분노, 사랑이 뒤엉킨 복잡한 감정이 내면에서 소용돌이쳤다. 아버지는 자신의 기대와 달리 말다툼을 하거나 싸우고 있는 것이 아니었다. 루크레시아 커터에게 간청하는 것처럼 보였다.

다쿠스는 루크레시아 커터를 노려보며 어떻게 하면 방탄복을 입은 사람에게 타격을 입힐 수 있을지 생각했다.

'네가 가진 가장 큰 무기는 지식이야.' 머릿속에서 유키 이시카와의 목소리가 들렸다. '네가 가진 가장 큰 무기는 지식이야. 생각해보렴, 다쿠스. 넌 그녀의 정체를 알고 있고, 모든 생물은 천적이 있단다. 그래서 균형이 유지되는 거지.'

다쿠스의 시선은 와이어 하나에 위태롭게 매달려 있는 대형 화면을 지나쳐 황금빛 피라미드 형태로 쌓여있는 새장을 향했다. 새장 안에서는 이국적인 새들이 날개를 퍼덕이며 우왕좌왕하고 있었다.

"아, 맞다!" 그가 숨을 헉 들이쉬고 무대 왼쪽의 계단으로 돌진하여 루크레시아 뒤쪽으로 새장을 향해 달려갔다.

"저녁 만찬 시간이다, 깃털 달린 친구들아." 그가 소리치며 새장 문을 열어 밖으로 내보냈다. 새들은 우글거리는 딱정벌레들에게 쏜살같이 날아가 기꺼이 최대한 많은 딱정벌레들을 쪼아서 삼켰다. 그 중에 가장 큰 일곱 마리의 새가 무리에서 이탈하여 지금껏 본 중에 가장 큰 딱정벌레가 공중에 떠 있는 무대 앞으로 날아왔다.

새들이 날개와 눈을 쪼아대자 루크레시아 커터가 비명을 지르며 바닥으로 곤두박질쳤다.

"아차, 박스터!" 다쿠스는 정신이 번쩍 들며 숨이 막혔다. 어서 반격하고 싶은 급한 마음에, 그만 자신의 가장 친한 친구를 위험에 빠뜨리고 만 것이다. 그는 홱 돌아서 화재경보기 옆쪽 벽을 살펴보았다. 다쿠스는 숨을 쉴 수 없었다. 그때 뭔가가 발목을 두드리는 것을 느끼고 아래를 내려다보았다. 박스터가 그에게 머리를 부딪치고 있었다. 다쿠스는 얼른 박스터를 집어 들고 배에 입을 맞춘 뒤 어깨에 올려놓았다. "내 옆에 꼭 붙어있어. 새들에게 당하면 안 되니까."

다쿠스의 흡충관은 비어 있었다. 그곳이 베이스캠프 딱정벌레들에게 가장 안전한 장소라는 생각이 들었다. 그 안에 있으면 배고픈 새들을 피할 수 있을 것이다. 그는 무대에서 뛰어내려 분전함으로 급하게 뛰어갔다.

타이탄하늘소 덕분에 구리선들이 엉망이 되어 있었다.

"애들아, 서둘러. 새들이 너희를 먹어버리기 전에 어서 흡충관으로 들어가야 해!" 그가 흡입 장치 스위치를 켜고 타이탄하늘소를 빨아들였다. "이 방에는 새들이 가득해." 그는 벨트쪽에 숨어있는 베이스캠프 딱정벌레 군단에게 속삭였다. "내가 부를 때까지 나오지 마."

베이스캠프 딱정벌레들이 지저귀는 소리로 대답했다.

모티가 이끄는 보안 요원 팀이 극장 뒤쪽의 이중 문으로 쳐들어왔다. 그들은 곧장 링링과 바닥에 쓰러져 신음하고 있는 배우들이 있는 곳으로 향했다. 다쿠스는 버지니아와 베르톨트가 통로에서 등을 맞대고 루크레시아 커터의 딱정벌레들을 흡충관으로 빨아들이고 있는 것을 보았다. 전투의 흐름이 바뀌고 있었다. 루크레시아 커터의 딱정벌레들은 대부분 행복한 새들의 뱃속이나 베르톨트와 버지니아의 흡충관 속에 있었다.

"나한테서 떨어져!" 루크레시아 커터가 날카로운 고성을 지르며 새를 후려쳤다.

링링은 무대 앞에서 보안 요원들과 싸우며 그들이 무기를 빼 들기가 무섭게 그들을 무장 해제시키고 있었다. 댄키시는 여기저기 다친 몸으로 절뚝이며 무대로 기어오르다가 부상을 입은 몰링을 만났다. 노박은 무대 뒷문에 배치된 보안 요원들을 이끌고 무대의 한쪽으로 급히 달려왔다.

"그만!" 잔뜩 성이 난 루크레시아 커터가 머리를 사납게 흔들었다. 그녀는 새들에게 둘러싸여 쪼이고 있었다. "나를 막을 수 없어."

그녀는 극장 안을 응시하며 말했다. "너무 늦었어!" 그녀가 다쿠스 아버지의 허리에 딱정벌레 다리를 두르고 위로 붕 떠서 바솔로뮤 커틀을 공중 부양시켰다. "너희는 바보들이야!" 그녀가 마지막으로 공격하는 새들을 인간의 팔로 쳐냈다. "너희는 날 이길 수 없어. 세상은 이미 내 손 안에 있다고!"

"아빠!" 다쿠스는 앞뒤 생각할 것도 없이 무작정 달려서 문을 통과하고 계단을 올라가 무대가 내려다보이는 이층 발코니석의 박스로 뛰어들어갔다.

루크레시아 커터가 그녀의 배를 꺼안고 있는 다쿠스의 아버지와 함께 허공으로 솟아오를 때, 다쿠스는 난간으로 올라가 몸을 날려 그녀의 목을 부여잡았다. 갑작스러운 공격의 충격으로 루크레시아 커터는 바솔로뮤 커틀을 놓쳤고, 쿵 소리와 함께 그가 무대 바닥에 떨어졌다.

"죽여 버릴 테다, 이 꼬마야!" 그녀가 날카롭게 악을 쓰고는 몸을 돌려 두 팔과 두 개의 갈라진 딱정벌레 다리로 다쿠스를 움켜쥐고 무대 탑까지 더 높이 솟아올랐다. 무대 탑에는 이런저런 무대장치에 부착된 봉들이 있고 거기에 조명과 밧줄이 주렁주렁 매달려 있었다. 그보다 위쪽에 있는 발판에 제라르가 서 있는 것이 보였다. 다쿠스는 루크레시아 커터의 목을 잡으려 했지만, 그녀는 그를 멀찌감치 떼어냈다가 그의 얼굴이 자신을 향하게 한 뒤 다시 가까이 끌어당겼다.

"딱정벌레에게 물려 본 적 있니?" 그녀가 시커먼 입을 벌리고 아래턱을 다쿠스를 향해 뻗었다. 다쿠스의 얼굴은 면도날처럼 날카로운 그녀의 이에서 불과 몇 인치 거리에 있었다. 그녀의 호흡에서 썩은 서양배 모양 눈깔사탕의 냄새가 풍겼다.

"딱정벌레들아!" 다쿠스가 외치며 두 발로 루크레시아 커터의 복부를 맹렬히 걷어참과 동시에 힘껏 몸을 뒤로 젖혀 마치 수영장에서 뒤로 다이빙을 하는 것처럼 탄력을 받아 두 팔을 어깨너머로 넘겨서 그녀의 손아귀를 벗어났다.

그 정도면 무거운 짐처럼 바닥에 떨어졌겠지만, 그에게는 베이스캠프 딱정벌레들이 있었다. 배낭과 벨트쌕에서 폭탄이 터지듯 튀어나온 딱정벌레들과 웅 소리와 함께 주머니에서 나온 딱정벌레들이 다쿠스의 밑에 모여 힘껏 날아올랐다. 박스터는 다쿠스의 어깨뼈 사이로 들어갔고, 노박은 헵번을 올려보냈으며, 베르톨트는 뉴턴을 보냈고, 버지니아는 마빈을 허공에 던졌다. 흡충관 안에 있던 타이탄하늘소들도 있는 힘껏 날아올라 흡충관 통의 천장을 밀어 올려 추락속도를 늦추며 다쿠스를 천천히 안전하게 바닥에 내려놓았다.

"그만 됐다!" 루크레시아 커터는 이성을 잃고 웅 소리와 함께 하강하여 부상당한 부하들에게 큰 소리로 명령을 내렸다. 댄키시와 몰링은 무대 옆으로 사라졌고, 링링은 무대 위의 붉은 커튼으로 뛰어갔다. 그녀는 단숨에 뛰어올라 발목 사이로 커튼을 붙잡고 천을 손잡이처럼 말아가며 뒤 꼭대기로 기어올랐다가 거꾸로 몸을 뒤집어

발을 조명 봉에 걸고 무대 탑으로 기어 올라갔다.

다쿠스가 바닥에 착지하자, 노박이 미소 지으며 두 팔을 벌리고 뛰어왔다.

"네가 해냈어! 네가 이겼어!" 그 순간 거대한 검은색 키틴질 다리가 뒤에서 그녀를 붙잡아 끌고 가서 공중에 띄웠다.

다쿠스는 노박의 얼굴에 떠오른 충격의 표정을 보았다. 루크레시아 커터가 자신의 딸을 데리고 위로 솟아오르자 노박은 비명을 질렀다. 그것은 순수한 공포의 비명이었다.

"안 돼!" 다쿠스가 앞으로 달려갔지만 너무 늦었다.

용감무쌍하게도 박스터가 노박을 쫓아가서 뿔로 루크레시아 커터를 공격하려 했다.

루크레시아 커터가 키틴질 발톱으로 박스터를 후려쳤고, 박스터는 엄청난 속도로 바닥으로 곤두박질쳤다.

"박스터!" 다쿠스가 소리쳤다.

루크레시아 커터가 웃으며 무대 탑으로 날아가서 사라져버렸다.

다쿠스는 앞으로 튀어나갔다. 박스터의 날개가 펼쳐지지 않았다. 이러다가는 바닥에 추락할 것이다. 다쿠스는 제때에 박스터에게 도달할 수 없음을 직감했다. 너무 늦었다는 것을 알기에, 다쿠스는 흐느껴 울며 자신의 친구를 향해 몸을 날렸다.

그런데 그 순간 갑자기 아빠가 두 팔을 활짝 편 채 뛰어와서는 박스터를 잡아 가슴으로 끌어당기며 고통의 신음과 함께 바닥으로 굴렀다.

다쿠스는 아버지를 향해 비틀거리며 걸어갔다.

"아빠? 박스터?" 그가 눈물을 닦으며 아버지 옆에 무릎을 꿇었다. "괜찮아요?"

바솔로뮤 커틀이 조심스럽게 손을 펼쳤다. 손바닥 위에 충격을 받긴 했지만 멀쩡하게 살아있는 장수풍뎅이가 놓여 있었다. 박스터는 자신이 살아있음을 보여주기 위해 앞다리를 들어 약하게나마 흔들었다.

"아, 박스터! 미쳤니? 이 용감한 딱정벌레야! 널 잃는 줄 알았잖아." 그가 오목하게 오므린 손에 딱정벌레를 담아 가슴으로 가져가면서 감싸 안듯 양쪽 어깨를 앞으로 구부렸다. "다시는 그러지 마."

박스터가 입을 벌리고 다쿠스에게 미소를 지었다.

"아빠, 아빠가 살렸어요. 아빠가 박스터를 살린 거예요." 다쿠스가 아버지를 보며 활짝 웃었다. "전 알았어요. 아빠가 사실은 우리 편이라는 걸."

"내 말 들어라, 다쿠스." 바솔로뮤 커틀이 일어서며 말했다. "난 루크레시아 커터와 함께 가야 한다. 그래야 해."

"네? 하지만– 하지만 제가 아빠를 구했잖아요."

"그래. 넌 정말 놀라웠어. 하지만 그 여자가 뭘 하려는지 너도 보지 않았니? 이미 그 일을 시작했어. 그건 이 시상식보다 훨씬 더 큰 일이다. 세상을 손아귀에 넣을 때까지 그녀는 멈추지 않을 거야." 바솔로뮤 커틀이 아들의 손을 잡았다. "난 그녀와 함께 가야 해. 그것이 내가 그녀를 막을 유일한 기회고, 내겐 계획이 다 있어." 그가 잠시 말을 멈추었다. "내가 널 버렸다고 생각해야 루크레시아 커터가 날 믿을 거야. 만일 내가 널 선택했다고 생각한다면." 그가 다쿠스의 손을 꼭 잡고 눈을 들여다보았다. "내 말 이해하니? 무리한 요구라는 건 안다."

다쿠스가 고개를 끄덕이자 그의 아버지는 그의 주머니에 종이 한 장을 넣어주었다. "그녀는 비밀 연구실을 갖고 있다. 바이옴이라고 하는."

"아마존에 숨겨져 있는 거죠?" 다쿠스가 말했다.

"그래!" 그의 아버지는 놀란 것처럼 보였다. "스펜서 크립스에 대한 네 말도 맞았다. 루크레시아가 연구소에 잡아두고 있어. 그 친구 어머니에게 그 친구가 살아있다고, 루크레시아 커터를 위해 일을 하고 있다고 전해주렴. 그리고 이건." 그가 다쿠스의 주머니를 가리켰다. "좌표야. 집사에게 얻었단다. 그 사람은 우리 편이야. 너는 무슨 일이 일어나고 있는지 세상에 알려야 해. 곤충학자들에게 가면 도움을 얻을 수 있을 거다."

다쿠스가 일어섰다. "아빠, 노박을 보호해 주셔야 해요. 루크레시아 커터가 용화실에 다시 넣게 하면 안 돼요. 노박은 두려워하고 있고, 그 애는 제 친구예요."

"그래. 약속하마." 바솔로뮤 커틀이 고개를 끄덕였다. 그는 다쿠스의 어깨에 손을 올렸다. "우리가 싸우던 그날 밤, 네 말을 귀담아 들었어야 하는 건데. 딱정벌레 얘기도 다른 모든 얘기들도 말이야. 미안하구나. 딱정벌레들은 정말 놀랍더구나. '너' 역시 놀랍고." 그는 다쿠스와 박스터를 꼭 껴안았다. "네가 좀 더 용감해져야 할 것 같구나. 네가 감당할 수 있다면, 마지막으로 나를 한 번 더 구하러 오렴." 그가 아들을 놓아주었다. "그때는 우리가 더 강해져 있을 테고, 그 무엇도 우릴 갈라놓지 못할 거다. 약속하마."

"아빠가 저를 필요로 한다면 얼마든지 아빠를 구할 거예요." 다쿠스가 눈물이 그렁그렁한 눈으로 말했다. "나와 박스터가 함께요."

"사랑한다, 아들." 바솔로뮤 커틀이 돌아서서 어깨너머로 말하고는 댄키시와 몰링을 따라 사다리를 타고 무대 탑으로 올라갔다.

제 34 장

밀항자

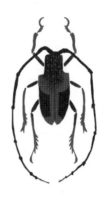

험프리와 피커링은 할리우드 극장에 인접한 아파트 단지의 옥상에 서 있었다. 그들은 화재 대피용 비상계단을 발견해 이곳까지 오게 되었다.

"지상에서 극장으로 들어갈 수 없다면..." 험프리가 건물과 건물 사이에 벌어진 간격을 보며 말했다. "위에서 들어가야지, 뭐."

건물은 14층 높이였고 두 건물 사이에는 3미터의 간격이 있었다.

"저거 봐!" 피커링이 험프리의 소매를 잡아끌며 말했다. "루크레시아 커터의 헬리콥터야!"

극장 옥상에는 헬기 이착륙장이 있었는데, 그곳에는 측면에 황금색 풍뎅이가 그려진 검은색 헬리콥터가 서 있었다. 조종석에 앉아있는 사람은 프랑스인 집사였다.

"그래, 보여." 험프리가 투덜댔다. "그리고 우리와 저 옥상 사이의 엄청난 간격도 보여."

"그렇게 크지도 않은데 뭐." 피커링은 헬리콥터에서 눈을 떼지 못하고 연신 입술을 핥아댔다.

험프리는 헬기 이착륙장 가장자리에 묶여 있는 굵은 체인을 가리켰다. "네가 저 체인까지 갈 수 있으면, 그걸 저기 보이는 에어컨 환풍구에 묶어서 내게 던져. 그럼 내가 그걸 잡고 올라갈 수 있겠어. 내 몸무게를 버틸 만큼 튼튼해 보이니까."

피커링이 이마에 주름을 잡았다. "그런데 내가 어떻게 저기로 넘어가지?"

"내가 널 던질게." 험프리가 말했다.

피커링의 입이 쩍 벌어졌다. "네가 뭘 한다고?"

"네가 옥상 저쪽 끝까지 가고 난 여기 서 있는 거야." 그는 사람들이 옥상에서 떨어지지 않도록 막아주는 난간벽에 발을 대고 말했다. "최대한 네가 빨리 이쪽으로 뛰어와서 멀리 뛰기 하듯이 점프하면, 내가 널 잡아서 저리로 던지는 거야."

피커링의 눈썹이 앞머리에 닿을 만큼 높이 올라갔다.

"저리로 갈 다른 방법이 없어." 험프리가 손등으로 코를 문지르며 말했다.

"네가 있는 힘껏 나를 던지겠다는 거지? 맞아?"

"맞아."

"좋아." 피커링이 터덜터덜 옥상의 반대쪽으로 걸어갔다. 그리고 그곳에 도착하자마자 쭈그리고 앉아서 출발 자세로 엉덩이를 들고 주먹을 바닥에 댔다.

"잠깐!" 험프리가 저지했다. "치마를 팬티에 찔러 넣어. 걸리적거리면 곤란하니까."

피커링은 일어서서 긴 꽃무늬 치마를 주섬주섬 끌어 올려 팬티에 찔러 넣었다.

"셋에 뛸 거야." 피커링이 다시 쭈그리고 앉았다. "하나, 둘, 셋." 그가 갑자기 험프리를 향해 돌진했다.

험프리는 무릎을 굽히고 두 손을 뻗어 준비 자세를 취했다.

점프하기 위해 발로 바닥을 치며 피커링은 쩌렁쩌렁하게 외쳤다. "지금이야아아아!"

"알았어어어어!" 험프리도 사자후를 토하며 피커링을 있는 힘껏 던진 뒤 건물 가장자리로 넘어가지 않기 위해 즉시 뒤로 물러났다. 엉덩이를 바닥에 찧는 순간, 그는 문득 귀찮은 사촌을 완전히 보내 버릴 기회를 놓쳐버린 게 아닌가 하는 의문이 들었다.

험프리는 둥글둥글한 팔꿈치로 일어나서 피커링이 저쪽 건물로 넘어갔는지 살펴보았다. 그의 흔적은 없었다. 이번에는 두 건물 사이의 골목길을 내려다보았다. 땅에 널브러져 있는 피커링은 없었다.

험프리가 일어서보니 사촌이 매부리코에서 코피를 질질 흘리며 극장 옥상에 엎어져 있는 모습이 보였다. 코가 부러져서 옆으로 휘어져 있었다. 피커링이 천천히 일어나 앉을 때, 험프리는 뱃속 깊은 곳에서 울리는 껄껄 웃음을 웃었다. 성공한 것이다!

"이봐, 피커링." 그가 소리쳤다.

피커링이 턱으로 피를 질질 흘리면서 험프리를 보고 눈을 깜빡였다.

험프리가 손짓을 하며 말했다. "체인을 잡아."

피커링은 조심스럽게 일어나서 비틀비틀 앞으로 나아가 굴뚝 아래쪽에서 깨진 벽돌 하나를 빼낸 뒤 체인이 용접된 철 기둥으로 가져갔다. 그리고 벽돌로 체인이 끊어질 때까지 후려쳤다. 험프리는 집사를 계속 주시했지만, 뭔가를 눈치챈 기색은 없었다. 피커링은 긴 체인을 기둥에서 빼서 끌어안고 다시 굴뚝으로 와서 한 바퀴 두른 뒤 매듭을 지었다. 그런 다음 다른 한쪽 끝을 험프리에게 던졌다.

험프리는 체인을 붙잡아 자신의 체중을 버텨낼 수 있을지 확인한 뒤 마음이 바뀌기 전에 체인으로 손목을 몇 차례 감고는 옥상 가장자리에서 체인을 꼭 붙잡고 최대한 높고 멀리 뛰어오르며 몸을 앞으로 날렸다. 그리고 곧이어 극장 벽에 세게 부딪친 뒤 50센티미터쯤 미끄러져 내려갔다. 그러나 체인은 그를 단단히 붙잡고 있었다. 그는 한 손 한 손 체인을 번갈아 옮겨 잡고, 극장 옥상까지 올라갔다.

일단 팔꿈치가 건물 가장자리를 넘어가자, 피커링이 몸을 숙여 그의 벨트 고리를 붙잡아서 그가 올라올 수 있도록 도왔다.

험프리는 숨을 헐떡이며 옥상 바닥에 드러누웠다. 심장이 그 어느 때보다 빠르게 뛰었다.

"집사가 헬리콥터에서 나가고 있어!" 피커링이 험프리 옆에 납작 엎드리며 나지막이 속삭였다. "문으로 가는데. 극장으로 통하는 문이 틀림없어." 그가 눈을 반짝이며 험프리를 내려다보았다. "우리도 따라가야지."

그때 바로 아래쪽 거리에서 소동이 벌어지는 소리가 들렸다. 험프리는 여전히 쿵쾅거리는 심장이 진정되기를 기다리며 건물 가장자리 너머로 아래를 내려다봤다. 비명을 지르며 극장에서 뛰어나오는 사람들이 보였다.

"안에서 무슨 일이 벌어지고 있나 봐."

"그럼 어서 들어가서 무슨 일인지 보자." 피커링이 벌떡 일어났다.

"안 돼!" 험프리가 고개를 저었다. "생각해봐, 멍청아." 그가 헬리콥터를 가리켰다. "루크레시아 커터는 저걸 타고 여길 떠날 거야." 그가 사촌을 보며 활짝 웃었다. "그러니까 우린 극장 안으로 들어갈 필요가 없지. 헬리콥터를 타면 돼. 그녀와 함께."

"그거 좋은 생각이군!" 피커링이 감탄하며 말했다. "그런데 어디로 가는 걸까?"

"아마 코코넛 나무와 수영장이 있는 개인 소유의 섬의 호화 저택으로 가겠지." 험프리가 대답했다.

사촌 형제는 서둘러 일어나 헬리콥터로 돌진했다.

"그런데 숨을 데가 없잖아!" 피커링이 기내를 들여다보며 외쳤다. 그의 말이 맞았다. 이대로 그들이 탔다가는 곧바로 들켜서 쫓겨날 것이 뻔했다.

"헬리콥터에는 짐칸이 없나?" 험프리가 궁금해서 혼잣말을 했다.

"여기야!" 피커링이 해치 도어를 열며 꽥꽥거렸다. "가방이 가득해."

"어서 가방을 빼내. 내가 내던질게."

피커링이 짐칸을 비우고 허겁지겁 안으로 들어가는 동안, 험프리는 루크레시아 커터의 가방을 전부 건물 아래로 던져 버렸다.

"저리 좀 가." 험프리가 문을 닫을 수 있도록 엉덩이 먼저 들이밀며 뒤로 기어들어 왔다.

"아얏! 공간이 부족해. 네가 너무 뚱뚱해서 그래."

"닥쳐." 험프리가 뒤로 더 밀어붙이며 문고리를 비틀어 닫았다. 그는 사촌이 낑낑대는 소리를 들었다. "왜 그래?" 그가 나지막이 소곤댔다.

"네 엉덩이가 내 얼굴을 누르고 있어." 피커링이 애처롭게 말했다. "방귀는 안 뀌는 게 좋을 거야."

"쉬이이잇." 험프리가 고개를 갸웃거렸다. "누가 오는 소리가 들려. 여기서 나가면 지상낙원에 도착할 거야. 그것만 생각해."

"루크레시아 커터와 오붓하게 말이지." 피커링이 달콤하게 속삭였다.

제 *35* 장
크리스마스

다쿠스는 맥스 삼촌을 따라 병원 복도를 걸었다. 하얀색 천장에는 크리스마스 장식물들이 매달려 있었다. 창문들을 통과해 병동으로 들어섰을 때 다쿠스는 크리스마스를 가족과 보내지 못하는 사람들이 제법 많다는 것을 깨달았다. 자기만 그런 것이 아니었다.

"다 왔다." 맥스 삼촌이 문을 열고 안으로 들어갔다.

앤드류 애플야드 교수가 침대에 앉아 녹차를 마시고 있었다.

"메리 크리스마스!" 맥스 삼촌이 우렁찬 목소리로 말하고는 침대 옆 의자에 앉았다.

다쿠스는 쭈뼛거리며 삼촌의 옆으로 갔다. "메리 크리스마스, 애플야드 교수님."

"둘 다 메리 크리스마스." 애플야드 교수가 찻잔을 집어 들며 말했다. "부디 하루살이보다 오래 살기를." 그가 키득거렸다.

"선물을 가져왔어요." 다쿠스가 이렇게 말하며 초조하게 움켜쥐고 있던 화려하게 포장된 상자를 내밀었다.

"크리스마스 선물을 받기엔 내가 너무 늙었잖니." 애플야드 교수가 곤란한 듯 말했다. "이럴 필요 없었는데."

"제가 드리고 싶었어요." 다쿠스가 말했다.

교수가 찻잔을 내려놓고 조심스럽게 선물 포장지를 벗겨냈다. 미국에서 돌아온 뒤 맥스 삼촌이 병원에 전화를 걸어 애플야드 교수의 상태를 확인했는데 영화제 시상식 바로 전날 의식이 돌아왔으며 빠르게 회복 중이라는 소식을 들었다. 다쿠스는 안도했지만, 여전히 애플야드 교수가 병원에 오게 된 것에 대한 책임감을 느꼈다.

"이제 괜찮아지신 거예요?" 다쿠스가 물었다.

"그런 것 같구나." 교수가 대답했다. "내가 독충에게 물린 것 같은데 그게 좀 특이하단다. 내 몸에서 발견된 독은 흑색과부거미의 것으로 보이는데 내가 기절하기 전에 본 곤충은 노란색 무당벌레뿐이었고, 흑색과부거미는 이 나라에 자생하지 않거든." 그가 고개를 저었다. "다행히 전에 흑색과부거미한테 물린 적이 있어서 내 몸에 어느 정도 면역력이 생긴 것 같더구나."

"전에 흑색과부거미한테 물리신 적이 있다고요?"

"어, 그건 전적으로 내 실수였어. 내가 우연히 불쌍한 녀석을 겁먹게 했거든. 원래 흑색과부거미는 공격적이지 않단다." 그가 선물에서 포장지를 벗기며 말했다. "이런, 다쿠스. 정말 멋지구나! 초콜릿을 입힌 귀뚜라미라니! 잘 먹을게. 고맙다."

"무당벌레는 루크레시아 커터의 것이었어요." 다쿠스가 말했다. "우리가 연구를 해봤는데요, 열한 개의 반점이 있는 치명적인 곤충이에요."

"정말이냐? 정말 흥미롭구나. 네 연구를 한번 보고 싶다." 애플야드 교수는 눈을 비볐다. "내가 전 세계 곤충학자들에게 프랑켄슈타인 딱정벌레를 감시할 것을 요청한 일로 루시가 단단히 화가 난 모양이야."

"제 잘못이라고 생각했어요." 다쿠스가 말했다.

"뭐라고? 아니 왜 그런 생각을?"

"제가 무당벌레를 교수님에게 인도한 것 같아서요." 다쿠스가 솔직하게 말했다.

"이런, 애야. 아니다. 사실 난 파브르 프로젝트가 중단된 뒤로 줄곧 루시 존스턴을 걱정해왔단다. 너 혼자 루시와 싸우는 게 아니야."

다쿠스는 환하게 웃었다. "알게 되어서 기뻐요."

"집에 가고 싶구나." 애플야드 교수가 미소 지으며 말했다. "내 절지동물들에게 먹이도 줘야 하고."

"그럼 저희가 차로 모시죠. 주차장에 제 차가 있습니다."

"우린 버지니아네 집에서 크리스마스 파티를 하기로 했어요." 다쿠스가 말했다. "그리고 교수님도 초대받았어요. 교수님이 드실 벌레는 없겠지만, 혹시 함께 가고 싶으시면 거기서 루크레시아 커터에 대해 전부 얘기해 드릴 수 있어요."

애플야드 교수는 이미 담요를 젖히고 신발을 신고 있었다. "그거 멋지겠구나, 다쿠스. 난 전부 듣고 싶단다. 사실 텔레비전에서 영화제 시상식을 봤거든." 그가 벽면에 설치된 TV 화면을 가리키며 말했다. "지금까지 살면서 그런 미치광이 짓은 본 적이 없어."

다쿠스는 손을 뻗어 초인종을 울렸다.

"해피 크리스마스!" 버지니아가 문을 활짝 열어젖히며 큰 소리로 말했다. "삼촌하고 교수님은 어디 계시니?"

"오고 계셔. 교수님은 기력이 회복될 때까지 당분간 휠체어 신세를 지셔야 하거든." 다쿠스가 이렇게 말하면서 버지니아를 따라 월리스네 집으로 들어갔다. "하지만 상태는 좋으셔."

버지니아의 언니인 세레나가 계단 위에 앉아 따분한 얼굴로 노란 형광색 손톱에서 매니큐어를 긁어내며 휴대전화로 통화하고 있었다. 버지니아는 다쿠스를 거실로 인도했다. 그녀의 큰 오빠인 데이비드가 헤드폰을 끼고 게임기에 눈을 고정한 채 커다란 안락의자에 앉아 있었다. 그들이 거실로 들어갈 때 그가 그들에게 뭐라고 중얼거렸다.

"저게 데이비드 오빠식 '해피 크리스마스'야." 버지니아가 말했다.

쿵쿵거리는 소리가 나더니 숀이 계단을 내려와 거실 안으로 불쑥 들어왔다. "네가 장수풍뎅이를 가지고 있다며?" 그가 물었다.

"예의범절은 다 어디로 간 거니?" 바바라 윌리스가 뒤뚱뒤뚱 걸어 들어와 행주를 데이비드에게 휘둘렀다. "다쿠스에게 의자를 권해야지, 데이비드. 다쿠스는 크리스마스를 부모님도 없이 혼자 보내야 해."

"나도 부모님이 없었으면 좋았을 텐데." 데이비드가 중얼거렸다.

"다 들리거든."

"저는 괜찮습니다, 윌리스 부인." 다쿠스가 말하고 있는데, 케이샤와 다넬이 서로 추격전을 벌이는 듯 비명을 지르며 거실로 뛰어들어 왔다가 나갔다.

"음료는 뭘 가져다줄까, 다쿠스? 민스파이 먹을래?"

그때 초인종이 울리자 버지니아가 쏜살같이 방에서 튀어나갔다.

"오렌지 주스가 있으면 좋을 것 같아요. 감사합니다." 다쿠스가 대답했다.

베르톨트와 그의 엄마였다. 그리고 두 사람의 뒤에 크립스 부인이 크리스마스 케이크를 들고 들어왔다.

"메리 크리스마스." 베르톨트가 활짝 웃으며 말했다.

"들어오세요, 모두들." 버지니아가 소리치자 사람들이 거실로 우르르 들어왔다.

"크립스 부인을 초대해줘서 고마워." 베르톨트가 버지니아에게 속삭였다.

"당연한 거지!" 버지니아가 미소 지었다. "누구든 크리스마스를 혼자 보내선 안 되잖아."

숀이 바나나와 멜론, 고구마 조각이 담긴 접시를 들고 들어왔다. "딱정벌레들을 위한 간식 대령입니다." 그가 접시를 커피 테이블 위의 크리스마스 신문 옆에 내려놓으며 말했다. 딱정벌레들에게는 두 번 말할 필요가 없었다. 박스터와 마빈이 접시로 날아가서 간식을 먹기 시작했다. 박스터는 바나나로 기어 올라갔고 마빈은 고구마를 끌어안았다.

"뉴턴은 원래 많이 먹지 않아요." 베르톨트가 변명조로 설명했다.

"정말 끝내준다." 숀이 경이로운 표정으로 딱정벌레들을 응시했다.

맥스 삼촌이 애플야드 교수가 탄 휠체어를 끌고 들어왔다. 휠체어 등판에는 선물들이 가득 찬 가방이 매달려 있었는데, 그는 크리스마스트리 아래에 가방을 벗어놓았다. 세 명의 엄마 — 월리스 부인과 크립스 부인, 블룸 양 — 는 셰리주 잔을 손에 들고 소파에 함께 앉아 커피 테이블 위에 놓인 신문에 대해 이야기했다. 첫 페이지는 영화제 시상식 사진으로 도배되어 있었는데 대부분 벌거벗은 채 비명을 지르고 있는 루비 히솔로 주니어의 사진이었다.

기사들은 루크레시아 커터가 미쳐서 살아있는 딱정벌레로 드레스를 만들었으며 노박 커터는 시상식에 후보로 지명되지 말았어야 할 끔찍한 여배우라고 보도했다.

"이해를 못하겠어요." 베르톨트가 『데일리 뉴스』를 집어 들면서 말했다. "왜 아무도 루크레시아 커터가 세계를 손에 넣기 위해 생태계에 방출한 수백만 마리의 딱정벌레에 대해서는 언급하지 않는 거죠?" 그가 고개를 저었다.

"벌거벗은 여배우에 대한 기사가 더 잘 팔리기 때문이지." 바바라 윌리스가 대답하자 다른 엄마들이 고개를 끄덕였다.

"하지만 루크레시아 커터의 딱정벌레들은 바깥세상에서 '실제로' 모든 것을 파괴하고 있답니다." 맥스 삼촌이 말했다. 그가 다섯 번째 페이지의 기사를 가리켰다. "이걸 보세요. 텍사스의 밀 농작물의 피해에 대한 기사가 있잖아요. 미국은 국가 비상사태를 선포했습니다."

"그럼 우린 이제 뭘 해야 하죠?" 버지니아가 물었다.

"1월 첫째 주에 프라하에서 국제곤충학 학술대회가 있어." 다쿠스가 말했다. "맥스 삼촌이 나를 데려갈 거고 유키 이시카와 박사도 오실 거야. 박사님도 시상식을 보셨거든."

"그래?" 베르톨트가 미소 지었다. "그거 잘됐네."

"나도 갈 거란다." 애플야드 교수가 말했다. "내가 콘퍼런스에 참가하는 걸 막으려면 흑색과부거미의 독보다 더 독한 게 필요할 거야."

"다쿠스는 동료 과학자들에게 보여줄 특별한 딱정벌레 컬렉션과 그분들이 모두 들어야 할 이야기를 가지고 있지." 맥스 삼촌이 자랑스럽게 말했다.

"너도 거기 나가니, 박스터?" 다쿠스가 활짝 웃었고 박스터는 그의 어깨로 날아와 머리를 목에 비볐다.

"프라하에 다녀온 후에는 모티와 내가 아마존으로 가는 구출 임무를 주도할 거야." 맥스 삼촌이 말했다. "바티와 스펜서, 노박을 찾아서 데려와야지. 그러면서 대규모 곤충 사냥도 좀 하고 말이다." 그가 눈썹을 씰룩거렸다.

"좋아요!" 버지니아가 벌떡 일어나 허공에 주먹을 날렸다. "또 모험이네요."

"좀 조용히 하고 앉아, 버지니아." 바바라 월리스가 말했다. "모험 얘기라면 들을 만큼 들었으니까."

베르톨트가 일어났다. "저는 모험을 좋아하지 않아요. 조금도요." 그가 엄마를 보며 말했다. "하지만 노박을 도와주러 가야만 해요. 노박에겐 우리가 필요해요."

"아, 엄마, 제발!" 버지니아가 간청했다. "TV에서 루크레시아 커터를 봤잖아. 그 여자가 우리를 도와준 노박에게 무슨 짓을 할지 상상해봐. 그러니까 날 보내줘야 해."

불빛을 깜빡이는 반딧불이와 선홍색 알통다리잎벌레가 공중으로 솟아올라 인간 친구들의 머리 위에서 맴돌았다.

"오늘은 크리스마스야." 바바라 월리스가 손을 들어 올렸다. "아이들은 선물을 열어보는 게 어떠니?" 그녀가 트리 아래 쌓인 선물 더미를 가리켰다. "빨간 건 어떠니, 버지니아? 그건 네 선물이야. 베르톨트, 다쿠스. 너희 선물은 별이 그려진 거란다."

버지니아는 뚱해져서 무릎으로 일어나서는 장식물이 주렁주렁 달린 크리스마스트리 아래에 쌓인 선물 더미에서 빨간 포장의 선물을 집었다. 그녀는 베르톨트와 다쿠스에게도 선물을 건네고 열어봐도 되냐는 허락을 구하기 위해 엄마를 쳐다보았다. 바바라 월리스가 고개를 끄덕이자 버지니아는 시큰둥하게 포장을 뜯고는 선물을 꺼냈다. 그것은 위장 무늬 바지와 각종 물건이 들어있는 위장 무늬 가방이었다.

"야호!" 그녀가 가방의 똑딱단추와 지퍼를 열고 바닥에 내용물을 쏟아놓았다. 나침판과 맥가이버 칼, 모기장, 방수 성냥, 작은 구급

함, 로프, 정수용 알약. 그녀는 엄마를 올려다보았다. "정말 놀라워!"

다쿠스와 베르톨트는 선물을 뜯었고, 그들 역시 똑같은 물건이 들어있는 작은 위장 무늬 가방을 발견했다.

"음, 그런 게 유용할 거라는 생각이 들더구나." 바바라 월리스가 고개를 끄덕였다. "아마존 밀림에 가려면 말이야."

"그럼 날 보내주는 거야?" 버지니아가 벌떡 일어나서 두 팔을 벌리고 달려가 엄마를 꼭 끌어안았다.

"나침판이 있으니 언제라도 집으로 돌아오는 길을 찾을 수 있겠지." 바바라 월리스가 버지니아의 머리를 쓰다듬으며 말했다.

"오, 고마워 엄마. 정말 고마워." 버지니아가 엄마의 이마와 뺨에 입을 맞추었다.

베르톨트는 자신의 엄마를 돌아봤고, 그녀는 고개를 끄덕였다. "난 루크레시아라는 여자를 내 눈으로 직접 봤잖아. 그 여자는 정말 막을 필요가 있겠더라." 칼리스타 블룸이 아들을 보며 대견한 듯 미소 지었다. "그리고 이번에 내가 따라가지 '않는다면' 네가 더 잘할 수 있을 거라고 생각해."

"아마존이야!" 베르톨트가 숨이 막힐 것 같은 얼굴로 다쿠스를 보며 속삭였다.

다쿠스는 고개를 끄덕였다. "누군가 루크레시아 커터에게 저항하고 이 세상이 그 여자의 것이 아니라는 사실을 깨닫게 해줄 때야."

[3권에서 계속]

곤충학 사전

🐞 곤충

곤충류에는 알려진 종만 180만 종이 있다. 곤충의 몸은 머리, 가슴, 배, 이렇게 세 부분으로 이루어진다. 곤충은 다리가 여섯 개이며 날개가 있는 곤충이 많다. 곤충은 탈바꿈(변태)이라는 복잡한 생명주기를 갖는다.

🐞 절지동물

곤충(육각류라고 알려진)과 갑각류, 다지류(노래기류와 지네류), 협각류(거미류, 전갈류, 투구게류 등) 등을 포함하여 몸과 다리에 마디가 있는 동물군을 가리킨다.

🐞 초시류

딱정벌레의 학명

🐞 딱정벌레

'시초'라고 하는 딱딱한 전면 겉날개 한 쌍이 있는 곤충의 총칭. 지구상에는 어느 동물보다도 많은 딱정벌레 종이 있다.

🪲 배(복부)

흉부 뒤에 위치한 신체의 일부. 곤충의 세 개 신체 부위 중 가장 큰
부분을 차지한다.

🪲 가슴(흉부)

곤충의 몸에서 머리와 배 사이에 있는 부분

🪲 더듬이

머리에 달린 한 쌍의 감각 기관. 냄새와 맛, 열, 풍속, 방향 등 많은
것을 감지하는 데 이용된다.

🪲 턱

딱정벌레의 입 부분. 턱은 먹이를 잡거나 으깨거나 자를 수 있고, 또
한 포식자와 경쟁자에 대한 방어의 역할도 한다.

🪲 촉수

곤충의 입 근처에 있는 한 쌍의 감각 기관. 주변의 화학물질을 만져
서 감지하는 데 이용된다.

🪲 강모(가시)

곤충의 몸 일부를 덮고 있는 작은 털처럼 튀어나온 것.

🪲 겹눈

수천 개의 개별 시각수용체로 구성될 수 있으며 절지동물에서 일반
적이다. 많은 절지동물에게 매우 뛰어난 시력을 제공하지만, 겹눈을

가진 동물들은 세상을 컴퓨터 화면 상의 픽셀처럼 화소화된 이미지로 본다.

🪲 외골격

포유류처럼 몸 내부에 있는 골격이 아닌 몸 외부에 있는 골격. 곤충은 주로 키틴질로 이루어진 외골격을 갖고 있다. 외골격은 아주 강하며, 근육을 꽉 채울 수 있다. 따라서 곤충들은(특히 극도로 강한 외골격을 가진 딱정벌레들은) 크기에 비해 아주 강할 수 있다.

🐞 겉날개(딱지날개)

그 아래 있는 막으로 이루어진 연약한 속날개를 보호하는 외피 역할을 하는 딱딱한 앞날개

🪲 마찰음

곤충이 짝을 유인하기 위해서, 또는 영역 표시 또는 경고 신호로 신체 부위를 함께 비벼서 내는 긁는 듯한 크고 날카로운 소리.

🪲 키틴질

곤충을 포함하여 대부분의 절지동물의 외골격을 구성하는 물질. 키틴질은 가장 중요한 천연 물질 중 하나다.

🪲 DNA 데옥시리보핵산

유전자 정보를 담고 있는 분자로, 거의 모든 생물체에 대한 청사진이다. 한 가닥의 DNA를 유전자라고 부른다.

🪲 이중나선

DNA의 개별 구성요소들이 합쳐질 때 DNA가 형성하는 형태로, 꽈배기처럼 꼬인 사다리같이 보인다.

🪲 유전자 이식

과학자들이 어떤 동물에 다른 종의 DNA를 추가한 경우, 유전자 이식을 했다고 말한다.

🪲 곤충학자

곤충을 연구하는 과학자

🪲 서식지

유기체가 사는 영역의 형태. 예를 들어 사슴벌레의 서식지는 잎이 넓은 활엽수가 있는 삼림지대다.

🪲 무척추동물

척추(등뼈)가 없는 동물

🪲 유충(애벌레)

성숙하지 않은 곤충. 유충은 성충과는 외양이 전혀 다르며 부모 곤충과 다른 것을 먹고 사는 경우가 많다. 따라서 먹이를 두고 부모 곤충과 경쟁하지 않는다.

🪲 변태(탈바꿈)

'변화'를 의미한다. 변태는 다른 삶의 단계들(알, 유충, 번데기, 성충 또는 알, 유충, 성충) 사이에서 곤충이 완전하게 변하는 과정을 수반한다. 예를 들어 크고 통통한 크림색 유충을 상상해 보자. 그것은 딱정벌레 성충과 전혀 닮아 보이지 않는다. 딱정벌레를 포함하여 많은 곤충들이 번데기 또는 고치 안에서 탈바꿈을 한다. 즉, 유충일 때 번데기로 들어가 용화되었다가 딱정벌레 성충으로 형태가 다시 만들어져 번데기를 깨고 나온다. 딱정벌레 성충은 탈피하지 않으며, 늘어나거나 성장하지 않는 딱딱한 외골격에 싸여 있기 때문에 더 이상 자라지 않는다.

🪲 종

유기물에 대한 학명. 어떤 언어를 사용하건 무엇이 어떤 종류의 유기물인지 규정하는 데 도움을 준다. 예를 들어 전 세계에서 박스터는 *Chalcosoma caucasus*(코카서스장수풍뎅이)로 알려져 있다. 그러나 사용하는 언어에 따라, 사람들은 그것을 다른 일반명으로 부를 것이다. 종명은 항상 앞에 속명을 붙여서 이탤릭체로 쓰며, 속명 첫 글자는 대문자로 종명은 모두 소문자 형태로 쓴다. 손으로 쓸 경우는 예를 들어 Taxonomy처럼 이탤릭체 대신 밑줄을 긋는다.

🪲 분류학

유기체를 식별하고 서술하고 명명하는 활동. 분류학은 유사한 유기체들끼리 함께 묶는 '생물학적 분류'라고 하는 체계를 이용한다. 가장 넓게 묶는 '계'에서 시작해서 점점 구체화되어 가장 구체적인 '종'에서 끝이 나며, 계 → 문 → 강 → 목 → 과 → 속 → 종의 순서이다. 속명과 함께 썼을 때 똑같은 종명은 단 하나도 없다. 이 체계는 언어별로 다른 일반명에 의해 초래되는 혼란을 피할 수 있게 해준다. 예를 들어 박스터는 장수풍뎅이 종인데, 어떤 사람들은 아틀라스장수풍뎅이나 헤라클레스장수풍뎅이, 또는 티티오스왕장수풍뎅이라고 부를 수 있으며, 많은 장수풍뎅이 종이 존재한다. 그렇다면 우리는 박스터가 실제로 어떤 종인지 어떻게 알까? 생물학적 분류를 이용하면, 박스터를 다음과 같이 분류할 수 있다. 계(동물계) → 문(절지동물문) → 강(곤충강) → 목(딱정벌레목) → 과(풍뎅이과) → 속(장수풍뎅이*Chalcosoma*속) → 종(코카서스*caucasus*종). 하지만 우리가 꼭 얘기해야 하는 것은 속명과 종명뿐이다. 따라서 박스터는 코카서스장수풍뎅이*Chalcosoma caucasus*다.

비틀 보이2 비틀 퀸의 등장

1판 1쇄 펴냄 2017년 10월 25일

지 은 이 마야 G. 레너드
옮 긴 이 정해영
펴 낸 이 정현순
디 자 인 이용희

펴 낸 곳 ㈜북핀
등   록 제2016-000041호(2016. 6. 3)
주   소 서울시 광진구 천호대로 572, 5층 505호
전   화 070-4242-0525 / **팩스** 02-6969-9737

ISBN 979-11-87616-26-9 04840
ISBN 979-11-958238-4-0 (세트)

값 11,500원

이 책은 저작권법에 따라 보호받는 저작물이므로 무단전재와 무단복제를 금합니다.
파본이나 잘못 만들어진 책은 구입하신 서점에서 바꾸어 드립니다.